30인의
회귀자

30인의 회귀자 3

이성현 장편소설

초판 1쇄 찍은 날 § 2017년 12월 22일
초판 1쇄 펴낸 날 § 2017년 12월 29일

지은이 § 이성현
펴낸이 § 서경석

총괄팀장 § 최하나
편집책임 § 이지연
편집 § 김슬기

펴낸곳 § 도서출판 청어람
등록번호 § 제387-1999-000006호
등록일자 § 1999. 5. 31
어람번호 § 제1-2820호

주소 § 경기도 부천시 부일로 483번길 40 서경B/D 3F (우) 14640
전화 § 032-656-4452 팩스 § 032-656-4453
http://www.chungeoram.com
E-mail § chungeorambook@daum.net

ISBN 979-11-04-91588-8 04810
ISBN 979-11-04-91551-2 (세트)

3

뒤바뀐 운명

이성현 장편소설

FUSION FANTASTIC STORY

30인의
회귀자

도서출판

청어람

30인의
회귀자

목차

CONTENTS

제1장

포르테가의 아가씨

하이브리드가 되기 위해 그레인이 고아원을 떠난 지도 어느 덧 3년.

그레인은 그 고아원에서 유일하게 말벗이었던 에르닌과 이런 식으로 조우할 거라고는 미처 예상하지 못했다. 더군다나 귀족 아가씨가 되어 나타날 거라고는 더욱더.

덕분에 그레인과 크루겐은 베릴란트 성까지 마차를 빌려 탈 수 있게 되었다. 집사 플로이드는 영 내켜 하지 않는 반응이었지만 에르닌의 토라진 얼굴을 보자마자 의견을 굽혔다.

'내가 한 말 때문에 정말로 운명이 바뀐 걸까? 그래도 제대로 된 곳에 입양된 거 같아 다행이야.'

그레인은 맞은편에 앉은 에르닌을 유심히 살펴봤다.

고아원에 있을 때에도 그랬지만, 젖살이 좀 빠진 지금도 여전히 귀여운 얼굴상이었다. 예전의 낡은 옷과 달리 고급스러운 검은색 드레스가 흰 피부와 절묘하게 조화를 이뤘다.

"내 얼굴 봐?"

"아, 그게… 흠흠!"

그레인은 큰 눈을 깜박이며 자신을 바라보는 에르닌 앞에 헛기침을 했다.

"예전에 비해 많이 변한 거 같아서."

"좋은 쪽으로? 나쁜 쪽으로."

"좋은 쪽으로."

"그렇구나."

그레인의 대답에 에르닌은 배시시 미소를 지었다. 반면 크루겐과 하녀 트리아나는 헛기침을 따라 할 뿐 침묵을 지켰다.

"에르닌."

"응, 그레인 오빠."

"오빠… 라."

그레인은 '오빠'라는 칭호에 뭐라 반응해야 할지 잠시 고민에 빠졌다.

'지금 내 나이를 감안하면 이상할 건 없지만, 만일 딸이 있었다면 저 애 정도 나이였겠지. 그래서 그런지 적응이 잘 안 되는데.'

"싫어?"

"그런 건 아니고, 낯설어서 그래. 이제까지 날 그렇게 부른 여자애들은 없었거든."

"없었어? 그렇구나……."

이번에는 다른 의미로 미소를 머금은 에르닌을 보고 트리아나가 헛기침을 했다. 왠지 모르게 마차 안은 에르닌을 제외하곤 헛기침만 하는 분위기가 되어버렸다.

"그런데 이 숲은 꽤 위험한 지역인데 굳이 이곳으로 갈 필요가 있었어?"

"본가에 친구가 왔다는 편지를 받았거든. 그래서 마법사 협회 회의가 끝나자마자 출발했어."

"마법사 협회?"

"아빠 대신 참석했던 거야."

"여러분, 놀라지 마세요. 에르닌 아가씨는 포르테가의 무남독녀로, 차기 가주가 되실 분이랍니다."

트리아나가 마치 자신의 일인 듯 자랑스럽게 에르닌을 소개했다.

"포르테라면, 그 포르테가(家)?"

"헉, 포르테 가문이었어? 유명하잖아!"

크루겐이 눈을 휘둥그레 뜨며 에르닌을 쳐다봤다.

포르테 가문.

타 대륙에서 건너온 마법사 일족으로, 가주인 렌딜 포르테

가 전생 기준으로 거의 100살이 다 되어가도록 결혼하지 않
고 마법에만 전념했다는 이야기를 떠올리며 그레인은 묘한 표
정을 지었다.

마법의 대가인 그를 끌어들이는 것만으로도 큰 이득을 얻
을 수 있었기에, 회귀 전의 카르디어스 교단과 결사대 양측 모
두 끈질기게 가주 렌딜을 만나려고 시도했었다.

그러나 렌딜을 포함한 포르테가는 교단과 결사대간의 혈전
에 끼어들지 않았었다. '교단'이라는 집단을 함부로 믿지 말라
는 가훈을 지킨 동시에, 하이브리드라는 존재 자체가 인류를
위협할 수 있다고 판단한 결과였다.

'아까 에르닌이 쓴 마력총은… 그래, 포르테 가문의 발명품
이었어.'

과거 포르테 가문과 연관된 기억이 계속해서 그레인의 뇌리
에 떠올랐다.

"아가씨, 아까 보여줬던 그 마력총 말이야. 어디서 얻은 거
지?"

크루겐도 같은 생각을 했는지 에르닌이 허리에 차고 있는
홀더를 가리키며 물어봤다.

"아빠가 만든 걸 내가 좀 개조했어."

"그 나이에? 휘유~ 대단한데."

크루겐은 휘파람을 불며 감탄했다.

그레인은 입을 다문 채, 벤트 섬의 교관이었던 멜린다가 직

선과 삐뚤빼뚤한 선으로 설명했던 하이브리드와 마법사와의 차이를 떠올렸다.

마력총은 앞서 언급된 두 가지와 달리 출발선에 서지도 못했던 이들에게 마법사로서의 길을 제공해 줄 수도 있다. 예전 역사보다 훨씬 일찍 등장한 저 무기가 과연 어떤 변화를 더 가져올지 그레인은 궁금해졌다.

"그런데 이게 마력총이라는 걸 어떻게 알았어? 이건 아빠가 극비리에 개발한 거라 아는 사람이 거의 없을 텐데……."

"아, 그거? 그, 그게 말이야."

크루겐은 그답지 않게 실수했다는 걸 깨닫고선 당황하기 시작했다.

"아, 그래! 예전에 한번 본 적이 있었어."

"언제? 어디서?"

"그게 말이지……."

에르닌이 사근사근한 말투와 정반대로 집요하게 파고들자 크루겐은 식은땀을 흘리며 빠져나갈 구석을 찾기에 급급했다.

"에르닌, 포르테가에 언제 입양되었어?"

"오빠가 간 뒤 석 달 뒤였으니 대충 3년 전쯤에."

"그랬군."

"그런데 오빠는 어디에 일하고 있었어?"

"계속 교단에 있었지. 그런데 1년 사이에 세 번이나 옮겨 다녔어."

그레인이 화제를 돌리자 에르닌은 더 이상 마력총에 대해 캐묻지 않았다. 크루겐은 한숨을 내쉬며 머플러 끝자락으로 땀을 슬쩍 닦아냈다.

"그래서 오빠 이름을 찾기 힘들었구나."

"날 찾았어?"

"응. 교단의 아는 사람을 통해 오빠가 어디에 배속되었는지 계속 알아봤거든."

하이브리드는 교단의 성직자임이 분명하지만, 특성상 대외적으로 이름을 공개하진 않았다.

그런 이유로 헛고생을 계속했을 에르닌을 그레인은 안쓰러운 눈빛으로 내려다봤다.

"그런데 아가씨, 왜 그렇게 이 녀석을 찾았던 거야?"

크루겐의 질문에 에르닌은 오른손 검지를 뺨에 가져가더니 생각에 잠겼다.

"나의 은인이기 때문이야. 그것 말고도 다른 이유도 있지만."

"은인? 이 녀석이?"

"내가?"

"응, 오빠 덕분에 좋은 곳으로 입양될 수 있었거든. 새로운 친구도 사귈 수 있었고, 트리아나도 만나고 할아범도……."

전부 그런 건 아니지만, 귀족으로 입양된 고아들은 예전에 고생한 것에 대한 반동으로 도도한 성격으로 변하곤 한다.

그러나 지금의 에르닌에게선 그런 구석을 전혀 찾을 수 없었다. 살짝 얼굴을 붉히면서 말끝을 흐리는 모습은 3년 전과 크게 다르지 않았다.

  '난 이 애한테 특별히 잘해준 게 없었는데, 그동안 무슨 일이 있어서 날 은인이라 여기는 거지?'

  그레인은 궁금증을 참지 못하고 물어보려고 했지만, 이내 관두고 나중에 단둘이 있을 때를 기다리기로 결심했다. 모르는 이들 앞에서 타인의 과거를 이야기하는 건 상당히 무례한 짓일 수도 있다. 특히 에르닌처럼 입양된 입장이라면 더욱더.

  "그러면 그레인 오빠와 크루겐은 베릴란트 성이 새 배속지인 거 맞지?"

  "지금은 그렇지만, 언제 다른 곳으로 보내질지는 나도 몰라. 아, 본가가 베릴란트 성에 있다고 했지?"

  "응."

  "그러면 부탁 좀 들어줄 수 있겠어?"

  "뭔데?"

  에르닌은 가능한지 아닌지는 따지지 않고 무엇인지에 대해 되물었다.

  "왕국의 높으신 분과 만나고 싶거든. 그런데 꽤 높은 지위에 있는 분이라 아마도 힘들 거야. 그러니 너무 무리할 필요까진 없고."

  "문제없어."

"베릴란트 왕국의 왕자이신 스코트 전하라고 해도?"

순간 집사 플로이드가 몰던 마차가 멈추나 싶더니 다시 움직이기 시작했다.

에르닌과 트리아나는 이해할 수 없다는 얼굴로 그레인을 빤히 쳐다봤다.

"오빠, 혹시 다른 사람 말하는 거 아니야?"

"우리들이 뵙고 싶은 사람은 베릴란트 왕국의 왕자이신 스코트 전하가 맞아."

그레인이 재차 설명하자 에르닌은 아까와는 반대 반향으로 고개를 갸웃거렸다.

"왕자님이 아니라 왕이신데?"

"뭐?"

"잉? 무슨 소리야?"

*　　　*　　　*

타닥타닥.

고요한 어둠 속에서 모닥불이 타들어가는 소리만이 그레인의 귓가에 맴돌았다. 그 모닥불을 사이에 두고 두 소년이 마주 앉아 있었다.

쉬지 않고 달린 마차는 숲을 벗어났지만 가장 가까운 마을까지 가기엔 너무 어두워졌기에 어쩔 수 없이 노숙을 해야 했다. 그레인과 크루겐은 마차를 얻어 탔으니 자신들이 불침번을 서겠다고 나섰고, 모두가 잠든 지금 그들은 미처 하지 못했던 이야기를 꺼낼 수 있었다.

"그 스코트가 왕이라."

"게다가 즉위한 지 벌써 7년째라니. 역사가 확 바뀌었네."

그들이 알고 있는 스코트는 한 나라의 왕자임에도 권력에는 욕심이 없었다. 게다가 자신은 왕이 될 재목이 결코 아니라며 손사래를 치던 모습을 둘 다 기억하고 있었다.

"무슨 일이 있었기에 스코트마저 변한 걸까?"

"글쎄."

"예전에 지키지 못했던 나라를 이번에는 직접 다스리면서 구하겠다는 의도라면 쉽게 이해가 가지만, 직접 만나지 않은 이상 모르겠네."

회귀한 자들 모두가 이전처럼 교단의 섬멸을 목표로 삼지 않는다는 건, 이전 고르다와 케리나 부부의 건으로 뼈저리게 실감했었다. 아니면 듀란처럼 아직 회귀하지 않은 상태일지도 모른다.

"이번에는 그냥 모른 척하고 넘어갈까?"

"그래도 최소한 회귀한 상태인지 아닌지는 확인해야 한다고 봐."

"교단 편에 붙었을 가능성은?"

"그랬다면 회귀한 결사대원들 모두가 잡혀갔을 거다. 직접 만나보기 전까지 확신은 금물이야."

"에잉, 이거 괜히 긁어 부스럼 만드는 일은 아닐까 모르겠어."

한 가지 확실한 것은 다른 나라와 달리 교단에 대한 베릴란트 왕국의 태도가 너그럽지 않다는 점이었다. 회귀에 성공한 스코트라면 당연히 교단에 대한 반감을 계속 지니고 있을 테고, 그런 그가 왕으로 있는 베릴란트 왕국 내에도 자연스럽게 그런 분위기가 형성될 거라는 추측에 그레인은 기대를 걸었다.

"그런데 그 녀석, 진짜 출세했네? 원래 왕자였지만 한 단계 더 올라 지금은 왕이라니, 아직까지도 실감이 잘 안 돼."

"스코트라."

그레인은 눈을 감더니 결사대원 시절에 겪었던 스코트와의 일을 떠올렸다.

전장에서는 마음 놓고 등을 맡길 수 있는 동료였음은 분명했다. 그러나 사사건건 의견이 충돌했던 탓에 그와 마주 볼 때는 항상 언쟁이 오고 갔다. 성격 면에 있어서도 무뚝뚝하면서 주로 홀로 있었던 그레인과 달리 스코트는 열정적이며 개인보다는 단체를 우선시했다.

그런 스코트가 불타오르는 베릴란트 성을 허망하게 바라볼 때만큼은 침묵을 지켰지만.

"만약 스코트가 이전처럼… 쉿!"

크루겐은 하던 말을 급히 멈추고선 마차 쪽으로 고개를 돌렸다.

그레인은 등에 찬 트윈 엣지를 반사적으로 뽑아 들었지만 이내 검집에 집어넣고 자리에 앉았다. 마차 안에 있던 에르닌이 졸린 눈을 비비며 그레인 쪽으로 걸어오고 있었다.

"혹시 우리들 때문에 깼어?"

"아니야. 목이 말라서 깼는데, 오빠가 밖에 있을 거 같아서 나와본 거야. 그런데 안 추워?"

에르닌은 옷깃을 여미며 두 손을 입으로 가져갔다. 숨을 내쉬자 작은 입에서 김이 뿜어져 나왔다.

"난 추위를 잘 안 타는 체질이라 괜찮아."

모포로 몸을 둘둘 감은 크루겐과 달리 그레인은 법의 차림 그대로였다.

에르닌은 그레인의 왼편에 앉더니 아무렇지 않게 그의 오른손을 살짝 움켜쥐었다.

"정말이네. 손이 안 차가워. 따스해."

"에르닌, 이건……."

"왜?"

"아무것도 아니야. 단, 주변에 다른 사람이 있을 때엔 좀 더 주의해서 행동하는 게 좋아."

"난 신경 안 써도 돼. 3년 만에 만난 사이잖아?"

크루겐은 그레인을 바라보며 가볍게 웃더니 일부러 시선을 딴 곳으로 돌렸다.

"3년이라⋯⋯. 이렇게 만나게 되어서 정말 다행이야."

"그 말을 듣고 싶었어."

에르닌은 몸을 살짝 움직이더니 그레인 옆에 바짝 붙었다.

"그런데 참 신기하군. 네가 좋은 가문으로 입양되길 바랐지만 포르테 가문일 줄은 상상도 못 했어. 혹시 마법에 소질이 있어서였어?"

"그건 아냐. 그레인 오빠 덕분이었어."

"내가?"

"응, 오빠가 떠나기 전에 한 말을 잊지 않았거든."

"혹시라도 널 선택받은 인간이라고 말하는 사람이 나타난다면, 그 꼬드김에 절대 넘어가서는 안 돼."

그레인은 즉각 자신이 했던 말을 떠올렸지만, 그것만으로는 이해하기 어려웠다.

"참, 오빠. 그때 같이 갔던 애들은 어떻게 되었어? 연락은 돼?"

"그건⋯⋯."

그레인은 말끝을 흐리며 대답을 회피했다. 교단이 감춘 진실을 알려주기엔 너무나 때가 일렀다.

"연락이 안 되나 보네. 하긴, 오빠는 다른 애들과 안 친했지."

"내 성격이 원체 다른 사람과 친해지기 힘들어서 말이야."

"확실히 오빠는… 그랬던… 것……."

자다 깨서일까, 에르닌은 말을 하다 말고 꾸벅꾸벅 졸기 시작했다.

"여긴 추우니까 자려면 마차 안으로 도로 들어가도록 해."

하지만 에르닌은 대답하지 않고 그대로 그레인의 어깨에 얼굴을 기대더니 옆으로 미끄러졌다.

"따뜻해……."

그레인의 허벅지에 머리를 대고서 에르닌은 잠들어 버렸다.

"이 아가씨, 이렇게 응석 부리는 타입이었어?"

"그건 아닌 걸로 기억해. 그냥 놔둬도 알아서 잘 노는 성격이었으니."

그레인이 고아원에서 홀로 목검을 휘두르며 땀을 흘릴 때에 에르닌은 근처에서 홀로 시간을 보내곤 했다. 이따금씩 말을 주고받긴 했지만, 그레인을 방해하지 않고 가만히 있던 적이 대부분이었다.

"눈치도 빨랐고?"

"그건 잘 모르겠군."

그레인은 에르닌의 얼굴 앞에 손을 저어봤지만 그녀는 아무런 반응을 보이지 않았다.

"하지만 아까 그 일은 명백한 네 실수였다."

"끄응, 네 지인이라기에 방심했어. 앞으론 더 주의해야겠네.

그런데 날씨가 더 쌀쌀해질 텐데, 괜찮겠어?"

아무리 모닥불 앞이라 해도 사방에는 낮에 내린 눈이 아직도 쌓여 있었기에 주변의 공기는 차가웠다.

"그렇다면 이 애를 이대로 놔두기는 곤란하겠군."

"그 자리에 그대로 있어. 내가 트리아나를 불러올 테니까."

"그럴 필요까진……."

"조금이라도 네 곁에서 그렇게 자도록 놔둬. 솔직히 그 나이면 응석 좀 부려도 되잖아?"

크루겐은 그레인의 말을 도중에 끊고선 마차로 걸어갔다. 그 사이에 몇 번이나 새하얀 김이 그의 입에서 뿜어져 나왔다.

"3년이라……."

그레인은 허벅지에 머리를 베고 누운 에르닌을 보더니, 헤어질 때에 비해 확실히 성장했다는 걸 실감했다.

"겨우 그 정도밖에 안 지났는데… 아니지."

그레인은 살짝 헝클어진 에르닌의 금발을 쓰다듬으면서 뒤로 넘겨주었다.

"너에겐 긴 시간이었겠군."

회귀한 자들과 그렇지 않은 자들 사이에서 존재할 수밖에 없는, 흘러가는 시간에 대한 차이.

그레인은 그 차이를 곰곰이 되새기며 에르닌의 머리를 쓰다듬었다.

카르디어스 신성력 1397년 11월 30일.

에르닌과 동행한 그레인과 크루겐은 예정된 날짜보다 일찍
베릴란트 성에 도착했다.

이전까지만 하더라도 그들이 걸친 법의를 보고 꼬치꼬치
캐물으며 시간을 끌던 경비병들이 마차에 새겨진 포르테 가문
의 문장만 보고도 무사통과시켜 준 덕분이었다.

그건 베릴란트 왕국의 수도, 베릴란트 성에 입성할 때도 마
찬가지였다. 마차 안을 슬쩍 둘러본 경비병들은 인사를 하며
마차를 통과시켜 줬고, 마차의 창문으로 얼굴을 살짝 내민 그
레인은 과거와 달라진 풍경에 의아해했다.

"베릴란트 성이 원래 이랬던가?"

그레인의 기억 속에 남아 있는 베릴란트 성은 여타 다른 성
들과 크게 다르지 않은 평범한 곳이었다. 수도라는 점 때문에
성의 규모 자체는 컸지만, 지금은 회귀 전에 비해 최소 2배는
되어 보였다. 특히 왕이 있는 본성보다 더 높이 올라간 다섯
개의 마탑만 따져도 이전 생에 봤던 베릴란트 성과는 완전히
딴판이었다.

"내 눈이 잘못되었나?"

그레인처럼 마차 밖으로 얼굴을 내민 크루겐은 눈을 비비

며 거리를 살펴봤다. 생필품을 파는 상점보다 마법 용품과 마법서를 다루는 곳이 더 많았고, 로브를 걸친 마법사들이 적지 않게 눈에 띄었다. 상점 앞에 놓인 시험관과 플라스크 안에서 끓어오르는 시약 냄새가 여기저기서 풍겼다.

"성 전체가 하나의 마탑 같군."

"놀랐어?"

"내가 알고 있던… 아니, 교단에서 들었던 것과는 너무나 달라."

그레인은 이전 기억과의 이질감을 교단을 핑계로 내세우며 둘러댔다.

"사실 몇 년 전만 하더라도 이 정도까진 아니었어. 요 근래 국가 차원으로 마법사에 대한 지원이 크게 는 덕분에 이렇게 변했어. 그런 이유로 이곳은 베릴란트 왕국의 수도인 동시에……."

에르닌은 마력총이 들어 있는 홀더를 쓰다듬은 뒤 말을 이어갔다.

"마법(魔法)의 수도라고 불려."

그들을 태운 마차는 베릴란트 성의 정북 쪽에 위치한, 가장 높이 솟아오른 마탑을 향해 이동했다.

*　　　　*　　　　*

"오오, 에르닌!"

마탑 앞에 홀로 서 있던, 흰 수염을 길게 기른 백발의 노인이 양팔을 크게 벌리며 에르닌을 맞이했다.

그는 에르닌을 껴안더니 자연스럽게 그녀가 자신의 왼팔에 걸터앉도록 이끌었다.

"협회에 다녀오는 동안 무슨 일은 없었니?"

"별일 없었어, 아빠."

"그래그래, 요 귀여운 것!"

노인은 에르닌과 뺨을 비비적거리며 재회의 기쁨을 맘껏 표현했다.

"아빠?"

"할아버지인 줄 알았는데 아빠였어?"

"그러면 저 애를 손녀가 아닌 수양딸로 맞이했다는 이야기로군."

"아니… 그것보다 그레인, 방금 봤어? 마나로 신체를 강화시켜서 저 아가씨를 걸터앉게 만든 거. 따로 주문을 읊지도 않았고, 마나의 이동이 물 흐르듯이 자연스러웠어."

"게다가 내제된 마나의 양이 대단해. 저 정도면 렌딜 본인이 맞겠군."

"그런데 아까 마법이 아닌 오러로 그런 것 같던데, 내 착각이려나?"

두 소년은 귓속말을 주고받으며 전혀 어울리지 않는 부녀를 살펴봤다.

"그런데 에르닌, 아쉽게도 그 애는 이틀 전에 떠났단다."

"우웅……."

"너무 서운해하지 말거라. 나중을 기약하는 수밖에. 그런데 에르닌, 저놈들은 뭐냐?"

시야에 법의가 들어온 순간, 렌딜은 '놈'이라는 단어로 두 소년을 지칭했다.

"그레인 오빠와 크루겐이야."

"오빠? 그게 무슨 소리냐? 오빠라니!"

"예전 고아원에 같이 있었던 오빠야."

"아, 네가 말했던 그 오빠가 이 녀석… 아니, 이 소년이로구나."

이 녀석이라는 말에 에르닌이 표정을 살짝 찡그리자 렌딜은 허겁지겁 했던 말을 정정했다.

렌딜은 에르닌을 데리고서 그레인을 향해 가까이 다가갔다. 에르닌은 살짝 위로 올라간 드레스 끝자락을 무릎 아래로 조심스럽게 끌어내렸다.

"반갑네. 나는 이 아이의 아버지인 렌딜이라고 하네."

렌딜이 오른손을 내밀며 악수를 청하자, 그레인은 잠시 머뭇거리다가 그의 손을 잡았다.

"대마법사 렌딜 님을 뵙게 되어 영광입니다."

"첫인상과 다르게 환심을 살 줄도 아는구먼."

렌딜은 길게 자라난 수염을 쓰다듬으며 그레인을 향해 얼굴을 불쑥 내밀었다.

"그래, 딸아이가 말하던 그레인이 바로 자네란 말이지."

렌딜은 장갑과 긴 소매로 가려진 그레인의 왼팔과 머플러를 두른 크루겐의 얼굴을 유심히 살펴봤다.

"둘 다… 흐음, 여기서 할 말은 아니겠군."

렌딜의 시선이 어디에 멈췄는지 파악한 그레인은 입술을 굳게 다물었다.

"어떻게 알았는지 궁금하다는 표정 같은데, 별거 아니네. '그것'에 대한 연구 자체야 꽤 오래전부터 진행되었으니, 자세히는 몰라도 그것 자체가 있다는 것 정도는 알고 있지."

렌딜은 자세를 낮추더니 에르닌을 내려놓고 머리를 톡톡 두들겼다.

"에르닌, 넌 먼저 네 방에 가 있지 않으렴? 나는 네 손님들과 이야기 좀 나눠야겠다. 네 방으로 가면 그 애가 남긴 편지가 있을 테니 그걸 읽으면서 기다리도록 해라."

"웅, 알았어."

에르닌은 고개를 끄덕이더니 트리아나와 함께 마탑 안으로 들어갔다.

"자네들은 날 따라오게나."

* * *

순간 이동용 마법진을 통해 마탑의 최상층에 도착한 그레인과 크루겐은 방 안을 두리번거렸다.

마탑의 층 하나를 통째로 쓰는 렌딜의 연구실은 넓은 것 이상으로 어수선했다. 잡다한 물건들이 일정한 규칙 없이 엉망진창으로 쌓여 있었고, 각종 시약들에서 풍기는 냄새가 서로 뒤섞여 뭐라 표현할 수 없는 분위기를 자아냈다.

기다란 실험대 위에서 차를 끓이기 시작한 렌딜은 턱짓으로 건너편 소파를 가리켰다. 두 소년이 주춤거리며 소파에 앉자 렌딜은 탁자 위에 찻잔을 내려놓고 차를 따르기 시작했다. 뜨거운 김이 모락모락 피어오르며 은은한 향기가 풍겼다.

"손녀가 아니라 딸이라는 게 그렇게 이상한가?"

"네?"

예상외의 말에 그레인은 뭐라 대답할 말을 찾지 못했다. 자신도 모르게 피식 웃으려던 크루겐은 렌딜과 시선이 마주치자 황급히 머플러를 코 위로 끌어 올렸다.

"굳이 표정 관리할 필요는 없네. 남이 어떻게 보든 나와 딸아이만 괜찮으면 되니까."

자신 몫의 차까지 다 따른 렌딜은 맞은편 소파에 앉았다.

"그러면 지금부터 할 이야기는 남들이 들으면 곤란할 테니……"

렌딜이 왼손을 들어 올리더니 손가락을 튕겨 소리를 냈다.

그러자 보이지 않는 막이 방 전체를 뒤덮으며 방 안의 소리가 밖으로 새어 나가지 않도록 막았다.

"교단의 하이브리드인 자네들이 왜 내 딸에게 접근했는지 알려주게나."

대놓고 하이브리드라는 단어를 언급한 렌딜의 표정은 진지했다.

"어, 음… 그, 그게 말입니다."

크루겐이 말을 더듬으며 당황하자 그레인은 자신이 나서겠다고 손짓했다.

'이럴 땐 대답보다 상대처럼 질문으로 응수해야겠지.'

"어떻게 저희들이 하이브리드라고 확신하십니까?"

"질문을 먼저 한 쪽은 나일세."

렌딜과 그레인이 서로를 마주 보더니 침묵 속에서 신경전이 시작되었다.

크루겐은 눈치를 보며 차를 홀짝거렸다. 분명히 맛과 향기 모두 좋은 차였지만, 크루겐의 혀에는 뜨거움만 느껴졌다.

"우연히 만난 겁니다."

결국 먼저 한 수 접은 쪽은 그레인이었다.

그러나 렌딜의 표정은 대답에 조금도 만족하지 않는다는 표정이었다.

"우연?"

"네, 저도 에르닌과 이렇게 재회할 줄은 미처 몰랐습니다."

"그 말을 나보고 순순히 믿으라는 건가?"

렌딜이 눈을 부릅뜨며 그레인을 향해 얼굴을 내밀었다. 탁자 위에 댄 렌딜의 두 손에서 흘러나온 마나가 사방으로 퍼져 나갔다. 그럼에도 그레인의 표정에는 아무런 변화가 없었다.

'이것 봐라? 날 보고도 겁먹지를 않네?'

찻잔을 집어 든 렌딜은 차를 한 모금 들이켜고 소파에 등을 기댔다.

"그래, 우연이라…… 우선은 그렇게 알고 있겠네."

그레인을 바라보는 렌딜의 시선에선 아까보다 적의가 줄어들었다. 그러나 적의 그 자체는 여전히 남아 있었다.

"듣자 하니 에르닌보다 2살 연상이니 자네는 17살이겠고, 옆의……."

"저 말인가요? 크루겐입니다. 19살이죠."

"둘 다 절대 그 나이로 보이지 않는 눈이로군. 아, 육체적인 의미가 아니라 정신적인 의미일세."

80년이 넘는 세월 동안 살아온 렌딜은 두 소년에게서 느낀 이질감을 스스럼없이 드러냈다. 그것이 회귀로 인한 이질감이라는 건 상상도 못 했지만.

"자네는 딸과 같은 고아원 출신이라고 들었네."

"네."

"그곳에서 무슨 일이 있었는지 자세히는 모르지만, 내 딸은 자네를 은인으로 생각하고 있네. 그러니 그 애가 뭔가 해주려고 하면 순순히 받아들이게. 단, 상식선에서."

"저는 따님께 딱히 잘 대해준 기억은 없습니다만."

실제로 고아원에서 에르닌과 함께 보낸 시간을 돌이켜 봐도 은인이라 불릴 정도로 뭔가 베푼 적은 그레인 입장에선 없었다.

"은인에게 잘 대해주는 게 뭐가 이상한가?"

"네?"

"세상에는 은혜를 원수로 갚은 인간들이 수두룩해. 난 절대 그렇게 되지 말라고 딸에게 가르쳤어."

그레인은 고개를 끄덕이며 수긍했다. 하지만 방금 전까지 보여줬던 적의와 정반대로 호의에 대해 논하는 렌딜의 의도를 그레인은 이해하기 힘들었다.

"베푼 것 이상으로 받았다고 생각하면 그 여분만큼 다시 딸에게 돌려주면 되네. 그것이 인생이고 사람과 어울리는 법이야."

"네."

"하지만 그것과 별개로 충고 한마디만 하겠네."

렌딜이 찻잔을 탁자에 내려놓는 순간, 적의가 서린 눈으로 그레인을 노려봤다.

"예전의 은인이 계속 은인으로 남으리란 보장은 없지. 그러니 자넨 끝까지 딸에게 '은인'으로 있어주길 바라네. 만약에, 만약의 이야기이지만……."

그가 쥐고 있는 찻잔 안의 차가 부글부글 끓어오르기 시작했다.

다시 한번 둘 사이에 침묵이 감돌았고 찻잔 위로 김이 피어올랐다.

"휴우, 도대체 내가 왜 이러는지 나도 잘 모르겠구먼."

찻잔을 입가로 가져간 렌딜은 펄펄 끓어오르는 열기를 뒤늦게 느끼고선 도로 탁자에 내려놓았다.

그레인은 렌딜의 찻잔에 왼손을 가져갔다. 그의 손에서 흘러나온 냉기가 팔팔 끓어오르던 차를 천천히 식혔다.

도로 식은 찻잔을 집어 든 렌딜은 차를 한 모금 들이켜고선 눈썹 사이를 찡그렸다.

"미지근해져서 맛이 영 미묘하군. 일부러 이렇게 온도를 낮춘 건 아닌가?"

"저에게 호의를 좀 더 보이셨다면 지금보다 마시기 적합한 온도로 낮춰 드렸을 겁니다."

"지기 싫어하는 성격이로구먼."

"그 점은 부정하지 않겠습니다."

렌딜의 입술 사이로 피식하는 웃음소리가 새어 나왔다.

"따지고 보면 내 쪽에서 먼저 시비를 건 셈이니… 딸을 생각하는 노인의 변덕이 심했다고 여겨주게나."

렌딜은 손가락을 튕기자 방 전체를 둘러쌌던, 보이지 않는 막이 소멸되어 사라졌다.

"그러면 딸이 기다리고 있을 테니 가보게나."

손을 까닥거리자 멀리 있는 문이 저절로 열렸다.

"잘 마셨습니다."

"아, 그냥 지나갈 뻔했군. 자네들을 어떻게 알아봤는가에 대해 답해야겠구먼."

렌딜은 찻잔을 양손으로 감싸더니 천천히 데우기 시작했다.

"내가 하이브리드를 알아볼 수 있는 능력이 따로 있는 건 아니라, 자네들에게 느껴진 이질감을 다른 사람으로부터 앞서 느꼈기 때문일세."

"그렇습니까?"

"하지만 그 사람이 그렇게 되는 과정과 그 후 어떻게 변했는지를 직접 목격했기에 호감보단 반감을 표출한 거라네."

적당한 온도로 맞춘 차를 들이켜는 렌딜은 착잡한 얼굴로 창문 너머를 주시했다.

높이 솟아오른 마탑 아래에 있는 왕궁이 그의 시야에 들어왔다.

"누구인지 궁금하다는 얼굴 같은데, 밝히기엔 곤란하네. 꽤 높으신 곳에 있는 분이라⋯⋯."

"알겠습니다."

말을 마친 그레인과 크루겐은 방을 나와 계단을 통해 아래층으로 내려갔다.

말없이 순간 이동용 마법진을 향해 걸어가는 그레인의 머릿속에는 온갖 추측이 난무했다. 그리고 가장 가능성 높은 생각을 떠올리자, 복잡한 감정이 마음속에서 뒤엉켰다.

'설마 스코트가, 하이브리드가 된 상태에서 왕이 되었나?'

*　　　*　　　*

원인을 알 수 없는 호의와 적의를 번갈아가며 겪어야 했던 그레인은 마탑 5층에 위치한 에르닌의 방 앞에 섰다.

노크를 하려는 순간, 문이 열리면서 누군가가 허리를 숙여 인사했다. 에르닌의 전속 하녀 트리아나였다.

"들어오십시오."

고개를 살짝 끄덕이며 인사한 그레인은 방 안을 둘러봤다. 렌딜의 방에 비하면 작고 아담한 넓이의 방이었지만 분위기 자체는 크게 다르지 않았다.

"에르닌, 나 왔⋯⋯."

그레인은 하려던 말을 멈추고 의자에 앉은 에르닌을 바라봤다.

에르닌은 책상에 두 팔을 내려놓고 마력총을 매만지는 중이었다. 그레인이 바로 옆에 다가갔음에도 그녀의 시선은 분해된 마력총의 부품들에 쏠려 있었다.

"아가씨는 한 번 집중하시면 이렇답니다."

"방해가 되면 안 되겠군요."

그레인은 에르닌의 등 뒤로 슬며시 이동했다. 트리아나는 허리를 빳빳이 세운 자세로 그 둘에서 좀 떨어진 곳에 섰다.

외눈 안경을 통해 부품 하나하나를 유심히 살피는 에르닌의 눈동자가 좌우로 재빠르게 이동했다.

"벌써 닳았네."

에르닌은 오른손 검지 끝에 시약을 묻히고선, 책상에 대고 작은 원을 그리더니 그 안에 룬 문자를 빠르게 적었다. 빛과 함께 떠오른 작은 마법진에 부품들을 집어넣자, 잠시 후 각 부품들의 마모되었던 부분이 복구되면서 날카롭게 날이 섰다.

"휴, 다행이다."

에르닌은 손등으로 이마의 땀을 훔친 뒤 마력총을 재조립하기 시작했다. 금속들이 서로 맞춰지는 소리가 이어지면서 마력총은 원래 모양으로 돌아갔다. 결합 부분에 혹시나 어긋난 부분이 없는지 꼼꼼히 살핀 에르닌은 기름 수건을 집어 들었다.

그레인은 그녀로부터 한 걸음 뒤로 물러섰고, 그제야 기척을 알아챈 에르닌이 뒤를 돌아봤다.

"어? 언제 온 거야?"

"별로 안 되었어."

"트리아나, 나 또 기다리게 한 거야?"

에르닌은 트리아나 쪽을 바라봤지만, 트리아나는 가볍게 미소만 짓더니 문을 열고 밖으로 나갔다.

"다과를 준비해 오겠습니다."

단둘이 남게 되자 에르닌은 오른손 검지로 뺨을 긁적이며 시선을 아래로 내렸다.

"미안, 난 한 가지에 집중하면 주변이 잘 안 보여."

"괜찮아. 구경하는 것도 나름 재미있었거든. 안 본 사이 수준급으로 마법을 익힌 것 같던데, 원래 소질이 있었던 거야?"

"그건 잘 모르겠어. 아빠는 그런 거 따지지 않고 날 받아들여 주셨거든. 마법을 배우기 시작한 건 입양된 후였어."

"그렇다면 3년 만에 마력총까지 다룰 수 있는 수준까지 올라선 거야?"

"아빠에 비하면 난 한참 모자라. 아, 겁나진 않았어?"

에르닌은 고개를 들어 올리며 그레인을 걱정하는 눈빛으로 바라봤다.

"무섭다기보다는 뭐랄까, 좀 괴팍한 분이시던데."

그레인이 나름대로 말을 골라 표현하자 그제야 에르닌의 표정이 살짝 풀렸다.

"아빠는 나에게 접근하는 남자들에겐 엄하게 나오시곤 해. 주로 청혼 신청을 해온 남자들이었지만……."

"청혼? 아아, 그럴 법도 하겠군."

포르테 가문의 이름값을 생각한다면 15살의 에르닌에게 청혼이 여러 차례 들어오는 것 자체는 이상하지 않다. 오히려 귀족 가문의 무남독녀라는 점을 따지면 약혼자가 있어야 정상이다.

"그래서 그런지 아빠와 단둘이 이야기를 나눈 뒤엔 모두 새파랗게 질린 얼굴로 도망쳤어. 사실 오빠에게 미리 말해줬어야 했는데 방으로 돌아온 뒤에 생각나서 많이 난감했어."

"……"

확실히 '대마법사'가 대놓고 적의와 함께 마나를 사방으로 발산하는 장면을 본다면 웬만한 사람은 부리나케 도망칠 법하다.

"나에게도 그러시긴 했지."

"괜찮아?"

"나야 나름 거칠게 살아왔으니 문제없어. 그리고 날 겁주기만 하신 건 아니었거든. 네가 나를 은인으로 여기고 있다고 말하기도 하셨고."

"은인?"

"그러고 보니 네가 왜 나를 은인이라 여기는지 알고 싶어."

그레인이 한쪽 무릎을 꿇으며 에르닌과 눈높이를 맞췄다.

"이야기가 길어질지도 몰라."

"그러고 보니 네가 왜 나를 은인이라 여기는지 알고 싶어."

그레인이 한쪽 무릎을 꿇으며 에르닌과 눈높이를 맞췄다.

"이야기가 길어질지도 몰라."

"괜찮아. 안 본 사이 무슨 일이 있었는지 듣는 셈 치면 되 겠지."

생각에 잠긴 에르닌이 입술 아래를 오른손 검지로 톡톡 두 들겼다. 두 발을 번갈아가며 까닥거리는 모습이 앙증맞았다.

"오빠가 고아원을 떠난 이후, 교단에서 나온 사람들이 두 번이나 아이들을 데려갔어. 난 오빠가 한 말을 잊지 않고 계 속 고아원에 남았고, 나중에는 나를 포함해 겨우 다섯 명만 남았어."

"그 정도 수라면 고아원을 굳이 운영할 필요가 없을 텐데."

"응, 그래서 원장님도 나머지 모두 입양시킨 뒤 고아원을 접 을 거랬어. 그러던 중 지금의 아빠가 고아원을 방문했지."

에르닌은 토끼 인형을 무릎 위에 앉히더니 핏자국이 남아 있는 귀를 어루만졌다.

"아빠는 날 보더니 대뜸 '넌 자신이 선택받았다고 생각하느 냐?'라고 물어봤어."

"아, 그때 내가 말한 대로 행동한 거야?"

"응. 나는 말없이 고개를 저었어. 그러니 아빠는 돌연 날 딸 로 삼겠다며 이곳으로 데리고 왔지 뭐야. 알고 보니 나 말고는 모두 자신이 선택받은 인간이라고 대답했나 봐."

에르닌의 작고 가느다란 손이 예전에 그레인이 손수 바느질 했던 토끼 인형의 실밥 부분을 쓰다듬었다.

"그때부터 내 인생은 극적으로 바뀌었어."

남루한 옷을 걸치고 다니던 고아에서 마법으로 유명한 귀족 가문의 무남독녀로.

낡은 식판에 싸구려 음식을 배급받던 처지에서 하녀의 시중을 받으며 호화로운 식사를 즐길 수 있는 입장으로.

"그 후 아빠가 나에게 물어보셨어. 왜 그렇게 대답했냐고. 그래서 난 아는 오빠가 가르쳐 준 대로 대답했을 뿐이라고 말했지. 그러니 아빠는 이렇게 말했어. 그 오빠라는 사람은 너에게 은인이니, 나중에라도 다시 만나면 반드시 은혜를 갚으라고."

"난 딱히 대단한 일을 한 게 아니야."

"아빠는… 오빠 말이 없었다면 난 이곳에 없었을 거고, 어쩌면 이 세상에 더 이상 존재하지 못했을 거라고 말하셨어."

에르닌의 두 눈을 지그시 감고서 고개를 들었다.

그레인은 입을 굳게 다물고서 렌딜과의 대화를 떠올렸다. 에르닌의 말대로라면 렌딜은 하이브리드가 '만들어지는' 과정까지 알고 있을지도 모른다.

'내 말이 이 애의 운명을 크게 바꿨구나.'

결사대원은 아니지만, 누군가를 구했다는 생각에 그레인은 살며시 웃었다. 손을 뻗어 에르닌의 머리를 쓰다듬어 주려던 순간, 그녀가 눈을 뜨자 황급히 손을 거뒀다.

"왜 그래?"

"못 보던 사이 아가씨가 다 되어버린 너를 예전처럼 함부로 쓰다듬어 주면 곤란할 거 같아서."

"칫, 난 괜찮은데."

에르닌은 아랫입술을 내밀며 뾰로통한 표정을 지었다.

"마력총까지 다룰 수 있을 정도의 마법사를 함부로 대할 순 없잖아?"

"그러고 보니 오빠 친구인 크루겐이란 사람 말이야, 왜 거짓말을 했어?"

"거짓말?"

에르닌은 책상 위에 놓여 있는 마력총으로 시선을 돌렸다.

"예전 아빠가 개발했던 건 지금 것과 형태가 많이 달라. 남들 앞에서 실제로 쏴본 것도 지난번이 처음이었어."

"……."

"하지만 더 캐물으면 오빠까지 곤란해질 것 같으니 관둘게."

"나쁜 녀석은 절대 아니야."

"응, 나도 그런 느낌이 들긴 하는데 뭔가 숨기고 있다는 건 꺼림칙해서 그래. 아무튼 오빠는 그 뒤로……."

똑똑.

"아가씨, 다과를 가져왔습니다."

문 너머에서 노크 소리와 함께 트리아나의 목소리가 들렸다. 쟁반 위에 실린 찻잔에선 김이 모락모락 피어올랐고, 갓 구워낸 쿠키에선 달콤한 향기가 흘러나왔다.

"맘에 들 거야. 트리아나가 구운 쿠키는 정말 맛있어."

에르닌은 쿠키를 한입 깨문 후 그레인에게 권했다.

"으음, 확실히……."

입에 넣고 우물거리자 달콤함이 입안 전체로 퍼져 나갔다.

"모자라면 말해. 더 구워달라고 할게."

"그런데 이걸 나 혼자서 먹기엔… 아, 이런."

쿠키와 함께 차를 음미하던 그레인은 마탑 입구에서 기다리기로 한 크루겐을 뒤늦게 떠올렸다.

"아무래도 차만 마시고 가야 할 거 같아. 보다시피 교단 소속이라 배속지로 가야 하거든. 친구가 밖에서 기다리고 있기도 하고. 남은 이야기는 여유 생길 때 하도록 하자."

"배속지라면 베릴란트 성에 있는 성당, 맞지?"

"맞아."

"그러면 내가 안내해 줄게. 트리아나, 나갈 준비해 줘."

"알겠습니다."

*　　　*　　　*

"아니! 이게 누구십니까? 에르닌 님 아닙니까?"

베릴란트 성의 주임 사제, 달렌트가 에르닌을 반가운 얼굴로 맞이했다.

에르닌과 함께 온 그레인은 성당 주변을 둘러봤다. 위치 자체가 성 외곽의 한적한 잔디밭 위였고, 프란디스 교구와 달리 성당을 비롯해 사제들이 머무는 별관마저도 꽤 낡은 느낌이었다. 성당 옆 분수대는 물이 말라붙었고, 카르디어스 교단의 문양이 녹슨 채 방치되어 있었다.

"어서 오십시오!"

"신의 가호가 함께하실 겁니다."

다른 사제들도 허겁지겁 성당 밖으로 나오더니 에르닌 앞에서 머리를 조아렸다.

'이렇게 보니 확실히 귀족가 아가씨란 느낌이 드는군.'

자신과 크루겐에게 격의 없이 대해서였을까, 자신을 반기는 사제들에게 별 반응을 보이지 않는 에르닌이 남달라 보였다. 하지만 교단과 접점을 딱히 찾기 힘든 그녀에게 사제들이 왜 이렇게까지 반응하는지는 알 수 없었다.

"주임 사제님, 부탁을 좀 드릴까 해서요."

"말씀만 하십시오. 그동안 에르닌 님께서 저희 교구에 도움 주신 거에 비하면 부탁 정도야 아무것도 아닙니다. 그런데 뒤에 계신 두 형제분은?"

달렌트는 에르닌 뒤에 서 있는 두 소년이 걸친 법의를 알아보고선 두 눈을 가늘게 떴다.

"프란디스 교구에서 베릴란트 성 교구로 배속을 명받은 그레인입니다."

"저도 그레인처럼 이곳에 배속된 크루겐입니다."

"아, 자네들이었나?"

달렌트의 말투가 순식간 아랫사람을 대하는 어조로 변했다.

40대 중반으로 보이는 달렌트는 두 소년에게 이쪽으로 오라며 눈치를 줬다. 그레인과 크루겐이 슬그머니 사제 쪽으로 가려고 하자, 에르닌이 오른팔을 들어 올리며 앞을 가로막았다.

"사실 전 그레인 오라버니와 같은 고아원 출신이랍니다."

"그, 그렇습니까? 혹시 진짜 남매 사이이신 건……."

"그건 아니고 오빠와 동생 사이로 지냈지요. 그리고 3년 만에 다시 만났고요."

"아! 에르닌 님이 찾던 사람이 바로 그레인 형제였군요! 신의 인도 아래 이렇게 만나게 되다니, 정말 다행입니다."

달렌트는 성호를 그으며 함박웃음을 지었다.

"주임 사제님, 저 두 분이 포르테가의 마탑에 머무를 수 있도록 허락해 주실 수 있나요? 한 일주일 정도로요."

"문제없습니다! 자네들 이름이… 그레인, 그리고 크루겐이라고 했지? 포르테가에 머무르는 동안 절대 폐를 끼치지 않게 유의하도록!"

"오빠, 돌아가자."

에르닌은 고개를 끄덕이며 사제들에게 인사를 건넸다.

좀 떨어진 곳에 세워둔 마차를 향해 에르닌과 걸어가던 그레인이 뒤를 돌아봤다. 아직까지도 사제들은 제자리를 지키며 에르닌을 배웅 중이었다.

"사제분들과 안면이 있었어?"

"그럭저럭. 평소에 교단에 기부를 넉넉히 해뒀거든."

"왜?"

그레인은 무의식적으로 날이 선 말투로 물어봤다.

교단 소속이긴 하지만 교단에 대해 절대로 좋은 감정을 가질 수 없는 그로서는 에르닌의 행동에 반감을 지닐 수밖에 없었다.

"오빠를 찾으려고."

"아… 그, 그랬구나."

그러나 에르닌의 대답을 듣자마자 그레인은 실수를 깨닫고 말을 더듬었다.

에르닌은 그레인이 고아원을 떠날 당시, 카르디어스 교단 측의 주선으로 입양되었다는 이야기만 들었다. 그렇기에 그레인을 찾기 위해선 교단과 어떻게든 연줄을 만들어야 했고, 기부처럼 무난하면서 쉬운 방법은 없었다.

"오빠의 행방을 알기 위해서 내가 번 돈을 베릴란트 성 교구에 종종 기부했어. 친구에 비하면 속된 목적이긴 해도, 내가 잘못한 거야?"

"아니, 잘못이랄 것까진 없는데……."

그레인의 반응이 기대와 달라서였을까, 에르닌은 풀이 죽은 얼굴로 고개를 숙였다. 크루겐은 팔꿈치로 그레인의 옆구리를 쿡 찌르더니 고개를 설레설레 저었다.

"미안하다. 날 찾으려고 한 건데 날카롭게 반응해서."

"으응, 아냐. 뭔가 이유가 있어서 그랬을 거야. 맞지?"

그레인은 고개를 끄덕거렸고, 에르닌은 그 이유에 대해서는 더 파고들지 않았다.

마차에 도착하자, 홀로 기다리고 있던 집사 플로이드가 마차의 문을 열었다. 맨 먼저 마차에 올라타려던 에르닌은 몸을 돌려 그레인을 바라봤다.

"참, 오빠. 밖으로 나온 김에 정장 맞출 생각은 없어? 단골인 옷가게가 있으니 내가 거기에서 맞춰줄게."

"정장을?"

잠시 생각하던 그레인은 오른손으로 자신의 가슴을 툭툭 두들겼다.

"굳이 그럴 필요는 없어. 우리들에겐 이게 정장이니까."

그레인이 걸친 교단의 법의를 빤히 바라본 에르닌은 이번엔 크루겐 쪽으로 시선을 돌렸다.

"그러면 크루겐… 은……."

"그냥 크루겐이라 부르면 돼. 오빠라는 칭호는 아무래도 그레인 전용인 것 같으니 양보하도록 하지."

"응, 알았어."

"그리고 나도 이 녀석과 마찬가지로 딱히 정장을 필요로 하진 않아. 그런데 왜 정장을 맞춰주려고 해?"

"그건 제가 대신 대답해 드리겠습니다."

크루겐의 질문에 에르닌을 대신해 트리아나가 끼어들었다.

"3일 뒤에 왕궁 무도회가 열릴 예정이기 때문이랍니다."

＊　　　＊　　　＊

카르디어스 신성력 1397년 12월 3일.

해가 지평선 너머로 저물기 시작하는 저녁.

수십여 대의 호화로운 마차가 왕성 앞에 주차했고, 화려한 복장의 남녀가 한데 어울려 왕성 안으로 들어갔다.

베릴란트 왕국 내의 내로라하는 귀족 가문들이 초청되었는데, 마법사 가문으로 유명한 포르테 가문의 경우 렌딜을 대신해 에르닌이 참석했다. 그레인과 크루겐을 대동하고서.

무도회가 열리는 장소인 왕성 안 대강당에는 잔잔한 음악이 흘렀고, 대강당 오른쪽과 왼쪽에 설치된 기다란 탁자 위에는 정성들여 조리된 음식들이 놓여 있었다. 무도회에 초대받은 귀족 가문에서 파견된 집사와 하녀들이 손님들을 대접 중이었고, 여기저기서 건배하는 이들의 유리잔 안에서 와인이 찰랑거렸다.

"……."

그레인은 벽에 등을 살짝 기댄 채로 에르닌이 있는 쪽을 조용히 응시했다.

화려함 그 자체인 무도회 안에서도 그녀는 유독 눈에 띄었다. 드레스는 평소 입고 다니던 귀여운 이미지에서 벗어나 성숙함을 자아내는 디자인이었는데, 특히 그 나이답지 않게 도드라진 가슴 부분이 앳된 얼굴과 대조를 이뤘다. 틀어 올린 머리 아래 드러난 목덜미에 남자들의 시선이 쏠렸다.

사실 그레인과 크루겐도 대강당에 들어설 때 많은 이의 주목을 받았다. 베릴란트 왕국에서 다소 경원시되는 교단의 성직자 두 명이 포르테가의 아가씨와 함께 등장했다는 것 자체가 작은 이슈였기 때문이다.

특히 흰색의 법의와 대조적으로 검은색의 머플러로 얼굴을 가린 크루겐은 마치 에르닌의 경호원 같은 분위기를 풍겼다.

하지만 그들에게 몰려든 사람들에게 두 소년은 간단히 인사만 주고받았을 뿐, 에르닌에게 떨어져 다른 이들을 관망하는 입장을 취했다. 애초에 그들은 무도회를 즐기기 위해 온 것이 아니었기에.

"확실히 왕실에서 주최하는 무도회가 아니라면 왕성 안에 들어가긴 쉽지 않겠지."

왕이 된 스코트를 만나기 위해선 자연스럽게 왕성으로 들어갈 수 있어야 했고, 그런 의미에서 무도회는 절호의 기회였다.

"그런데 그 집사 할아범, 보기보다 대단한 거 아냐? 지인을 통해 스코트와 연락할 수 있을 정도라니……."

어떻게 스코트와 연락할지 고심하던 두 소년의 고민을 해결해 준 이는 다름 아닌 에르닌의 집사 플로이드였다. 어떻게 가능하냐는 물음에 플로이드는 전직 근위대 소속이었다며 짤막하게 대답했을 뿐이었다.

"흐음?"

에르닌이 그녀를 둘러싼 이들 중 한 명과 뭔가를 몰래 건네받는 모습이 그레인의 시야에 포착되었다.

"너도 봤구나."

크루겐 역시 뭔가를 꽉 쥐고 있는 에르닌의 오른손을 보며 의미심장한 미소를 지었다.

잠시 후, 사람들로부터 빠져나온 에르닌이 피곤한 얼굴로 그레인에게 다가왔다.

"그레인 오빠, 답변을 받았어."

에르닌은 쥐고 있던 쪽지를 그레인에게 건네줬다.

"정말 고마워."

"아냐, 별거 아니었는걸. 그러면 오빠는 그분을 만나러 가야 하지? 난 좀 쉴게."

에르닌은 벽에 붙어 있는 소파에 앉더니 팔걸이에 몸을 기대고 눈을 감았다. 다른 귀족들을 시중들던 트리아나가 그녀에게 다가오는 걸 확인한 후에야 그레인은 테라스로 나갔다.

자신과 크루겐 외엔 아무도 없음을 확인한 그레인은 테라스 문을 닫고 몇 겹으로 접혀 있던 쪽지를 펼쳤다.

"어, 이건 우리가 보낸 쪽지와 내용이 같잖아?"

1416, 100, 30.
85, 99, 12.

단순한 숫자의 나열이지만, 회귀했음을 기억하는 결사대원이라면 쪽지를 쓴 이와 읽는 이 모두를 암시하는 내용이었다.

결사대원만의 연락 방식을 기억하고 있는 그레인은 유리잔을 기울여 쪽지를 물에 적셨다. 그러고는 테라스 벽에 걸려 있는 횃불에 쪽지를 가까이 가져갔다.

"역시……."

물이 증발하면서 숨겨져 있던 글자가 숫자 아래에 서서히 드러났다.

*　　　*　　　*

쪽지에 적힌 설명에 따라 비밀 통로로 이동한 두 소년은 거대한 문을 앞에 두고 섰다.

무도회가 아직도 진행 중인 대강당과 대조적으로 어두컴컴하고 고요함이 감도는 이곳에선 경비병을 단 한 명도 찾아볼 수 없었다.

그레인과 크루겐은 서로를 마주 보더니 고개를 끄덕이고선 문에 손을 가져갔다.

끼이익.

거친 마찰음과 함께 문이 열리면서 붉은색의 카펫이 모습을 드러냈다.

카펫은 입구에서 옥좌까지 길게 깔려 있었고, 양옆의 벽에 걸려 있는 횃불들이 시야를 밝혀주었다.

"오래간만이로군."

옥좌에 앉아 있는, 20대 중반으로 보이는 남자의 머리에는 왕관이 씌어져 있었다.

"99호."

제2장
형의 운명을 가로챈 동생

옥좌를 향해 다가가는 두 소년의 걸음걸이에는 긴장이 서렸다.

발자국 소리마저 카펫이 흡수한 탓에 넓은 방 안에는 고요함만이 감돌았고, 그레인은 옥좌 위에서 자신을 내려다보고 있는 스코트를 올려다봤다.

"정말로 왕이 되었군."

회귀 직전, 마지막으로 봤던 40대의 얼굴보다 당연히 어려졌지만 인상 자체는 크게 다르지 않았다. 굳이 차이점을 찾는다면 이전보다 갸름해진 턱에는 수염이 자라나 있다는 점과 머리에 쓰고 있는 왕관 정도.

하지만 그 하나가 이전의 스코트와 전혀 다른 이미지를 부여했다. 또한 예전 생에서 아이언 골렘의 코어를 이식받았던 양팔은 겉보기에는 평범해 보였다.

"보다시피 더 이상 나는 하이브리드가 아니다."

스코트는 일부러 양팔의 소매를 걷어 올리며 코어가 없음을 밝혔다.

"놀랐나?"

왕자가 아닌 왕이 되어 나타난 스코트.

그의 말투에는 권력의 정점에 선 자 특유의 자신감과 오만함이 녹아 있었다.

"굳이 말을 아낄 필요는 없다. 우리들의 대화를 엿들을 사람은 없으니 안심해도 된다. 그리고 존댓말 따위 쓸 생각도 마라. 아까도 말했지만 여기엔 우리들 말고는 없으니까."

"그건 우선 확인해 봐야 알 일이지."

크루겐이 머플러를 코 위로 살짝 잡아 올리는 순간, 어둠 속으로 녹아들며 모습을 감췄다.

잠시 후 다시 모습을 드러낸 크루겐은 스코트와 그레인을 향해 번갈아가며 고개를 끄덕였다.

"스코트 말대로야. 우리들 말고는 없어."

"하긴."

애초에 여기서 진행될 대화가 밖으로 새어 나간다면 세 명 모두에게 위험할 수 있다.

'그런데 정말로 혼자서 우리 둘을 맞이할 줄은 몰랐어. 왕이 되었어도 스코트는 스코트란 말인가⋯⋯.'

오직 세 명만이 있다는 사실과 스코트의 본질 자체는 바뀌지 않았음에 그레인의 긴장이 풀리기 시작했다.

"그나저나 그 기분 나쁜 눈빛은 여전하군, 99호."

"⋯그건 너도 마찬가지다, 85호."

스코트와 그레인은 서로를 노려봤다. 회귀 전과 입장이 판이해졌지만 이전 생에 품었던 감정 자체는 쉽게 변하지 않았다.

"그렇다면 이쪽이 12호인가?"

스코트는 그레인 옆에 있는 크루겐 쪽으로 눈길을 돌렸다.

"쳇, 그레인은 단번에 알아봤으면서 나는 뒷전인가."

"항상 동료들 뒤에서 벌벌 떨던 주제에 말이 많군. 그나저나 나도 한때 걸치긴 했지만 교단의 법의가 눈앞에 있으니 심히 불쾌해."

모국을 멸망시켰던 집단의 복식을 노려보며 스코트는 적의를 감추지 않았다.

거기에 원래 그레인에게 품었던 적의까지 추가되자 팔걸이에 올린 스코트의 오른손이 꿈틀거렸다.

"85호, 고작 말싸움이나 하려고 우리들을 부른 건 아니겠지?"

"한 나라의 왕 앞에서 못 하는 말이 없군."

"그 왕으로서의 권력을 쓰지 않는 너는 100명의 결사대 중한 명에 불과해. 그걸 잊었다면 다시는 잊지 못하게 만들어줄의향도 있다."

그레인은 법의 안쪽에 감춰뒀던 트윈 엣지에 손을 슬쩍 가져가더니 검 자루를 움켜쥐었다.

"어이어이, 진정해. 나도 지금 상황이 맘에 안 들지만, 너야말로 스코트가 왕이라는 사실까지 잊으면 곤란하다고."

크루겐은 그레인을 앞에서 껴안으며 만류했다. 정작 말리는 크루겐 본인도 다른 손으로 검집 위를 매만지고 있었지만.

"생각해 보면 우리들이 대련할 때에는 순수한 의미의 대련에서 종종 벗어나곤 했지."

스코트는 진짜로 '피'를 보던 그레인과의 수련을 곱씹으며피식 웃었다. 급기야 맥스가 직접 두 사람의 대련을 엄금할 정도로 감정이 오고갔던 시절을 스코트는 잊지 않았다.

"그런데 99호, 진짜로 내가 두렵지 않나?"

"아까도 말했지만, 네가 왕으로서 나타났다면 두려웠을지도모르지."

스코트가 진짜 그레인을 굴복시킬 작정이었다면 되든 안되든 간에 많은 병력을 동원했겠지만, 결국 스코트는 혼자 나타났다.

'넌 그 누구보다 자존심이 강한 인간이었지. 그 점은 변함없군.'

"게다가 우리는 교단을 섬멸하기로 결심한 몸이다. 이 정도에 벌벌 떨 정도라면 회귀 자체를 한 의미조차 없어."

"그렇단 이야기는 교단의 개로 계속 살아갈 의향은 없다는 말이로군."

이야기하는 내내 그레인을 쏘아붙이던 스코트의 어조가 조금 부드러워졌다.

"그러는 너는 어느 편에 서 있지? 그리고 왜 하이브리드가 되지 않았는가에 대해서도 궁금하다. 왕이 되기 위해서였나?"

"내가 고작 이까짓 옥좌에 오르려고 하이브리드가 되는 걸 포기했다고 생각하나?"

옥좌의 팔걸이를 쓰다듬는 스코트의 말에 비아냥보다는 무게감이 느껴졌다.

"너희들도 알다시피, 나는… 내가 태어나고 자라왔던 성이 하염없이 불타오르는 광경을 보고만 있어야 했다."

스코트는 지그시 두 눈을 감으며 그때의 참혹했던 장면을 머릿속에 떠올렸다.

그레인은 입을 굳게 다물고 스코트와 똑같은 장면을 회상했다.

"시간 회귀술이 완성된 후, 과거로 돌아와 보니 그 성은 언제 그랬냐는 듯 우뚝 서 있었지. 그때 나는 결심했다. 다시는 이 성이 허무하게 불타 버리는 일은 없게 만들겠다고."

"그래서 형 대신 왕이 되기로 결심한 거였나?"

"아니, 처음부터 그러진 않았다. 형이 예전 생에 저질렀던 실수를 반복하지 않도록, 어디까지나 조력자의 입장에 서려고 했다."

한 나라의 정점에 선다는 것은 권력과 함께 그 누구에게도 양보할 수 없는 막대한 책임을 진다는 의미.

스코트는 왕좌에 올라선 이후 괴로워하는 쌍둥이 형을 보면서 간접적으로나마 왕이라는 이름의 중대함을 느꼈고, 자신이 짊어질 수 없다고 생각했다.

"그러나 이미 겪었던 진실을 증명하기 위해, 일일이 증거를 구해 짜 맞춰줘야 하는 현실에 나는 지쳤다. 나라가 기울었을 때 그 누구보다 먼저 도망쳤던 이들이 떳떳이 고개를 들고 다니는 것만으로도 나는 분노할 수밖에 없었다."

"어떤 의미인지 알 것 같군."

자신만이 알고 있는 사실을 근거로 아무것도 모르는 타인을 설득시키기란 쉽지 않다. 그것이 좋은 의미이든, 나쁜 의미이든 간에.

그레인은 아딜나에게 진실을 밝히지 못하는 자신의 모습을 옥좌 위에 앉아 있는 스코트에게서 볼 수 있었다.

"어떻게 해야 하나 갈팡질팡하던 나에게 예전 생에도 있었던 마차 전복 사건이 닥쳤다. 그걸 계기로 나는 바뀌었다."

"아, 그때 네가 하이브리드가 되었다고 했었지? 이제야 기억났네."

크루겐은 과거 스코트가 말했던 사연을 뒤늦게 기억해 내며 씁쓸한 표정을 지었다.

"넌 알고 있었군. 99호, 너는?"

"모른다."

"이야기가 길어질 수도 있는데……."

"상관없다."

"이전의 나는 형과 형의 약혼녀 밀레느와 같이 마차를 타고 가던 중, 전복 사고를 겪었다. 그때의 나는 밀레느가 다치지 않도록 온몸으로 감쌌지만 그 대가로 양팔을 잃어야 했지."

스코트는 상처 하나 없이 멀쩡한 양손을 들어 올리더니 얼굴에 가까이 가져갔다.

"두 팔과 함께 희망까지 잃어버렸던 당시의 나는 교단의 성자를 기다렸지만, 오랫동안 맥이 끊긴 성자는 나타나지 않았다. 대신 교단의 성직자들이 나에게 얼굴을 들이대었다. 다른 인간들과 달라지더라도 상관없냐는 조건을 제시했고, 나는 망설임 없이 받아들였다."

"그런 식으로 아이언 골렘의 코어를 이식받았던 거로군."

"하지만 이번 생의 나는… 뒤집혀 부서지는 마차 속에서 망설였다. 만약 내가 죽기라도 한다면 조국을 구할 수 없다는 두려움에 휩싸였고, 그녀를 구하기 위해 뻗어야 했던 손을 이번 생에서는 내밀지 않았지."

담담한 어조로 이번 생의 '과거'를 고백하는 스코트의 입에서 길게 한숨이 새어 나왔다.

"대신 형이 밀레느를 구했고, 이전의 나는 양팔만 잃었지만 형은 그 이상을 잃어야 했지. 결과적으로 하이브리드가 되었어야 할 내 운명은 나의 쌍둥이 형, 펠릭스에게로 옮겨갔다."

"펠릭스?"

"그래, 원래대로라면 왕이 되었어야 할 형에게. 그리고 형의 운명은 내 것이 되었지."

스코트는 팔걸이에 얹은 양손을 천천히 움켜쥐었다.

"웃기게도 밀레느를 구하지 않았던 이번 생의 나는 그녀를 부인으로 맞이하게 되더군. 더 웃긴 건 내가 하이브리드가 되었을 땐 5년이나 더 사셨던 아바마마가 형을 걱정하며 시름시름 앓다가 돌아가셨다는 점이다."

"그래서 벌써 왕이 된 거였어?"

"그렇다."

"쩝……."

스코트의 대답에 크루겐은 뭐라 덧붙일 말을 찾지 못하고 뒤통수를 긁적거렸다.

"왕태자가 되기 무섭게 곧바로 왕이 된 나는 고민할 여유조차 없이 내부의 적부터 없애기 시작했다."

스코트는 쏩쓸해 보이는 미소를 머금고 왕이 된 이후 진행했던 일에 대해 설명하기 시작했다.

"인간은 쉽게 변하지 않는다."

옥좌에 오르게 된 그의 뇌리에 가장 먼저 떠오른 것은 회귀 전 대장 맥스가 남긴 말이었다.

스코트는 다른 이들이 시간의 뒤틀림 속에서 변할 수 있다는 가능성에 기대지 않고, 이전과 다를 바 없을 거라는 가능성에 무게를 두었다.

권력을 한 손에 움켜쥔 스코트는 이전 역사에서 뒤로 뇌물만 먹고 아부를 일삼던 간신들의 목을 '미리' 쳤고 재산을 몰수했다. 겉보기엔 선해 보여도 그 이면에 추악한 얼굴을 지닌 이들의 경우에는 암살 혹은 다른 방법을 동원해 몰락시켰다.

반대로 묵묵히 왕국을 위해 일했던 이들을 예전보다 일찍 발견해 고위직에 앉혔다.

타인의 눈에는 과격하게 비춰질 수밖에 없었던 왕국 내의 개혁에 반항이 잇따랐지만 스코트는 권력이라는 이름 아래 짓눌렀다.

그러나 조금의 망설임도 없이 신하들을 쳐내는 스코트의 모습에 예전에는 나라를 위해 충실히 일했던 이들마저도 하나둘씩 그를 떠나기 시작했다.

그렇게 시간이 흐르면서 스코트의 주변에는 능력이나 성품의 좋고 나쁨을 떠나 그의 명령에 일체의 이의 없이 고개만 끄덕이는 이들만이 남게 되었다.

"더 물어볼 것은 있나?"

"지금은 딱히……."

"그렇다면 내가 물어볼 차례로군. 너희들과 같이 온 포르테가의 아가씨는 하이브리드인가?"

"아니다."

"그래? 특이하군. 난 그녀도 너희들과 같은 운명이라 도와주는 걸로 추측했는데……."

스코트는 의외라는 반응을 보였지만, 에르닌에 대한 의구심 자체를 완전히 버리지는 않았다.

"나와 같은 고아원 출신이었고, 최근 우연히 재회한 것뿐이다."

"우연? 우연이라. 참으로 좋은 핑곗거리로군."

"네가 어떻게 여기든 간에 난 상관없다. 말 그대로 진짜 '우연'이었으니까. 무엇보다 교단의 제어에서 벗어난 하이브리드가 있을 거라 생각하나? 탈주라도 하지 않는 이상."

그레인은 우연이라는 단어를 거듭 강조하며 에르닌과 자신의 입장을 완전히 분리시켰다.

자신에게 호의를 보인 에르닌에게 만약에라도 폐를 끼치는 일은 원치 않았기에.

"글쎄? 지금이라면 하이브리드의 자질을 지닌 자를 탐지하는 방법이 이미 개발되었을 시점 아닌가?"

"그건 아직 개발되지 않았을 거다. 이번 생의 역사가 항상 이전과 똑같이 흘러간다고 여기지 마라."

"그건 또 생각 못 했군."

턱수염을 매만지는 스코트의 얼굴은 한 방 먹었다는 표정이었다.

"그러면 42호는? 난 네가 그녀와 함께 올 줄 알았는데."

"……."

그레인은 태연하게 아딜나의 코드네임을 언급하는 스코트를 노려봤다.

반면 팔걸이에 팔꿈치를 대고서 턱을 괸 스코트의 얼굴에는 옅은 미소가 자리 잡았다.

"굳이 대답을 듣고자 한 질문은 아니었다. 아무튼 왜 플로이드를 통해 나에게 연락했는지에 대해서는 대충 이해되는군."

"플로이드?"

"포르테 가문의 집사 말이다. 예전 생에는 베릴란트 성과 운명을 함께했던 근위대장이었지."

"아, 혹시 그 사람이 그 할아범이었어?"

크루겐은 단번에 알아챘지만 그레인은 플로이드가 누구인지 가물가물했다. 뇌리에 뭔가 흐릿하게 떠올랐지만, 누구일지 알아볼 정도로 선명하지는 않았다.

"그레인, 기억 안 나? 스코트에게 베릴란트 왕국 사정을 정기적으로 알려주던……."

"기억났다. 그때 그 사람이었군."

매번 스코트를 만날 때마다 걱정하는 눈빛으로 그를 바라 보면 노병의 얼굴이 말끔한 차림새의 집사와 서서히 겹쳐지더 니 정확하게 일치했다.

"그런데 왜 지금은 근위대장이 아니라 집사 노릇을 하고 있 지? 그 누구보다 너를 잘 이해하던 인물 아니었나?"

"내가 가고자 하는 길을 따라올 사람이 아니어서였다. 예전 에 좋은 인연이었다고 이번 생에도 그래야 하는 규칙은 없지. 물론 나쁜 사이였다고 지금은 좋은 사이여야 하는 법도 없듯 이."

"베릴란트 성을 지키지 못해 죄송할 따름입니다… 전하……."

예전 생의 플로이드가 숨을 거두면서 남겼던 말이 스코트 의 뇌리에 떠올랐다 이내 사라졌다.

"저는 더 이상 폐하 곁에 있을 수 없겠습니다. 부디 옥체를 보 중하시길."

그리고 이번 생의 플로이드가 근위대장에서 물러나면서 남 겼던 말이 귓가에 맴돌았다.

결국 두 번에 걸친 스코트의 생에서 플로이드와의 관계는 아쉬움만 남은 채로 끝났다.

"아무튼 짐과… 아니, 나나 너희들이나 교단을 없애야 한다는 점에서는 일치하는군."

스코트는 팔걸이를 붙잡고 있는 양손에 힘을 줘봤다.

"하나 지금의 나는 직접 전장에 나서서 싸울 생각도 없고, 보다시피 그럴 능력도 안 된다."

아이언 골렘의 코어를 이식받았던 예전이라면 모를까, 지금의 스코트는 팔걸이를 박살 내기는커녕 금도 가게 만들 수 없었다.

"다만 내 형이라면 예전의 나를 대신하고도 남을 거다. 왜냐하면……."

스코트는 다리를 꼬더니 그 위에 깍지 낀 두 손을 얹었다.

"무려 두 개의 코어를 이식받고도 살아남은 하이브리드이니까."

"뭐?"

*   *   *

하이브리드의 자질을 지닌 자를 알아볼 수 있는 방법이 나타나기 전까진 무작위로 코어를 이식받고 살아남은 자들만이 하이브리드가 되었다.

그러나 그 후에도 하나의 육체에 두 개 이상의 코어를 지닌 하이브리드는 존재하지 않았다. 코어의 이식이라는 것 자체가 죽을 것 같은 고통을 견뎌내야 하는 과정이고, 그걸 또 한 번 겪고도 살아남을 수 있는 자가 있다고는 상상하기조차 힘들었기에.

"믿지 못하겠다는 눈빛이로군."

"그 이전에 하이브리드인 네 형이 교단에 끌려가지 않았다는 게… 아, 교단이라고 해도 한 나라의 왕자를 멋대로 끌고 가진 못하겠지."

"예전의 내가 교단의 거듭된 설득 후에야 성을 떠났듯이 말이다."

"그러면 지금 네 형은 어떻게 지내고 있지?"

"나의 형, 펠릭스 대공(大公)은……."

스코트는 시선을 그레인이 아닌 굳게 닫힌 문 쪽으로 향했다.

"베릴란트 왕국의, 암흑가의 지배자로 살아가고 있다."

그날 이후, 목숨을 건진 대가로 하이브리드가 된 펠릭스는 더 이상 왕궁에 발을 디디지 않았다.

사랑하는 연인을 뒤로하고 왕태자라는 신분을 버려야만 했던 펠릭스가 멈춰 선 곳은 베릴란트 성 내의 남쪽 지역이었다.

베릴란트 왕국의 부흥과 함께 커져간 암흑가의 중심인 그곳에서 펠릭스는 자신의 힘을 유감없이 발휘했고, 몇 년 후에는 왕국 전체의 암흑가를 좌지우지하는 자리에 우뚝 섰다.

"그래서인지 해가 저물고 어둠이 깔리기 시작하면 백성들은 나보다 형을 더 두려워하지."

"그런가. 너와 운명을 완전히 뒤바꾼 건 아니었군."

어느 곳에서든 '왕'이 될 운명 자체에서 벗어나지 못한 스코트의 쌍둥이 형 펠릭스.

조국의 운명을 바꾸기 위해 그 어떤 짓이라도 마다하지 않았던 스코트였지만, 펠릭스에 대해 이야기하는 동안만은 착잡한 표정을 떨쳐내지 못했다.

"나는 내 형에게 새 기회를 주고 싶다. 이대로 암흑가의 지배자로 인생을 마치는 걸 보고만 있기에는 너무 괴롭다."

"왕국 내의 권력을 더 확고하게 다지기 위해서가 아니라?"

"99호, 네 말을 부정하지는 않겠다. 하지만 망가져 버린 형을 위해 뭔가 해주고 싶은 마음만은 진심이다."

"진심이라… 그것만큼 믿기 힘든 단어는 드물지."

그레인을 상대로 스코트가 비꼬며 이야기를 주고받던 상황이 지금은 정반대가 되어버렸다.

"문제는 말이지, 형을 원래대로 되돌릴 수 있는 방법이 있다면서 요 근래 교단 측에서 끈질기게 접촉해 오더군."

"그걸 믿는 건 아니겠지?"

"당연히 아니다. 하지만 교단 입장에서 형은 포기하기엔 너무나 매력적인… '소재'이니 쉽게 포기하진 않을 거다."

소재라는 단어를 언급하며 고개를 숙이는 스코트의 얼굴

에 그림자가 드리웠다.

"이제까지는 여러 핑계를 대며 거절했지만, 결국 더 이상 미룰 수 없는 단계까지 이르렀다. 교단 측에서 성당 기사단의 투입까지 고려 중이라는 이야기가 돌더군."

"잉? 그렇게까지? 완전히 너와 한판 하겠다는 뜻이잖아?"

크루겐이 눈을 휘둥그레 뜨며 물어봤지만 스코트는 여전히 고개를 숙인 채였다.

"어차피 원래대로 되돌릴 수 있다는 이야기는 말도 안 되고, 그걸 미끼로 네 형을 어떻게 해서든 교단으로 끌어들이려는 속셈이겠네."

"만약 교단이 형을 데리고 간다면 차라리 너희들과 함께 가는 편이 낫다고 생각한다."

"우리들을 믿는다는 의미인가?"

"너희들은 교단 소속이지만 교단을 위해 일할 인간들은 결코 아니니까."

스코트의 말에 그레인과 크루겐은 고개를 끄덕거렸다.

하지만 암흑가의 지배자를, 그것도 대공인 펠릭스를 교단으로 보내기엔 결코 쉽지 않아 보였다.

"억지로 가두거나 요양을 보내는 식으로 해결은 불가능한가?"

"불가능하다."

"아무리 하이브리드가 상대라고 해도, 한 나라의 왕인 너에게 불가능한 일이 있나?"

"형을 직접 보고 나면 무슨 의미인지 알게 될 거다."

스코트는 더 이상의 설명을 거부하며 입술을 다물었다.

그레인은 자신에 대한 반감으로 그러는가 싶었지만, 그 어느 때보다 진지한 스코트를 보고서 생각을 바꿨다. 직접 두 눈으로 확인하는 길 외엔 다른 선택지는 보이지 않았다.

"스코트."

그레인은 처음으로 코드네임이 아닌 이름으로 그를 불렀다.

"너의 쌍둥이 형은 저주의 잔을 마셨나?"

"아니, 그것만은 막았다. 형과 운명을 서로 바꾼 나였지만 최소한 형이 교단의 개가 되는 것만은 볼 수 없었다. 하지만 교단으로 간다면 필시 그걸 마시게 되겠지."

"그래… 알았다."

그레인은 펠릭스가 아닌 스코트가 왕이 되었다는 이야기를 들었을 때부터 품었던 의문에 해답을 얻었다.

프란디스 교구에서 일할 때 봤던 하이브리드 목록 중에 왜 스코트가 없었는지, 그리고 하이브리드가 된 펠릭스마저 제외되어 있었는지에 대해서 이제야 완전히 이해되었다.

"이걸 가져가라."

스코트는 품에서 뭔가 꺼내더니 그레인을 향해 휙 던졌다.

화려한 외양보다 정교하게 새겨진 베릴란트 왕국의 문양이 한눈에 들어오는 반지였다.

"이걸 보여준다면, 그 누구도 만나길 거부하는 형이라 해도 이야기 정도는 들어줄 거다. 물론 만나기조차 힘들 테니, 필요에 따라 어느 정도의 폭력은 허락하겠다. 만약 형을 설득한다면 가능한 한 최대한의 지원을 약속하겠다."

"결사대원으로서? 아니면 왕으로서?"

"둘 다."

"알겠다."

그레인과 스코트는 서로 마주 본 상태에서 고개를 끄덕거렸다.

각자를 바라보는 높이와 입장은 달랐지만 회귀 전의 기억을 공유하는 결사대원이라는 공통점 하나가 동의를 이끌어냈다.

'한 나라의 왕과 함께 움직이는 것은 어차피 무리이니, 형쪽이 훨씬 나을 수도 있겠어. 무엇보다 두 개의 코어를 이식받은 하이브리드라……. 직접 두 눈으로 확인해 보고 싶군.'

더 이상 할 말이 없다고 느낀 그레인은 뒤로 돌아섰다.

바로 그때.

"그레인."

이번에는 스코트가 코드네임이 아닌 이름으로 그레인을 불렀다.

"너와 나는 항상 충돌했지. 사고방식도 서로 확연히 달랐고."

"그랬었지."

"나는 내 나라를 위해선 그 어떤 것도 희생할 각오로 살아왔다. 그건 지금도 마찬가지다."

"한결같군."

"하지만 그런 나를 넌 반박했지. 그래봤자 널 이해해 줄 사람은 거의 없을 거라면서. 그런데 말이지, 회귀한 이후 나라를 위해 움직이다 보니 결국 나 혼자만 남게 되었다. 이것만은 네가 옳았다는 걸 인정하지 않을 수 없더군."

"그런가."

그레인은 무덤덤하게 대답하며 걸음을 다시 옮겼다. 스코트를 향한 비아냥거림은 조금도 없었다.

지금 와서 누가 옳았는지 틀렸는지는 중요하지 않았기에.

*　　　*　　　*

비밀 통로를 통해 밖으로 나온 그레인은 하늘을 향해 고개를 들었다.

스코트와 이야기한 시간보다 남들의 눈을 피해 조심스레 비밀 통로를 오고간 시간이 더 길었기에 어둠이 짙게 깔렸다.

그가 서 있는 정원의 공기는 제법 쌀쌀했지만, 추위를 느끼지 못하는 그레인은 얼마나 추운지 짐작하기 힘들었다. 숨을 내쉴 때마다 나오는 입김으로 판단하는 수밖에 없었다.

"폐하와 이야기는 다 끝났어?"

"응?"

목소리가 들린 쪽으로 고개를 돌리자 정원 벤치에 홀로 앉아 있는 에르닌이 그레인의 시야에 들어왔다.

"제법 추울 텐데 들어가 있지 그랬어."

"괜찮아."

벤치에서 일어선 에르닌이 그레인을 향해 종종걸음으로 다가왔다.

그레인은 에르닌의 입에서 입김이 계속 나오는 게 마음에 걸렸지만, 정작 그녀는 아무렇지 않다는 표정이었다.

"이야기는 잘 마쳤어? 아무래도 폐하는 무서운 분이라 소문나서 오빠가 돌아오기 전까지 내내 걱정했거든."

"별일 없었어. 걱정할 정도는 아니야."

"그런데 오빠가 폐하와 아는 사이라니, 어떻게 알게 되었는지 상상이 안 가."

"그렇게 치면 난 네가 렌딜 님의 양녀가 된 게 더 신기한데?"

"그것도 그렇네?"

에르닌은 눈을 깜박거리며 고개를 살짝 왼쪽으로 기울였다.

"참, 에르닌. 펠릭스 대공에 대해 혹시 아는 거 있어?"

"펠릭스 대공이라면……."

에르닌은 몸을 살짝 돌리더니 남쪽을 응시했다.

"직접 뵌 적은 없어. 대신 주변에서 이런 말을 들었어. 해가 떠 있을 땐 스코트 폐하를 거역해서는 안 되지만, 해가 저문 뒤에는 펠릭스 대공을 거스르면 안 된다… 라는 식으로."

펠릭스에 대해 언급하는 에르닌의 말에 두려움이 묻어났다.

'본 적도 없는 상대마저 두렵게 만드는 존재라. 더더욱 두 눈으로 직접 확인하고 싶어지는군.'

오래간만에 타인에 대한 호기심에 휩싸인 그레인은 턱을 매만지며 생각에 잠겼다.

그런 그레인의 팔소매를 에르닌이 조용히 잡아당겼다.

"오빠, 무슨 생각해?"

"아? 아, 그냥 아까 폐하와 했던 이야기를 떠올려 봤어. 그러고 보니 무도회는 잘 즐겼겠지? 슬슬 끝날 시간이 다 된 거 같은데 말이야."

그레인의 물음에 에르닌은 고개를 도리도리 저었다.

"같이 춤출 사람이 없어서 지루했어."

"너라면 같이 춤추자는 남자들이 줄을 섰을 텐데?"

"같이 춤추고 싶은 사람이 없었는걸."

에르닌은 고개를 들어 올리더니 그레인의 얼굴을 빤히 바라봤다.

아랫입술을 살짝 내민 뽀로통한 표정에 그레인은 눈치를 채고 난감한 표정을 지었다.

"그, 그러면 지금이라도 같이 춤을 추기… 에는 주변 눈치도 있을 테니 곤란하겠는걸."

"우리 둘밖에 없는데?"

"어? 크루겐? 크루겐! 이 녀석, 어디 갔지?"

그레인은 황급히 주변을 두리번거렸지만, 당연히 같이 따라왔을 거라 여겼던 크루겐은 코빼기도 보이지 않았다.

"이 추운 날씨 속에서 계속 널 기다린 아가씨 생각도 좀 해줘라. 난 먼저 갈게."

대신 어둠 속에 녹아든 크루겐의 말이 그레인의 귓가에 맴돌았다.

때마침 무도회장에서 연주된 음악이 정원까지 흘러들어 오자, 에르닌이 팔꿈치까지 덮는 검은색의 긴 장갑을 낀 오른손을 내밀었다.

"미안하다. 내가 눈치가 없어서 말이야."

"사과보단 행동으로 보여줘."

"알겠습니다, 아가씨."

그레인은 왼팔을 배에 대며 허리를 숙여 정중히 인사를 한 뒤, 에르닌의 손을 잡고 살짝 끌어당겼다. 그러자 에르닌의 얼굴에 미소가 자리 잡았다.

은은하게 울려 퍼지는 음악에 맞춰 소년과 소녀는 춤을 추기 시작했다. 부잣집 아들이었을 때 배웠던 춤을 떠올리면서 그레인은 스텝을 밟았다.

'내가 평범한 인간이었다면 예전 생에 자식 한둘은 있었겠지. 딸과 춤을 춘다면 이런 느낌일지도 모르겠어.'

육체는 17살이지만 정신은 40살을 넘어선 그에게 있어서 15살의 소녀 에르닌은 동년배로 인식되진 않았다. 그레인은 이번 생의 미래에, 혹시 생길지도 모르는 딸과 미리 춤춰본다고 여기며 스텝을 이어나갔다.

"어어, 이게 아닌데."

"후후… 오빠, 뭔가 우스꽝스러워."

하지만 시작만 괜찮았을 뿐, 그레인의 스텝은 춤이 진행될수록 뒤엉키기만 했다.

분명히 머릿속에는 어떻게 춰야 할지 기억하고 있었지만 오랜 시간 동안 춤을 춰볼 기회 자체가 없었던 그의 몸은 생각과 따로 놀기만 했다.

"내가 왜 이러지? 분명히 알고는 있는데……."

그레인의 머릿속에는 그럴싸하게 춤춰보겠다는 생각은 온데간데없었다. 결국 에르닌의 구두나 드레스 끝자락을 밟지 않기 위해 최선을 다하는 쪽으로 방향을 바꿨다.

그럼에도 엉거주춤한 자세는 변함없었다. 어떻게든 춤을 이어가느라 그레인은 진땀을 흘렸고 그런 그레인을 보며 에르닌은 연이어 웃음을 터뜨렸다.

"휴우… 이, 이제 끝난 거지?"

음악이 끝나자 그레인은 한쪽 무릎을 꿇으면서 거친 숨을 몰아쉬었다.

"응, 정말 즐거웠어."

"그래? 다행이로구나."

"오빠도 즐거웠으면 더 좋았겠지만."

에르닌은 손수건을 꺼내 그레인의 이마에 송골송골 맺힌 땀방울을 닦아냈다.

"이거, 영 폼이 안 나는데. 평화로울 때가 오면 연습 좀 해둬야겠어."

"지금이 평화롭잖아?"

에르닌의 반문에 그레인은 하늘을 바라봤다.

"맞아. 평화롭지."

무수한 별들이 반짝이는 하늘은 고요함과 평화 그 자체였다.

회귀 전이나 회귀 후나 하늘은 항상 변함없었다.

"지금 당장은."

*   *   *

베릴란트 성 내 남쪽 외곽 지역에 자리 잡은 유흥가.

어둠이 깊게 깔린 시각임에도 건물 위에 붙은 간판은 마법의 힘으로 반짝거리며 쾌락을 원하는 이들의 시선을 사로잡았다.

그중에서도 고관들이 주로 출입하는 한 술집은 손꼽히는 미녀들과 함께 고급 주류를 즐길 수 있는 곳으로 유명했다. 타인의 시선에 신경 쓸 필요 없이 쾌락을 누릴 수 있는 이곳의 분위기는 조용하면서도 기품이 넘쳤다.

물론 항상 조용한 분위기인 것만은 아니었다.

"끄윽, 날 무시하지 말라고!"

쨍그랑!

와인병이 깨지는 소리에 접대부들이 비명을 지르며 도망쳤다.

"싸구려 술 좀 시켰다고 괄시냐? 응? 괄시냐고!"

술에 잔뜩 취한 남자가 깨진 와인병 입구를 움켜쥐고 사방으로 휘둘렀다. 남자 종업원들은 잽싸게 취객을 둘러쌌고, 접대부들은 손님들을 진정시키기 위해 진땀을 흘렸다.

"무슨 일이지?"

커튼 안쪽, 특실에서 들린 묵직한 목소리에 종업원들 전원이 움찔거렸다. 그들만이 아니라 접대부들은 물론 손님들까지 경직된 것처럼 움직이지 못했다.

"저, 그것이……!"

"아니, 설명은 필요 없다."

커튼을 젖히고 특실에서 나온 남자가 천천히 취객을 향해 다가갔다. 종업원들은 감히 그와 시선을 마주할 생각조차 못 하고 옆으로 비켜 길을 열어줬다.

"끄윽! 너, 너는 누구야?"

연신 딸꾹질을 하며 비틀거리던 취객은 목소리가 들린 쪽으로 삿대질을 했지만 정작 '그'의 얼굴을 볼 수 없었다.

"감히 내 앞을 가로막……"

시선을 위로 들어 올리니, 옷에 가려진 부분을 제외하고 전신을 붕대로 칭칭 감은 거구의 남자가 시야에 들어왔다. 취객은 즉시 딸꾹질을 멈췄다.

2미터를 훌쩍 넘는 키에 옷 너머로도 느껴질 정도의 탄탄한 근육.

취객은 자신도 모르게 깨진 와인병을 다소곳이 탁자 위에 올려놓았다.

"처음 보는 얼굴이로군. 그래서 이곳의 규칙을 잘 모르는 것 같은데……"

"허억……"

거구의 남자는 오른손을 쫙 펼치더니 사내의 얼굴을 붙잡고 그대로 들어 올렸다. 손가락 끝이 취객의 콧구멍에 걸릴 정도로 유독 양팔과 손이 거대했다.

"이곳은 돈을 냈다고 모두 손님으로 대접하는 곳이 아니다. 낸 금액에 걸맞게 품위를 갖춘 사람만 허락되는 공간이다. 이 가게 이름을 보고 들어왔다면 응당 그 정도는 알고 왔을 거라 생각되는데, 아닌가?"

"이, 이름 말입니까?"

"그렇다."

취객이 간판에 적혀 있던 가게 이름을 떠올리는 순간, 얼굴에 핏기가 싹 사라졌다.

"다, 당신은 설마… 펠릭스 대공?"

쾅!

"으억!"

벽을 향해 날아간 사내가 머리를 감싸 쥐며 나뒹굴었다. 바로 옆 테이블에 있던 손님과 접대부는 서로 달라붙은 채로 벌벌 떨고 있었다.

"다시 한번 그 호칭을 입에 담으면 술을 다시 입에 댈 수 없는 곳으로 보내주겠다."

"자, 잘못했습니다! 다시는… 다시는!"

"꺼져라."

펠릭스가 출구 쪽을 가리키자 사내는 뒤도 안 돌아보고 달려가려다가 급하게 멈춰 섰다.

"도, 돈은 내야겠죠?"

사내는 벌벌 떠는 손으로 돈주머니에서 금화를 꺼내려다가 바닥에 엎어버렸다. 금화 하나가 떼구루루 굴러가더니 펠릭스의 발에 툭 부딪히자, 사내는 조금의 미련도 두지 않고 술집 밖으로 달아났다.

술집 안에 고요함이 감도는 가운데 펠릭스는 커튼을 젖히며 특실 안으로 돌아갔다.

"기다리게 해서 미안하군."

기다란 소파에는 밖에서 들린 소리를 듣고 겁에 질린 여성 두 명이 있었고, 펠릭스는 아무 일도 없었다는 듯 여자 둘 사이에 털썩 앉았다.

막상 미녀들을 양옆에 끼고 있었지만 그는 여자들과 일체 접촉하지 않았다. 소파 위에 걸친 양팔도 사실 그녀들의 어깨에 조금도 닿지 않았다.

"대공… 대공이라."

펠릭스는 참으로 오래간만에 들어보는 자신의 칭호를 되풀이했다.

"정작 원하는 것을 손에 쥐지도 못하는데, 대공이라니. 정말로 웃기는군. 하, 하하… 하하하하!"

허망함이 담긴 웃음소리가 특실 안에 공허하게 울려 퍼졌다.

제3장

운명을 바꾸기 위하여

스코트와의 만남 이후 포르테가에 머무르던 그레인과 크루겐은 정식으로 베릴란트 성 교구에 배속되었다.

두 소년의 눈에 비춰진 교구의 분위기는 좋지도 나쁘지도 않았다. 프란디스 교구의 주임 사제처럼 노골적으로 그들을 괴롭히는 이들도, 술을 끊은 후의 발렌처럼 잘 대해주는 자들도 없었다.

대신 신도들의 숫자는 확연히 적었다. 많은 인구가 밀집된 베릴란트 성임에도 불구하고, 교단을 적대시하는 왕국 특유의 분위기에 사제들은 고심했다.

그와 별개로 그레인과 크루겐은 성당을 벗어나기 힘들었다.

새롭게 일을 익히느라, 그리고 연말과 신년을 맞이해 진행되는 대미사를 준비하느라 펠릭스를 만나러 갈 타이밍을 잡지 못했다.

몇 차례 에르닌이 성당을 방문할 때를 제외하곤 두 소년 모두 정신없이 움직였고, 그렇게 바삐 흘러가는 시간 속에서 그레인은 18살을 맞이했다.

*　　　*　　　*

카르디어스 신성력 1398년 1월 15일.

"끄응, 골치 아프구먼."

베릴란트 성 교구의 주임 사제, 달렌트는 왼손으로 턱을 괸 채 고민에 빠졌다.

그와 함께 원탁에 앉은 사제들 역시 근심이 가득한 표정으로 한숨만 내뱉었다.

"우리들이 펠릭스 대공을 뵈려고 시도한 게 몇 번이었지?"

"작년에만 열 번이 넘을 겁니다."

"하지만 매번 대공의 얼굴조차 보지 못하고 돌아가야 했지. 이번이라고 다를 바 없는데 말이야, 휴우……."

펠릭스를 어떻게든 성지로 보내라는 교단 상층부의 독촉은 이번에도 실패한다면 성당 기사단을 출정시킬지도 모른다는 협박으로 바뀌었다.

"가뜩이나 성금이 모자라서 교구 운영도 어려운 판국에 왜 우리들만 구박하는지 모르겠구먼. 빨리 다른 교구로 배속되든가 해야지, 이거야 원."

이번에는 오른손으로 턱을 괴고는 입을 삐죽 내민 달렌트를 바라보며 사제들이 슬그머니 고개를 들었다.

"오늘은 진짜로 펠릭스를 만나러 갈 작정인가?"

"그건 모르지. 저치들, 일주일에 한 번은 저렇게 의미 없는 토의하느라 시간만 보냈잖아?"

"이번에는 제발 움직였으면 좋겠군."

그들 뒤에 서 있는 그레인과 크루겐은 사제들에게 들리지 않도록 귓속말을 주고받았다.

"하지만 말입니다, 어떻게든 우리들이 해결하면 그동안 고생한 보람이 한꺼번에 오지 않겠습니까?"

"어쩌면 성지로 가는 길이 열릴지도 모르죠!"

"그게 쉬우면 우리들이 이렇게 끙끙 앓고 있겠나?"

달렌트의 일침에 사제들은 고개를 숙였고 분위기는 도로 침울해졌다.

"그래도 이렇게 앉아서 고민해 봤자 답이 나오는 것도 아니니, 다시 한번 뵈러 가봐야겠지. 이번에는 예외 없이 전원 날 따라오도록."

"지금 당장 말입니까?"

"그건 아니고, 그분의 가게가 열릴 시간에 맞춰 가야 하지 않겠나? 우리 모두가 찾아가면 그래도 이야기 정도는 들어주시겠지……."

자리에서 일어선 달렌트는 옷장으로 다가가더니 깨끗하게 세탁되어 얼룩 하나 없는 새 법의를 꺼냈다. 다른 사제들도 그를 따라 옷매무새를 다듬는 와중에 두 소년은 탁자를 정리했다.

*　　　*　　　*

"돌아가십시오."

"……."

하지만 달렌트의 기대와는 정반대로, 술집 앞을 지키던 종업원은 성직자들의 법의를 보자마자 질문을 원천봉쇄하는 대답부터 툭 내뱉었다.

"아니, 그래도 우리들 사정을 봐서라도 어떻게 안 되겠나?"

달렌트는 옷자락이라도 붙잡고 늘어질 심정으로 말을 꺼냈지만 종업원은 대답 대신 술집 안으로 들어가더니 문을 아예 닫아버렸다.

한동안 멍하니 문 앞에 서 있던 달렌트는 탄식과 함께 뒤돌아섰다.

"별수 없구먼. 결국 성당 기사단에게 공을 양보해야겠어."

마치 자신이 양보하는 것처럼 생색을 내는 달렌트의 얼굴에는 아쉬움이 가득했다.

"그리고 너희들은 여기에 남아 있어라."

"네? 저희들이요?"

당연히 사제들을 따라 걸어가려던 그레인과 크루겐의 앞을 달렌트가 오른손을 내밀며 막아섰다.

"날이 밝을 때까지 어떻게든 설득을 시도해 봐라."

"주임 사제님의 말씀도 들은 척을 안 하는데 저희들이 뭘 할 수 있겠나요?"

"말이 많다! 그러면 나보고 바짓가랑이라도 붙들며 하소연하라는 말이냐?"

바짓가랑이를 붙드는 역할은 너희들 몫이라며 큰소리친 달렌트는 다른 사제들과 함께 먼저 자리를 떴다. 도중에 마주치는 취객들을 피해 조심스레 걸어가는 일행의 뒷모습을 바라보며 두 소년은 살며시 미소 지었다.

"윗사람이 저렇게 말했으니 아랫사람인 우리들은 따라야겠지?"

"어차피 해야 할 일이긴 했어. 게다가 그 녀석에게 빚 하나 지게 만드는 일은 내 입장에선 환영이다."

"생각해 보면 저치들은 있어봤자 방해만 됐을 테니, 오히려 다행으로 여겨야겠어."

그사이 문이 열린 펠릭스의 술집 앞에는 아까 그 종업원이 정자세로 서 있었다.

그는 자신에게 다가오는 법의 차림의 두 소년을 향해 노골적으로 인상을 찌푸렸다.

"이걸 보십시오. 이건 제가 직접 받아온……."

크루겐은 입꼬리를 올리면서 품에서 꺼낸 반지를 종업원의 얼굴 앞에 쑥 내밀었다.

"돌아가십시오."

하지만 크루겐의 말이 채 끝나기도 전에 아까와 다를 바 없이 문이 닫혔다.

"……."

"아무래도 이 문장 자체를 못 알아보는 거 같군. 아니, 상대 자체를 안 하려는 거 같은데?"

"어, 이러면 안 되는데! 그렇다고 이 반지의 유래에 대해 구구절절하게 설명하기도 곤란하잖아, 젠장!"

크루겐은 머리를 잡아 뜯으며 고함을 질렀다.

그렇게 한참이나 혼자 괴로워하며 문 앞에 서 있던 크루겐은 뭔가를 결심한 표정으로 그레인의 양어깨를 붙들었다.

"이렇게 된 이상 이곳에 맞게 나가보자."

"이곳? 아아……."

베릴란트 성 전체를 지배하는 학구적인 분위기와는 상반된 유흥가.

지나가는 취객들의 입에 물려 있는 여송연에서 뿜어져 나온 연기가 접대부들이 몸에 뿌린 향수와 뒤엉켜 만들어내는 묘한 공기.

술집 사이의 좁은 틈에 등을 기대고서 혼잣말을 지껄이는 취객들과 그런 이들의 주머니를 노리며 가늘게 눈을 뜬 소매치기들.

그레인은 대화보단 행동이 더 어울릴 듯한 분위기에 동참하기로 결정했다.

"이제까지와 달리 꽤 거칠게 나갈 수도 있는데, 괜찮겠어?"

그레인은 혹시나 하는 생각으로 들고 온 트윈 엣지의 검 자루를 쓱 매만졌다.

"수틀리면 이 반지를 다른 용도로 쓰면 되지, 뭐. 애초에 그러라고 준 반지 아니겠어? 이 반지를 준 '분'께서도 어느 정도의 폭력은 허락한다고 하셨고."

크루겐은 반지를 오른손 중지에 끼우더니 손바닥을 앞뒤로 돌렸다.

"이럴 때 듀란이 있었다면 평화롭게 해결할 수도 있었겠지만, 어쩔 수 없겠군."

"어떻게든 잘 살아남아서 회귀한 상태로 나타나길 바라는 수밖에 없지."

그들은 지금 이 자리에 없는 동료를 떠올리며 씁쓸하게 웃었다.

그렇게 이야기를 나누는 사이 또다시 열린 술집 문을 향해 두 소년은 걸음을 옮겼다.

"아까도 말씀드렸지만, 저희 업소는 성직자분들의 출입을……."

그레인은 도로 닫히려던 문을 잽싸게 붙들더니 닫지 못하게 바깥쪽으로 잡아당겼다.

"펠릭스를 만나러 왔다. 여기에 있나?"

그레인이 그 어떤 존칭도 없이 펠릭스의 이름을 당당히 언급하자 종업원은 입을 뻐끔거리며 할 말을 잊었다.

"내가 한 번 더 말해줄까? 펠릭스 있냐?"

크루겐이 문틈으로 얼굴을 내밀며 '불러서는 안 되는 이름'을 재차 말하자 종업원의 얼굴이 노골적으로 일그러졌다.

"술이 과하신 것 같군요."

"술? 입도 안 댔는데? 명색이 성직자인데 남을 보는 앞에서 함부로 술을 마실 순 없잖아. 술 냄새 나는지 직접 확인해 보라고. 후우~"

크루겐은 종업원의 얼굴을 향해 연신 입김을 뿜어냈고, 그 사이 두 명의 종업원이 문 안쪽에서 급히 달려왔다.

"냄새 안 나지? 그렇지? 그러니까 펠릭스를 내보내라고."

"지금이라도 돌아가신다면 못 들은 걸로 하겠습니다."

"웅? 안 들렸어? 펠릭스~ 펠릭스를 보고 싶다고."

크루겐의 깐죽거림이 계속 이어지자 종업원들의 인내심은 결국 한계에 달했다.

"감히 그분의 이름을 함부로 입에 올리다니… 미친 새끼!"

종업원들이 허리에 차고 있던 단검이 검집에서 뽑히는 소리가 들렸지만, 그들은 팔을 들어 올리지 못하고 그대로 멈춰서야 했다.

"움직이지 마라."

"어허, 손님에겐 어디까지나 정중해야지!"

그보다 먼저 뽑힌 그레인의 트윈 엣지가 정면에 서 있던 종업원의 목을, 크루겐의 양손에 들린 단검이 옆에 있던 두 명의 목 뒤를 노리고 있었다.

"펠릭스는 어디 있지? 두 번째 말했다."

"참고로 저 녀석이 세 번째 말할 때는 넌 살아 있기 힘들거야. 그러니까 좋은 말 할 때 그 잘나신 너희들의 두목 얼굴 좀 보게 해줘, 응?"

크루겐은 너스레를 떨며 목 뒤에 단검을 살짝 갖다 댔다 떼기를 반복했다.

종업원들은 눈동자를 굴리며 서로 눈치를 보더니만, 아예 입을 다물고 대답 자체를 거부했다.

"이 녀석들, 진짜로 죽음을 각오한 거 같은데?"

"확실히 그래 보이는군."

"그렇다고 진짜 죽일 수도 없는 노릇이고. 이러면 우리들만 손해잖아."

"그렇다면……"

잠시 생각에 잠긴 그레인의 머릿속에 또 한 명의 이름이 떠올랐다.

"스코트의 소개를 받고 왔다."

"뭐?"

전혀 의외의 인물이 언급되자 종업원들은 멍하니 입을 벌릴 뿐이었다.

그레인이 펠릭스의 이름을 처음 말했을 때의 반응처럼.

"못 들었다면 다시 한번 말해주겠다. 스코트의 소개를 받고 펠릭스를 만나러 왔다."

"서, 설마… 그 스, 스코트?"

"그분의 도, 동생이신?"

"정말로 스, 스코트 폐하의 소개를 받고 왔습니까?"

그레인이 펠릭스의 이름을 입에 올렸을 때의 종업원들의 눈은 두려움과 분노로 불타올랐었다. 하지만 이번에는 경악으로 가득 찬 눈으로 그레인을 바라봤다. 말투도 어느샌가 존댓말로 바뀌어 있었다.

"와, 진짜 웃긴 놈들이잖아? 지들 두목 이름은 언급조차 못하면서 왕의 이름은 잘도 말하네. 나라 꼴이 아주 엉망이야, 쯧쯧쯧."

크루겐은 종업원들의 태도를 비꼬며 혀를 찼다.

반면 종업원들 입장에선 각자 다른 영역에서 두려움의 정점에 서 있는 두 인물을 태연히 입에 올리는 둘을 이해할 수 없었다.

"아무튼 우리는 안으로 들어갈게."

크루겐은 종업원들의 어깨를 툭툭 건드리며 그레인과 함께 술집 안으로 들어갔다.

법의 차림의 그레인과 크루겐이 안으로 들어오자, 자연스레 술집 안의 모든 이의 시선이 둘에게 집중되었다.

그와 동시에 술집 안의 종업원들 전원의 적의 역시 그 둘에게 집중되었다.

"이것 참, 어느 정도의 폭력을 또 써야 하나?"

크루겐은 막 검집 안에 집어넣었던 단검을 도로 꺼냈다.

*　　　*　　　*

10분 후.

다른 술집에서 온 종업원들까지 합해, 20명이 넘는 이가 벽에 붙어서 일렬로 앉아 있었다.

무릎을 꿇은 채로.

"무릎 사이는 붙이시고, 두 손은 주먹 쥔 채로 무릎 위에 다소곳이, 그리고 시선은 아래로. 자, 모두 이렇게 해주십쇼."

크루겐이 직접 시범을 보여주자, 종업원들은 인상을 찌푸리면서 억지로 따라 했다.

아까와는 달리 크루겐은 존댓말로 정중하게 말했지만 듣는 입장에선 더 열 받는 느낌을 지우기 힘들었다.

"이걸로 이쪽은 정리 끝. 저쪽은… 정리할 생각은 안 하는 게 좋겠네."

넓은 술집 안에 있던 손님들은 접대부들과 함께 한쪽 구석에 모여 옴짝달싹 못 했다.

그레인과 크루겐을 상대로 술집의 종업원 전원과 근처 가게의 종업원들까지 합세했음에도, 단 한 명을 제외하고는 그 즉시 둘에게 제압당해 버렸다.

뒷짐을 지고서 자신의 앞을 왔다 갔다 하는 크루겐을 상대로 종업원들의 속은 부글부글 끓었지만, 그가 보여준 실력을 몸소 확인했기에 반항할 생각조차 못 했다.

"어허! 시선은 아래로!"

크루겐은 고개를 살짝 들어 올린 종업원의 머리를 양손으로 붙들더니 천천히 아래로 숙이게 했다.

"네, 바로 그거죠. 잊지 마십쇼."

씨익 미소 지으며 일어선 크루겐은 창문 너머에서 안을 구경하던 사람과 눈이 마주치자 성호를 그으며 기도하는 여유까지 보여주었다.

"헉… 헉……."

술집의 매니저이자, 펠릭스의 직속 부하 중 한 명인 맷슨은 거칠게 숨을 내쉬며 그레인에게서 시선을 떼지 않았다. 자신보다 10살은 어려 보이는, 아직 20살도 안 된 소년 상대로 이렇게 고전할 줄은 전혀 예상하지 못했다.

'이곳의 성직자들은 다 비리비리한 줄만 알았는데, 이렇게 강한 인간이 있었다니……'

눈썹 아래로 흘러내리는 땀 때문에 연신 눈을 깜박거리면서도 멧슨은 오른손에 쥔 단검을 왼손으로 주고받기를 반복했다.

말로 설명하기엔 불가능하지만 그레인의 공격을 계속 받아내면서 보통의 인간과는 다른 무언가를 느낄 수 있었다.

'설마 이 소년도 그분처럼……'

카앙!

멧슨은 그레인의 공격을 반사적으로 막아냈지만, 비틀거리며 뒤로 주춤거렸다.

'아차!'

단검이 멧슨의 손을 떠나 천장을 향해 빙그르르 돌아갔다.

그레인은 회전하며 내려오는 단검의 검날 끝부분을 검지와 중지로 붙잡더니 멧슨을 향해 검 자루 쪽을 내밀었다.

"다시 처음부터 시작할까?"

아무렇지 않게 무기를 돌려주려는 그레인을 상대로 멧슨은 이를 악물었다.

당장에라도 지쳐 쓰러지기 일보 직전이었지만 이대로 물러섰다간 뒷일이 너무나 무서웠기에, 멧슨은 단검을 건네받자마자 잽싸게 물러서면서 자세를 바로잡았다.

"가게 안이 꽤 소란스럽군."

특실의 입구를 가리고 있는 커튼 너머로 나지막하게 흘러나온 음성에 멧슨의 관자놀이를 타고 식은땀이 주르륵 흘러내렸다.

"죄, 죄송합니다!"

"널 실력으로 이길 자는 흔하지 않을 텐데, 누구냐?"

"교단 소속으로 보이는 소년 두 명입니다. 정말로 면목 없습니다."

"소년 두 명?"

멧슨은 커튼 너머에서 흘러나온, 의문형으로 끝난 목소리에 대답하지 않고 또 다른 말이 나오기를 기다렸다. 그 누구도 목소리를 내지 않아서인지 커튼 너머에서 뭔가 찾는 소리 외엔 침묵이 길게 이어졌다.

"들여보내라."

"괜찮겠습니까?"

"아마도 동생이 보낸 이들이 맞을 거다. 들어오게 놔둬라."

"…들어가셔도 됩니다."

그레인은 트윈 엣지를 검집에 집어넣고선 멧슨의 옆을 스쳐 지나갔다. 크루겐은 이제 일어나도 된다며 종업원들을 일으켜 세운 뒤에, 콧노래를 부르면서 그레인의 뒤를 따라갔다.

"역시, 안 나오는 주인 부르는 데에는 깽판이 최고라니깐."

　　　　*　　　　*　　　　*

커튼으로 가려져 있던 특실 안은 '특실'이라는 이름과 달리 전혀 화려하지 않았다.

사각의 방 양쪽에 달린 두 개의 횃불이 방 안을 밝혔고, 기다란 소파와 그 앞에 놓인 탁자 외엔 흔한 장식물 하나 보이지 않았다.

하지만 그 안에 있는 남자는 여러 의미로 특별했다.

'저 남자가 펠릭스? 스코트와는 쌍둥이 형제 사이가… 맞긴 하나?'

거대한 양팔과 눈과 입을 제외한 얼굴을 붕대로 감고 있었기에 스코트와의 인상을 비교하는 것 자체가 불가능했다.

게다가 애당초 덩치 자체가 스코트와는 전혀 딴판이었다. 2미터를 훌쩍 넘는 키 때문인지 소파에 앉아 있음에도 그레인과 눈높이가 크게 차이 나지 않았고, 그걸 감안하고도 비정상적으로 거대한 양팔이 유독 눈에 띄었다.

소파 정 가운데에는 펠릭스가, 그리고 그의 양옆에는 화사한 디자인의 드레스를 입은 두 명의 미녀가 다소곳이 앉아 있었다. 반면 펠릭스는 다리를 확 벌리고 깍지 낀 양손을 그 사이에 놓은 채 아래로 향해 있던 시선을 천천히 들어 올렸다.

"이름은?"

그레인과 크루겐을 번갈아가며 쳐다본 펠릭스의 시선이 그레인 쪽을 향해 고정되었다.

"그레인입니다."

"그리고 저는 크루겐이죠."

"스코트의 말대로군."

펠릭스는 탁자 위에 놓여 있던 두 개의 편지 중 왼쪽 것을 집어 들고선 두 소년을 향해 펄럭거렸다.

"동생이 비밀리에 누가 올 건지 알려주었다. 이름은 둘 다 맞으니, 이번에는 진짜로 동생을 만났는지 아닌지를 확인해야 할 차례로군. 그건 들고 왔겠지?"

크루겐은 손에 꼈던 반지를 빼내더니 탁자 위에 턱 하니 놓았다. 문지기에게 통하지 않았던 반지였지만 펠릭스의 눈빛을 바뀌게 만들기엔 충분했다.

"맞군. 그런데 이걸 손쉽게 건네받을 정도라면 동생과 어떤 관계인가?"

"뭐, 지인이라고 할 수도 있고 아닐 수도 있고요. 좀 애매한 관계죠."

"애매하다라……. 분명한 건 너희들이 날 만나러 오는 과정만은 진짜 무례했다는 거다."

"그야, 이 반지를 종업원들에게 보여줘도 통하지 않는데 어쩌겠습니까?"

크루겐이 어깨를 살짝 들어 올리더니 손바닥을 보이며 어쩔 수 없다는 포즈를 취하자 펠릭스는 기가 차다는 표정을 지었다.

"게다가 과감하게 나온 것치고는 말투가 예상보다 정중해서 이질감만 느껴져. 편지의 내용과는 전혀 어울리지 않아."

"네?"

펠릭스는 아까 펼쳐 들었던 편지를 한 손에 쥐고 구겼다.

"동생과 반말을 주고받는 사이 아닌가? 그러면 굳이 나에게 존대할 이유는 없을 텐데. 무엇보다 내 부하들을 손봐준 너희들을 상대로 존댓말을 듣는 것만큼 우스운 일은 없지."

"…라고 주인장께서 말하니 반말해도 되겠네? 하긴, 손님 입장에서 가게 주인에게 반말 듣는 것 역시 우습기는 마찬가지니까. 그레인, 너도 마찬가지지?"

이곳은 정중한 예의보다는 힘이 모든 것의 판단 기준인 암흑가. 고로 상대를 존중하면 할수록 설득하기 어렵다는 생각에 크루겐은 대뜸 반말로 나왔다.

그러나 그레인은 고개를 가로저을 뿐이었다.

"크루겐, 상대는 스코트가 아니야. 어디까지나 대공으로서 존중해야 해."

"…그 대공이라는 단어가 나를 얼마나 분노케 만드는지 알면서 지껄이는 거냐?"

우두둑.

탁자 위에 올려놓은 펠릭스의 커다란 손에 힘이 들어가면서 탁자에 금이 갔다.

"그것보다는 부하 교육에 문제가 많으셨나 봅니다. 이걸 못 알아보다니 말입니다."

그레인이 탁자 위에 놓인 반지를 가리키자 펠릭스는 피식 웃었다.

"이렇게 무례한 존댓말은 처음이로군. 동생과 교단을 믿고 이런 식으로 나오는 건가?"

"이곳은 스코트가 아닌 대공께서 실질적으로 지배하는 곳이라고 알고 있습니다. 그리고 베릴란트 왕국은 교단의 교세 따위는 통하지 않는 곳이라고 들었습니다만… 제가 틀렸습니까?"

"순수한 의미의 힘으로서 지배되는 영역이긴 하다."

"전 대공과 힘으로 맞설 수 있다고 생각합니다만?"

아직 펠릭스의 힘을 직접 겪진 못했지만, 어차피 말로 설득될 상대가 아니라는 건 처음부터 알았기에 그레인은 강하게 나가기로 결심했다.

"네가 이길지 내가 이길지는 잘 모르겠지만, 둘 다 나보다는 확실히 어려 보이는군."

"전 20살, 이 녀석은 18살이지요. 생년월일까지 자세히 말해 드릴까요?"

"그럴 필요는 없다. 그것보다는……."

이야기를 이어나가던 펠릭스는 뭔가 떠올리더니 고개를 좌우로 한 번씩 돌렸다.

그의 양옆에 있는 여인 두 명의 얼굴이 완전히 사색이 되었다. 펠릭스를 상대로 아무런 거리낌 없이 두 소년이 말을 건네는 상황 자체가 그녀들에게는 공포 그 자체였다.

"너희들은 나가라."

펠릭스 옆에서 벌벌 떨고 있던 두 명의 여자는 허락이 떨어지자마자 급히 특실 밖으로 나갔다.

"저 아가씨들, 정말 무서웠나 보네요."

"이야기가 계속 진행되다 보면 우리들만 알아야 하는 내용이 나올 것 같아서 내보냈다."

오른손으로 와인 잔을 집어 든 펠릭스는 와인을 한 모금 들이켜려 했다가 이내 관두고 도로 탁자 위에 내려놨다.

"동생을 먼저 만났다면, 나에 대해서도 알고 있겠군."

"자세한 내막은 모르지만 어느 정도는 들었습니다."

"나에 대해 모든 걸 아는 건 아니로군. 역시 술을 마시지 않고는 말하기 힘들겠어."

단숨에 술잔을 비운 펠릭스의 왼손에는 아까 구겼던 편지가 펼쳐져 있었다.

"3년 만에 받아본 동생의 편지는……."

시선을 위로 향한 펠릭스의 뇌리에는 그동안 잊고 있었던, 하이브리드가 되기 이전의 기억이 떠올랐다.

"…이전과는 확연히 달랐다. 내가 이런 몰골이 되기 전의, 나를 걱정하던 동생을 다시 만난 기분이었지. 동생의 진심을 느껴보기는 참으로 오래간만이었다."

펠릭스는 텅 빈 와인 잔을 바라보면서 입가에 미소를 머금었다.

"하지만 과거는 바뀌지 않아."

순간, 그의 표정이 굳어지면서 오른손을 강하게 움켜쥐었다.

손바닥을 펼치자 핏방울과 함께 산산조각 나버린 유리 조각이 탁자 위로 쏟아졌다.

"나는 소중한 이를 지키기 위해 대가를 치러야 했다."

마차 전복 사건으로 인해 양팔을 잃고 몸 전체에 중상을 입었던 펠릭스는 고통 속에서 서서히 죽어갔다. 신으로부터 직접 힘을 물려받은 성자(聖者)의 권능만이 그를 살릴 수 있었지만, 성자의 맥은 끊긴 지 오래였다.

그렇게 누워 죽음만을 기다리던 그에게 카르디어스 교단의 성지에서 파견 나온 사제들이 나타났다. 그들은 펠릭스를 구할 방법과 함께 살아난 후의 미래에 대해 언급했다.

"만약 살아난다 하여도, 원래의 모습은 아닐 겁니다."

죽음까지 각오했지만 살아날 수도 있다는 이야기에, 사라졌던 희망이 그의 마음속에서 다시 피어났다.

그러나 막상 죽음을 극복한 그에게 남은 것은 희망이 아닌

절망뿐이었다.

"그 대가가 바로 이거다."

펠릭스는 얼굴과 양팔을 가리고 있던 붕대를 거침없이 찢어 냈다.

"고대에 존재했다는 트롤 왕의 살점과… 오우거 군주의 뼈를 이식받은 내가 어떻게 보이나?"

당시 그를 '치료'했던 사제가 말한, 원래의 모습은 아닐 거라는 의미는 예상보다 훨씬 더 잔혹했다.

이식받은 코어로 인해 거대해진 그의 육체는 원래의 모습을 찾기 힘들었다. 게다가 마차가 전복될 때 입었던 극심한 부상은 흉측한 흉터로 변해 영원히 사라지지 않을 고통으로 자리 잡았다.

살점이 떨어져 나간 자리에 생긴 흉터와 굵은 실밥 자국으로 온통 뒤덮인 얼굴은 이전의 펠릭스를 기억하는 이들을 소스라치게 만들어 버렸다. 코어를 하나로도 모자라 두 번이나 이식받고도 살아남은 펠릭스는 하이브리드로선 축복받은 육체였지만, 인간으로서는 이보다 더한 저주는 없었다.

"괴물 그 자체 아닌가?"

펠릭스는 자조적인 웃음을 머금고 자리에서 일어섰다.

2미터를 훌쩍 넘는 키의 그가 그레인을 노려보자 엄청난 위압감이 방 안에 맴돌았다.

상대를 올려다보는 그레인과 그런 그를 내려다보는 펠릭스

사이에 침묵이 길게 이어졌고, 크루겐은 팔짱을 끼고서 가만히 그 둘을 지켜봤다.

"운명이 바뀌었군요."

나지막하게 읊은 그레인의 말이 고요함을 깨뜨렸다.

"동생과 똑같은 말을 하는군."

이전과는 전혀 다른 육체를 가지게 된 펠릭스에게 스코트가 처음으로 했던 말.

당시의 펠릭스는 동생이 왜 자신에게 그렇게나 죄책감을 느끼는지 이해할 수 없었고, 지금도 마찬가지였다.

"그래도 너무 외로워하진 마십쇼."

순간 어둠 속으로 사라졌다가 다시 나타난 크루겐이 두르고 있던 머플러를 풀었다.

"봤죠? 저도 엄연히 괴물이라고요."

"너……."

자신보다 더 흉측한 얼굴로 변해 버린 크루겐을 보며 펠릭스는 더 이상 말을 잇지 못했다.

"그리고 저 역시 괴물입니다."

그레인은 장갑을 벗더니 왼팔에 감겨 있던 붕대를 천천히 풀어냈다. 인간의 것이 아닌, 비늘이 잔뜩 돋아난 그의 왼팔을 본 펠릭스의 눈이 크게 떠졌다가 원래대로 되돌아갔다.

"인간은 자신과 다른 존재를 보고 괴물이라 칭합니다. 하지만 저희 둘과 대공 전하, 이렇게 괴물밖에 없는 이곳에서는 인간이 바로 '괴물'로 취급받겠죠. 제 말이 틀렸습니까?"

"그러니 혼자 세상을 다 산 것처럼 굴지 마시라고요. 인생살이 다 그런 거 아니겠습니까?"

전생에 하이브리드로서 20년 가까이 살아온 두 소년은 괴물이라 자칭하는 펠릭스의 아픔을 그 누구보다 절실히 이해했다.

그랬기에 무덤덤하게, 혹은 아무렇지 않게 이야기할 수 있는 지금이 서글프기도 했다.

"하, 하하… 하하하하!"

펠릭스는 있는 힘껏 웃음을 터뜨렸다.

이해의 의미인지, 가소롭다는 뜻인지 애매모호했지만.

"그래서 나보고 어쩌라는 거지?"

"대공 전하를 이렇게 만든 교단이 가장 두려워하는 건 무엇이겠습니까?"

교단이라는 단어에 펠릭스의 눈빛이 매섭게 변했다.

"열린 세상으로 떠나, 자신들의 영향 밖으로 벗어나는 것입니다. 하지만 이런 곳에 계속 머물러 계신다면 교단에게 불안감을 줄지언정 진정한 위협은 못 될 것입니다."

"날 교단으로 끌고 가려는 너희들의 의도와는 맞지 않는군."

"끌려가는 척하면서 도중에 도망치시든가, 혹은 대공이라는 지위를 이용하는 방법도 있잖아요? 아까처럼 저희들이 소란

법석 다 일으킨 후에 나서는 것만이 해결책은 아니라고요."

"무엇보다, 운명을 다시 바꾸기 위해선 이곳을 떠나는 편이 암흑가의 지배자로 이곳에 머무르는 것보다는 낫다고 생각됩니다만……."

"운명을? 다시?"

"네, 다시 바꾸셔야 합니다. 아까 말씀하신 대로 과거는 변하지 않습니다. 하지만 미래는 바꿀 수 있습니다. 저와 크루겐은 그런 마음가짐으로 살아가는 중입니다."

'다시'라는 단어가 뒤에 붙여졌을 뿐임에도 펠릭스의 반응은 처음과는 확연히 달라졌다.

"분명히 내가 계속 이곳에 있으면 동생에게 폐가 되겠지."

"이해가 빠르시군요."

"하지만 나는 말만으로 움직일 생각은 없다. 이곳의 방식에 맞게 결정하겠다."

"그러실 거라 예상했습니다."

그레인은 펠릭스의 의도를 단번에 파악하고선 왼팔에 붕대를 도로 감고 장갑을 꼈다.

"다른 곳으로 자리를 옮겨야 하지 않습니까?"

그레인이 주먹 쥔 왼손의 엄지로 창문 너머의 거리를 가리키자 펠릭스는 고개를 가로저었다.

"그럴 필요 없다."

펠릭스는 그레인 옆을 비켜 지나가더니 커튼을 젖히며 특실 밖으로 먼저 나갔다.

딱.

펠릭스가 손가락을 튕기자 대기 중이던 가게의 매니저, 멧슨이 급히 달려왔다.

"멧슨, 손님을 모두 내보내라. 여자와 너희들도 함께 나가라."

"네? 하지만……."

"술값은 모두 환불 처리 해라."

"그, 그래도……."

"너희들의 오늘 수당도 지급할 테니 걱정 마라."

"지금 돈이 중요한 게 아닙니다. 저들의 실력은 보통이 아닙니다. 자칫 잘못하면… 돌이킬 수 없는 일이 벌어질지도 모릅니다!"

그레인의 강함을 직접 경험한 멧슨은 어떻게 해서든 펠릭스와 그가 맞붙는 걸 막고자 했다. 만약 그레인이 맘만 먹었다면 종업원을 모두를 몰살시킬 수 있었음을 직감했기에, 물러설 기미조차 안 보이는 펠릭스를 바라보며 속이 타들어갔다.

"그런 일은 일어나지 않을 거다. 만약 그렇게 된다면 다음 달부터 네 월급을 50% 인상해 주마."

"아니, 그러니까 말입니다. 돈이 중요한 게 아니라고 몇 번을 말씀드려야……."

"멧슨, 난 같은 말을 여러 번 하는 걸 그리 좋아하진 않는다."

멧슨은 거듭 펠릭스를 설득하려 했지만, 결국 포기하고 종업원들에게 손님들을 내보낼 것을 지시했다.

펠릭스가 주위를 둘러보자 창문 너머에서 구경하던 이들이 일제히 고개를 숙이며 모습을 감췄다. 하지만 앞으로 벌어질 일에 대한 호기심을 참지 못하고 하나둘씩 다시 고개를 슬그머니 내밀었다.

뚜둑.

펠릭스가 주먹을 어루만지는 소리에 밖에서 지켜보던 모든 이가 숨을 죽이고 마른침을 꼴깍 삼켰다.

"둘이 함께 덤벼도 상관없다."

두 소년은 서로를 마주 봤고, 크루겐 쪽에서 먼저 고개를 가로저었다.

"흐음, 아무래도 제가 나서는 구도는 왠지 폼이 안 날 거 같군요. 그레인, 혼자로도 괜찮겠지?"

크루겐은 펠릭스와 단둘의 대결이 어떻게 진행될지에 대해 뇌리에 떠올렸다가 이내 지워 버렸다. 어둠 속에 몸을 숨겼다가 등 뒤에서 푹 찌르고, 다시 숨어버리는 구도의 반복은 본인이 생각해도 뭔가 없어 보였다.

"뭣보다 이곳의 방식대로라면 두 명이서 한 명 족쳐봤자 설득력이 떨어질 거 같거든."

"무슨 이야기인지 알았어."

그레인은 한 쌍의 단검, 트윈 엣지를 뽑아 들었다. 천장에 달린 샹들리에에서 뿜어져 나오는 은은한 빛이 날카로운 검날에 반사되어 반짝거렸다.

반면 펠릭스는 아무런 무기도 들지 않고 맨주먹으로 나섰다.

"미리 말해두겠지만, 날 이기고 싶다면 죽일 각오로 덤벼라. 웬만한 공격으로는 쓰러지고 싶어도 쓰러지지 못하는 몸이니."

"명심하겠습니다."

"그러면 시작하겠다."

말을 마친 펠릭스가 상체를 숙이면서 그레인을 향해 빠르게 접근했다. 그레인이 반사적으로 내민 트윗 엣지의 검날과 펠릭스의 오른손이 격돌하는 순간, 뒤로 죽 밀려난 쪽은 그레인이었다.

부들부들 떨리는 양손을 내려다보며 그레인은 검 자루를 쥔 손가락에 힘을 주었다.

"이거, 만만치 않겠군."

*　　　　*　　　　*

쾅!

꽝음과 함께 박살 난 원형 탁자의 파편이 그레인과 펠릭스 사이에서 튀어 올랐다.

서릿발이 선 트윈 엣지의 검날이 펠릭스의 오른팔과 왼팔을 파고들었지만, 펠릭스는 튀어 오른 핏방울 속에서 웃음을 지으며 양손을 쫙 펼쳤다.

위기를 직감한 그레인은 급히 뒤로 물러섰고, 방금 전 그가 있었던 자리를 펠릭스의 양팔이 덮치더니 서로 교차하며 지나갔다.

휙! 휙!

냉기를 머금은 트윈 엣지가 펠릭스를 사이에 두고 각각 오른쪽과 왼쪽에 박혔다.

순식간에 퍼져 나간 냉기로 인해 펠릭스의 두 발이 얼음에 뒤덮여서 꼼짝달싹 못 하게 되자, 그레인은 왼손을 바닥에 대고 냉기를 추가로 퍼뜨렸다.

'이 정도 선에서 끝나면 좋겠지만…….'

트윈 엣지가 박힌 곳에서 솟아난 두 개의 얼음 기둥이 펠릭스를 향해 대각선 방향으로 뻗어가더니, 그의 양손을 꿰뚫었다. 그러나 더 뻗지 못하고 원래 노렸던 옆구리를 찌르는 데에는 실패했다.

'역시, 집중을 더 했어야 했어.'

게다가 얼음 창의 개수도 완벽한 냉기의 구현을 상징하는 여섯 개가 아니었다.

그럼에도 평범한 인간이었다면 치명상을 입히기에 충분한 공격이었다.

"차갑군."

그러나 상대는 '평범한 인간'이 아니었고, '평범한 하이브리드' 역시 아니었다.

양 손바닥에 얼음 기둥이 하나씩 박혔음에도 펠릭스는 전혀 추워 보이는 표정이 아니다. 그는 아무렇지 않게 주먹을 움켜쥐며 얼음 기둥을 산산조각 내버렸다.

'하긴, 이 정도에 무너질 상대였다면 스코트가 추천하지도 않았을 거야.'

재차 공격을 가하려던 그레인은 급히 냉기를 거두며 펠릭스와의 거리를 유지했다.

거대한 양팔에 한 번이라도 붙잡히면 승패가 결정될지도 모르는 상황인지라, 그레인은 펠릭스를 중심으로 시계 방향으로 천천히 돌면서 공격할 기회를 노렸다.

'그나저나 웃기는군. 전생의 스코트와 지겨우리만치 했던 대련이 지금에 와서 도움이 될 줄이야……'

전생에서 스코트는 베릴란트 왕실 대대로 내려오는 주먹을 위주로 사용하는 격투술로 싸웠고, 지금 펠릭스의 전투 방식 역시 격투술에 기반했기에 그때의 경험을 발판 삼아 대응할 수 있었다.

물론 차이점 자체는 존재했다. 동생 쪽이 속도 위주의 공격이었다면, 형은 거대한 덩치와 힘에 의존하는 전투 방식이었다. 그리고 또 하나, 절대 무시할 수 없는 그만의 장점이 있었다.

치이익…….

얼음 창이 깊숙이 박혔던 펠릭스의 양손 위로 연기가 피어오르며 상처가 빠르게 원래대로 복구되었다.

'확실히 스코트보단 강하군. 그 녀석에게 저렇게 강력한 재생(Regeneration) 능력은 없었으니.'

트롤의 고유한 능력인 육체의 빠른 재생은 그동안 그레인이 입혔던 부상을 무위로 돌렸다.

무엇보다 그냥 트롤이 아닌 트롤 왕의 살점을 이식받은 펠릭스의 재생 능력은 트롤의 코어를 이식받은 그 어떤 하이브리드보다 월등했다. 최소한 그레인이 겪어본 자들 중에서는.

'트롤의 코어를 이식받은 이야기를 들었을 때부터 예상했지만, 꽤나 긴 전투가 되겠어.'

게다가 그때는 그레인이 장검을 쓰던 시절이라 아무래도 단검인 트윈 엣지로 겨룰 때와는 상황이 달랐다.

"휘유~ 대단하군. 저 덩치만으로도 완전 사기인데, 아무리 찌르고 얼려도 쓰러지지 않으니……."

졸지에 관전자가 된 크루겐은 몇 개 남지 않은 탁자 중 하나를 차지해 걸터앉았다.

겉보기엔 여유롭게 둘의 대결을 관전하는 듯 보였지만, 뒤로 감춘 오른손은 단검의 검 자루를 꽉 움켜쥐고 있었다.

둘의 대결이 시작된 이후로 지금까지 줄곧.

"상대가 상대이다 보니 완전 난리 법석이네."

처음에는 술집에 놓인 탁자와 의자들 사이를 오고 가며 진행되던 둘의 대결은 시간이 흐를수록 방해물 없는 넓은 공간의 싸움으로 바뀌었다. 펠릭스의 주먹이 그레인을 노릴 때마다 탁자와 벽, 그리고 가게 안의 온갖 물건이 박살 나버렸다.

쾅!

펠릭스의 주먹이 박살 난 탁자에서 와인병이 멀리 튕겨 나갔다.

"오옷, 이것은!"

크루겐은 와인병을 오른손으로 턱 하니 붙잡더니 라벨을 확인하고 혀를 내둘렀다.

"거의 내 반년 치 월급이네? 어차피 내가 아니었으면 깨졌을 술이니 마셔도 상관없겠지."

능숙한 손놀림으로 와인병을 딴 크루겐은 보란 듯이 와인을 따라 한 모금 들이켰다.

"와… 역시 비싼 이유가 있네."

쿵!

둘의 격전이 계속 진행되는 가운데, 크루겐을 향해 또 하나의 술병이 날아오자 이번에는 어둠 속에 녹아들며 피했다가 다시 모습을 드러냈다.

"이거 원, 좋은 자리에서 싸움 구경하려면 목숨 걸고 해야 겠어."

크루겐은 투덜거리며 남아 있는 와인을 홀짝거렸다.

하지만 둘의 대결을 관람하는 이는 크루겐 혼자만이 아니었다. 모조리 박살 난 창문 너머에서 많은 이가 옹기종기 모여 술집 안의 대결을 지켜보고 있었다. 밤의 지배자라 불리는 펠릭스와 전혀 본 적이 없는 교단의 어린 성직자와의 밀고 밀리는 대결은 그 자체만으로도 지나가는 이들의 발걸음을 멈추기에 충분했다.

"저 소년, 정말 대단한데?"

"저분을 상대로 저렇게까지 버티는 인간은 처음 봤어! 도대체 누구지?"

"안주가 따로 필요 없구먼, 크아~"

"자자, 아직 돈 안 거신 분? 없습니까? 더 없으면 배율 조정 들어갑니다!"

심지어 둘 중 누가 이길까를 놓고 내기까지 진행되자 거리의 분위기는 후끈 달아올랐다. 모두 차가운 공기 속에서 입김을 연신 내뿜는 것과 반대로.

'이번에는 이렇게……'

그레인은 자세를 낮추더니 양손을 바닥에 갖다 댔다. 빠르게 뻗어나간 냉기가 바닥을 완전히 얼리면서 빙판을 넓게 형성시켰다.

쿵!

그러나 펠릭스가 오른발을 아래로 내려찍자 얼음판이 모조리 박살 나버렸다. 바닥을 미끄럽게 만들어 자신의 움직임을 봉쇄하려던 그레인의 의도를 파악했기 때문이다.

"어! 저 소년… 위험하겠는데?"

대각선 아래 방향으로 연달아 내지른 펠릭스의 주먹을 그레인은 좌우로 움직이며 피했다.

간격을 벌리기 위해 그레인이 뒤로 잽싸게 이동했지만, 펠릭스는 거대한 덩치에 어울리지 않게 빠르게 그를 쫓아가며 벽까지 몰아붙였다.

쾅!

펠릭스의 오른손이 방금 전까지 그레인이 등지고 서 있던 벽을 가격했다.

뒤이어 왼손이 벽을 다시 한번 가격했고, 펠릭스의 힘을 버티지 못한 벽에 금이 퍼져 나가더니 우르르 무너져 내렸다.

"꺄아악!"

"뭐, 뭐야?"

옆 가게에서 술을 만끽하던 손님들이 화들짝 놀라며 급히 도망쳤고, 접대부들의 비명 소리가 울려 퍼지면서 난장판이 되었다.

그사이 펠릭스로부터 빠져나온 그레인의 트윈 엣지가 펠릭스의 등에 깊숙이 박혔다. 직접 냉기를 불어넣어 전신을 얼리려던 차에 펠릭스의 반격이 이어졌다.

휘잉!

바람을 가르는 소리와 함께 펠릭스가 수평으로 휘두른 왼팔이 그레인의 머리카락을 스치고 지나갔다. 펠릭스와 거리를 벌린 상태에서 자세를 고쳐 잡은 그레인은 관자놀이를 타고 흘러내리는 땀방울을 손등으로 훔쳤다.

"휴우, 아슬아슬했어."

반면 펠릭스는 못마땅하다는 표정으로 자신의 커다란 오른손을 펼쳤다가 쥐었다.

"매번 쥐새끼처럼 빠져나가는군. 확실히 맨손으로는 무리였나. 내 생각이 짧았어."

"그렇다면 무기를 드셔도 상관없습니다."

"원한다면."

그레인이 트윈 엣지를 쥔 두 손을 아래로 내리자, 펠릭스 역시 주먹 쥔 두 손을 아래로 내리고선 태연하게 그의 옆을 스쳐 지나갔다. 어디까지나 '이곳의 방식'대로 싸우는 것이지, 서로의 목숨을 앗아가는 건 목적이 아니었기에.

펠릭스가 정문을 활짝 열자 문틈으로 가게 안을 살펴보던 부하들이 화들짝 놀라며 엉덩방아를 찧었다.

"그걸 가져와라."

"그, 그거라면 혹시 그거 말입니까?"

"그렇다."

"잠시만 기다려 주십시오!"

잠시 후, 멜슨과 또 다른 종업원 한 명이 낑낑대며 기다란 무언가를 창고에서 꺼내 왔다.

금속끼리 부딪힐 때 나는 특유의 거센 마찰음이 고요 속에서 이어지는 가운데, 그들이 들고 온 물건은 두껍고 기다란 사슬이었다.

펠릭스는 사슬을 오른손 주먹에 칭칭 감더니 그대로 왼손에도 감았다. 사슬에 감긴 주먹을 서로 맞부딪힐 때마다 불꽃이 피어올랐다.

"이걸 써보기는 참으로 오래간만이로군."

영겁의 사슬.

원래는 하이브리드가 된 직후 이성을 잃고 폭주하던 그를 옭아매기 위한 장치로서, 제작 과정에서 고도의 마법이 부여된 터라 그 어떤 괴력이나 수단으로도 끊기 힘들었다.

하지만 펠릭스의 분노를 억누르기엔 무리였다. 펠릭스는 스스로 오른팔을 절단하면서까지 전신에 감긴 사슬을 풀어냈고, 그 이후 역설적이게도 영겁의 사슬은 펠릭스의 무기가 되어버렸다.

"그러면, 간다."

양쪽 겨드랑이를 붙인 상태에서 오른손 주먹을 입술 오른쪽에 바짝 갖다 대고, 왼손을 앞으로 내민 자세의 펠릭스가 그레인을 향해 돌진했다.

"크윽!"

피하지 못하고 펠릭스의 주먹을 트윈 엣지로 막아낸 그레인이 미끄러지듯 뒤로 죽 밀려났다.

연이어 펠릭스의 공격이 이어졌고, 그레인은 냉기의 힘으로 막아내는 공방전이 진행되었다.

'아까보다 확실히 더 아슬아슬해졌어. 이대로라면 힘들지도……'

원래 면적이 넓었던 펠릭스의 주먹이 그 위로 둘둘 감긴 사슬 때문에 더 커졌고, 단 한 번의 공격으로도 쓰러질지 모르는 그레인 입장에서 반격하기에 더욱 까다로워졌다. 더욱이 두 주먹 사이로 늘어진 사슬이 그레인의 공격 방향을 미묘하게 가로막았기에 대처하기 더욱 난감했다.

"어, 저 녀석. 위험할지도 모르겠는데……"

이전까지 나름 여유롭게 둘의 대결을 지켜보던 크루겐은 미간을 찡그리며 턱을 매만졌고, 밖에서 구경하던 이들은 숨소리조차 내지 않았다.

휘잉!

바람 소리와 함께 펠릭스가 오른손 주먹을 내질렀다.

'지금이야!'

아슬아슬하게 옆으로 피한 그레인이 오른손의 트윈 엣지로 펠릭스의 복부를 깊숙이 찔렀다.

상처에서 뿜어져 나온 피가 얼굴을 적셨지만, 그레인은 아랑곳하지 않고 트윈 엣지에 냉기를 주입했다. 빠르게 퍼져 나간 냉기가 펠릭스의 피부를 얼리기 시작하자 그레인은 회심의 미소를 지었다.

하지만 펠릭스 역시 웃으면서 왼손을 시계 방향으로 한 바퀴 크게 돌렸다.

"걸렸군."

"크헉!"

펠릭스의 두 주먹 사이를 잇고 있는 사슬이 그레인의 목을 휘감았다.

두 팔을 확 펼치면서 위로 들어 올리자 팽팽해진 사슬에 이끌려 그레인이 허공에 떠버렸다.

순간 그레인의 발아래에서 얼음 기둥이 솟아오르면서 그레인을 위로 밀쳐냈다. 그 반동을 이용해 시계 반대 방향으로 회전하면서 그레인이 던진 또 한 자루의 트윈 엣지는 아쉽게도 빗나갔지만, 검 자루에 연결된 와이어가 펠릭스의 오른팔에 칭칭 감겼다.

"으윽!"

펠릭스의 신음 소리와 함께 그레인의 목을 조르고 있던 사슬이 아래로 툭 떨어졌다. 프로스트 엣지가 발동하면서, 펠릭스의 오른팔 팔꿈치 아래가 순식간에 절단되었기 때문이다.

그레인은 발이 바닥에 닿자마자 그대로 몸을 웅크리며 뒤로 굴러갔다. 그리고 몸을 일으키는 동시에 얼음벽을 구현해 펠릭스를 안에 가뒀다.

"휴우, 위험했군. 이런 식으로 쓸 수도 있다는 걸 미처 알아채지 못했어."

그레인은 목을 어루만지며 고개를 좌우로 까닥거렸다.

쿵!

펠릭스를 둘러싼 직사각형 모양의 얼음벽 여섯 개가 크게 흔들렸다.

쿵!

또 한 번 굉음이 울려 퍼지며 바닥이 흔들렸다.

그레인은 오른손을 옆으로 내밀더니 단검을 뽑아 들고 달려들기 직전이었던 크루겐을 제지했다.

"반칙은 안 돼."

"괜찮아?"

"보다시피. 멍은 좀 남을지 모르겠지만."

여전히 목을 쓰다듬는 그레인을 유심히 살펴본 크루겐은 단검을 휘리릭 돌리더니 검집에 집어넣었다.

"그래도 난 네가 죽는 걸 보면서까지 규칙을 지킬 이유가 없다고 생각하는데?"

쿵! 쿵!

연이어 이어지는 충격 속에서 얼음벽 표면에 금이 가기 시작했다.

"무엇보다 내가 쓰러졌을 때, 듀란을 반죽음으로 만들어놓

왔던 네가 그런 말하면 설득력이 없다고."

"할 말 없군."

"알았으면 여유는 그만 부리라고. 슬슬 단검 말고 그걸 쓰지그래?"

쾅!

완전히 박살 나버린 얼음 파편이 사방으로 흩어지며, 얼음벽 너머에 가려져 있었던 펠릭스의 거대한 몸집이 다시 그레인의 시야 안에 들어왔다.

펠릭스는 태연하게 왼손으로 잘려 나간 오른팔을 집어 들더니 절단된 부위에 도로 갖다 댔다.

치이익.

짙은 연기가 피어오르며 펠릭스의 얼굴을 가렸고, 연기가 다 사라지자 그는 언제 잘렸었냐는 듯 오른팔을 빙빙 돌렸다.

"좋은 친구를 뒀군."

그레인과의 격전 속에서도 펠릭스의 눈은 자신에게 달려들려던 크루겐을 놓치지 않았다.

"물론 지금이라도 둘이 덤벼도 상관없다."

다시 오른손에 영겁의 사슬을 둘둘 감은 펠릭스가 크루겐을 향해 손을 까닥거렸다.

"자신만만하시군요."

"칭찬으로 받아들이겠다."

"그래서 마지막 순간에 사슬의 힘을 살짝 푸셨습니까? 너무 여유를 부리신 게 아닌가 생각됩니다만."

"……"

펠릭스는 침묵으로 대응했고, 그레인은 속내를 들킨 상대를 향해 피식 웃었다. 그사이 눈치를 보던 크루겐은 원래 있던 자리로 되돌아갔다.

"뭐, 이렇게 말하는 저도 남 말 할 처지가 아니군요. 어찌됐든 전하의 자비 덕분에 살아났으니 그만큼 뭔가 더 보여 드리겠습니다."

'아딜나, 미안.'

그레인은 트윗 엣지를 검집에 집어넣고 대신 장검을 뽑아 들었다.

왼손과 오른손 모두 장검을 다룰 수 있게 수련에 수련을 거듭한 그레인은 잠시 망설이다가 오른손으로 검을 쥔 뒤, 왼팔을 뒤덮고 있는 비늘을 얼음으로 뒤덮었다.

* * *

영겁의 사슬을 꺼낸 이후 펠릭스의 우세로 진행되던 둘의 대결.

그러나 그레인이 단검 대신 장검을 쓰기 시작하자 전투의 행방은 점차 그레인 쪽으로 유리하게 흘러갔다.

펠릭스의 공격은 확실히 한 방 한 방이 위력적이었지만, 이전보다 훨씬 거리를 두고서 움직이는 그레인에게 일격을 먹이기엔 한 끝 차이로 부족했다.

그 한 끝 차이를 만들어낸 것이 단검 대신 장검을 뽑아 든 그레인의 선택이었다. 20여 년 가까이 손에 쥐었던 장검을 쓰는 편이 단검보다 훨씬 익숙하고 능숙했다. 그 덕분에 냉기의 힘을 다루는 데 가장 중요한 집중도를 높일 수 있었다.

'스코트와 대련할 때의 기억이 도움이 되긴 했지만……'

쿵!

아래로 강하게 내려찍은 펠릭스의 오른손이 방금 전까지 그레인이 있던 자리를 박살 냈다.

그러나 멀찌감치 뒤로 물러난 그레인은 섣부르게 반격하지 않고 차분히 기회를 노렸다.

'반대로 펠릭스의 역량 자체를 제대로 가늠하지 못하게 만들었어.'

그레인은 자신의 실수를 인정하며 전력으로 나섰다. 그리고 전법 자체도 예전 벤트 섬에서 자신을 상대했던 베스티나처럼 근접 공격을 절대 허용하지 않는 방식으로 바꿨다.

'근접전이 특기인 상대로 같이 붙어 싸울 필요는 없지.'

그가 소유한 냉기의 힘을 다룰 때처럼 조금만 냉정해져도 내릴 수 있었던 판단.

그럼에도 그레인은 오랜 시간 동안 단검을 고집하면서 펠릭스와 난전을 벌였다.

이유는 의외로 간단했다. 화룡의 힘을 쓰던 전생의 자신이 싸우던 모습을 상대인 펠릭스에게 투영했기 때문이다. 게다가 힘으로 모든 것이 결정되는 '이곳의 방식'을 떠올리다 보니 아무래도 맞붙어 싸우는 쪽이 어울리기도 했고.

"휴우, 쥐새끼처럼 잘도 빠져나가는군."

계속 공격을 피하는 그레인을 상대로 펠릭스의 호흡이 거칠어졌다.

"그렇다면……!"

펠릭스가 왼손에 감았던 사슬을 빠르게 풀더니 오른손을 위에서 아래로 크게 휘둘렀다.

휘잉!

공기를 가르며 채찍처럼 뻗어 나간 사슬이 그레인에게 향했다.

'역시 그럴 줄 알았어!'

그러나 이런 식의 공격을 예상했던 그레인은 옆으로 살짝 피하더니 사슬 끝 부분과 바닥을 함께 얼려 버렸다. 펠릭스가 다급히 사슬을 회수하기 위해 강하게 잡아당기는 순간, 그레인은 양손을 지면에 대고 냉기를 퍼뜨렸다.

'듀란을 전투 불능으로 만들었던 그때처럼 구현해야 해.'

트롤 왕의 코어로 인해 강력한 재생력을 발휘하는 이상, 자잘한 공격보다는 강력한 한 방이 필요했다.

"크헉!"

처음 썼을 때 구현되었던 2개가 아닌, 지면에서 솟아오른 6개의 얼음 창이 각자 다른 방향으로 펠릭스의 전신을 꿰뚫었다.

"크윽……."

몸을 관통한 얼음 창을 통해 차가운 기운이 스며들자 펠릭스의 입에서 신음 소리가 흘러나왔다.

그레인이 계속해서 뿜어내는 냉기에 그의 전신이 아래부터 천천히 얼어붙기 시작했다.

"제 추측이지만, 전하께선 재생 능력 자체를 임의로 조절할 수 있지 않습니까?"

천천히 몸을 일으킨 그레인이 장검을 검집에 집어넣었다.

"본인의 의사와 상관없이 작용했다면 오른팔이 절단되자마자 재생되었을 겁니다. 그러면 다시 잘린 팔을 접합시키기엔 귀찮았을 테고요."

그리고 트윈 엣지를 꺼내 양손에 쥐었다.

"그러니 재생 능력 자체를 발동시키지 못할 정도의 고통을 준다면… 지금처럼 될 거라 예상했습니다."

휘리릭!

그레인이 오른손에 쥐고 있던 트윈 엣지를 던지자, 직선으로 뻗어나간 와이어가 펠릭스의 목을 칭칭 감았다.

순간 밖에서 대기 중이던 종업원들의 눈빛이 돌변했다. 죽을지도 모르는 자신들의 '두목'을 더 이상 지켜보고만 있을 수는 없었다.

"가자!"

멧슨의 외침에 문이 활짝 열리면서 밖에서 대기 중이던 펠릭스의 부하들이 일제히 무기를 꺼내 들었다.

그들은 그레인과 펠릭스를 번갈아가며 쳐다보더니, 그 둘 사이에 모여들어 넓은 술집 안을 양분했다. 그레인 쪽을 향해 무기를 내민 손들이 부들부들 떨리고 있었지만, 절대 물러설 수 없다는 듯 어금니를 악물었다.

그레인의 냉기가 자신들을 덮칠지라도.

"펠릭스 대공 전하."

그레인은 이전까지의 형식만 존댓말이 아닌, 존중의 의미를 담아 그의 이름을 불렀다.

"좋은 부하들을 두셨군요."

그레인은 펠릭스가 했던 말을 따라 하며, 비아냥이 아닌 진심으로 펠릭스의 부하들을 칭찬했다.

"하지만 그 부하들을 쓰는 용도가 적절치 않아 보입니다. 고작 암흑가를 지배하는 데 쓰기엔 아깝지 않습니까?"

그레인은 펠릭스를 덮쳤던 냉기를 천천히 거뒀다. 거의 목까지 올라왔던 얼음이 서서히 녹아내리며 사라지기 시작했다.

"암흑가의 지배자라는 말은 겉보기에는 꽤 그럴싸해 보입니다만……."

이번에는 트윈 엣지와 함께 펠릭스의 목을 감았던 와이어를 도로 회수했다.

"하지만 그뿐입니다. 전하의 동생이신 폐하께서 진짜 마음만 먹었다면 뒷세계의 힘 정도야 모기를 눌러 죽이듯 쉽게 처리했을 겁니다. 그것이 진정한 권력이죠."

펠릭스에 대한 스코트의 죄책감이 지금의 그를 만들었지만, 인간의 감정에는 한계가 분명히 존재한다.

"맞는… 말이긴 하다."

펠릭스 역시 그레인의 의견에 공감하면서 고개를 살짝 끄덕였다.

"전하께서는 현재 손에 쥔 그 조그만 권력에 안주하실 겁니까? 무엇보다… 고작 술집에서 난리 피우는 인간들을 향해 주먹을 휘두르는 걸로 만족할 생각입니까?"

펠릭스의 몸을 꿰뚫고 있던 얼음 창이 하나씩 녹아내리며 사라졌다. 연기가 피어오르며 온몸에 입었던 부상이 치유되는 가운데, 펠릭스는 그레인을 똑바로 응시했다.

"그래, 인간보단 괴물 사이에 껴 있는 편이 낫겠지. 그것이 '내 방식'에 더 어울리겠고."

펠릭스가 그레인을 향해 앞으로 나서자, 그의 부하들은 머뭇거리더니 결국 길을 터주며 뒤로 물러섰다.

"만약 내가 제안에 응하지 않았다면 어떻게 할 작정이었나?"

"그러면 위에서 시키는 대로 다시 방문했겠지요."

"힘없는 말단에 불과한 저희들의 고충도 좀 알아주십쇼."

어느새 그레인 옆으로 다가온 크루젠의 너스레에 펠릭스는 코웃음을 쳤다.

"교단은 참으로 무서운 말단을 뒀군."

"어차피 저나 전하께서나 진짜 실력으로 겨룬 것도 아니지 않습니까?"

"내 몸을 거의 만신창이로 만들어놓고 말은 잘하는군."

"전하의 몸에 이식된 코어의 재생력을 충분히 감안하고 저지른 것입니다만."

그레인 입장에선 엄연히 한 나라의 대공인 펠릭스를 진짜 죽일 작정으로 덤빌 수는 없는 노릇이었다.

반대로 펠릭스 입장에서도 엄연히 교단의 일원 중 하나인 그레인을 흠씬 두들겨 패주는 것에서 그치지 않고 죽여 버린다면, 단순한 해프닝으로 넘어갈 수 없는 선에 도달하게 된다.

"게다가 이곳이 아직도 건재하다는 걸로 확신했습니다. 확실히 힘을 아끼셨군요."

술집 안은 완전히 만신창이가 되었지만, 정작 술집 자체는 무너지지 않았다. 펠릭스보다 약해 보이는 전생의 스코트라도 마음만 먹었다면 충분히 무너뜨릴 수 있는 공간이었음에도 말이다.

"손님도 아닌 주인이 자기 가게를 부술 수야 없지. 아무튼 우리들 말고 다친 사람은 없어 보이는군."

펠릭스는 아직도 창문 너머에서 구경하고 있는 사람들을

쭉 둘러보았다.

둘의 공격이 자신들을 덮칠지도 모른다는 두려움보다는 호기심 쪽이 더욱 컸기에, 사람들은 추위에 떨면서도 계속 둘을 지켜보고 있었다. 벽이 무너져 버린 옆 가게의 사람들도 고개만 살짝 내밀어 일이 어떻게 돌아가는지 살펴보는 중이었다.

"우선은 확실히 승부의 결말을 알려주는 게 좋겠군."

딱.

펠릭스가 손가락을 튕기자 멧슨이 후다닥 그에게로 달려왔다.

"멧슨, 내가 패했다고 밖에 전해라."

"지, 진심이십니까?"

"패배를 깨끗이 인정하는 것도 이곳의 규칙이다."

"…알겠습니다."

술집 밖으로 나간 멧슨이 무언가 몇 마디 말하자 여기저기서 탄식과 환호가 동시에 터져 나왔다.

"이얏호! 대박, 대박이다!"

"아이고, 일주일 치 내 술값이……."

그레인과 펠릭스의 대결을 구경하며 돈을 걸었던 이들의 희비가 교차했다. 대결이 끝나 조용해진 술집 안과 결과가 알려지기까지 고요했던 술집 밖의 분위기가 서로 뒤바뀌었다.

"이후의 이야기는 나중으로 미뤄야겠군. 피를 많이 흘려서 그런지… 피곤해."

긴장이 풀려서일까, 펠릭스는 바닥에 주저앉더니 한숨을 길게 내쉬었다.

"피곤하기는 저도 마찬가지입니다만……."

"누추한 곳이지만 특별히 여기서 자는 걸 허락하도록 하겠다."

펠릭스는 고개를 숙이더니 두 눈을 감고 그대로 곯아떨어졌다.

"설마 너도 여기서 자려고?"

"아무래도… 그래야 할 것 같아."

펠릭스 못지않게 전력을 다했던 그레인은 벽에 등을 대고 주저앉은 채로 깊은 잠에 빠져들었다. 크루겐은 급히 모포를 얻어와 그레인에게 덮어주려고 했지만, 추위를 느끼지 못하는 몸이라는 걸 깨닫고 쓴웃음을 지었다.

*　　　　*　　　　*

카르디어스 신성력 1398년 1월 16일.

"늦는군. 늦다니. 늦어!"

베릴란트 성 교구의 주임 사제 달렌트는 같은 의미의 각자 다른 말을 되풀이했다.

뒷짐을 지고서 별관의 입구 앞을 왔다 갔다 반복하는 그의 표정에는 짜증만이 가득했다.

"벌써 정오가 다 되어 가는데 그 녀석들은 아직까지 코빼기도 비치지 않으니… 에잉!"

달렌트는 자신이 내린 '무리한 지시'를 완전히 잊어버리고선 그레인과 크루겐을 탓하기에 여념이 없었다.

별관 안에 있는 다른 사제들은 달렌트를 애써 무시했다. 만약 두 하이브리드가 탈주했다고 하더라도 상부에 보고하면 알아서 해결될 일이었기에 남의 일처럼 취급했다.

"늦어서 죄송합니다."

문이 열리면서 그레인과 크루겐이 함께 들어오자 달렌트는 기다렸다는 듯이 쌍심지를 확 세웠다.

"그레인! 크루겐! 이제까지 뭘 했기에 지금 오느냐!"

"귀한 분을 모시고 오기 위해 법의를 갈아입고 오느라 늦었습니다."

그레인이 미안해하는 기색도 없이 태연하게 대꾸하자 달렌트의 눈매가 더욱 매섭게 변했다.

"고작 옷 하나 갈아입는데 시간이 그렇게 걸릴 리 없지 않느냐? 아니, 그런 건 아무래도 상관없다! 대공 전하를 설득하는 일은 어찌 되었느냐!"

"그래서 모셔왔습니다요."

"엉? 그게 무슨 소리냐?"

"그래서 아까 귀한 분을 모시고 온다고 말씀드렸습니다

만……."

휘둥그레 눈을 뜬 달렌트가 시선을 천천히 위로 올렸다.

열린 문을 통해 들어오던 빛이 거대한 그림자에 뒤덮였다.

"흐음, 좁군."

얼굴이 문 위에 걸린 펠릭스는 잠시 주춤거리더니 허리를 숙이고 별관 안으로 들어왔다.

"저, 정말로 전하께서 직접 오실 줄이야……."

직접 펠릭스를 본 적이 없었던 달렌트였지만, 그 특유의 거대한 덩치를 보는 것만으로도 충분했다.

2미터를 훌쩍 넘는 인간은 베릴란트 성 내에서 오직 한 명뿐이었기에.

"날 보고 싶어 했다고 들었다."

"히이익!"

펠릭스가 한 걸음 앞으로 내딛자, 달렌트는 자신도 모르게 뒷걸음질 쳤다. 다시 펠릭스가 다가오자 이번에는 뒤에 있던 사제의 발에 걸려 엉덩방아를 찧은 달렌트는 부들부들 떨기 시작했다.

"잘못했습니다! 살려주십시오!"

덩치만큼이나 커다란 손이 시야 한가운데에 들어오자 달렌트는 머리를 감싸 쥐면서 바닥에 엎드렸다.

"다시는 전하의 심기를 거스르지 않겠습니다! 제발 목숨만은!"

"뭘 잘못했는지 모르겠지만, 이걸 봐라."

하지만 펠릭스는 손에 쥐고 있던, 베릴란트 왕실의 문양이 새겨진 반지를 보여주려 했을 뿐이었고, 뒤늦게 의도를 알아챈 달렌트는 연신 고개를 끄덕거릴 뿐이었다.

"보다시피 내가 펠릭스 대공이다. 교단에서 날 원래대로 되돌릴 방법이 있다면서 날 성지로 초대한 게 사실인가?"

"네? 아, 네! 그렇습니다! 그에 대한 자세한 이야기는 우선 편히 앉으신 후에……."

"성지로 가겠다."

"저, 정말이십니까?"

교단의 인간들과 얼굴을 마주하는 것조차 거부하던 펠릭스를 이곳에서 본 것만 해도 기적에 가까운데, 오랫동안 해결되지 않았던 고민거리마저 한 번에 날려주는 말까지 들리자 달렌트는 함박웃음을 지었다.

"단, 조건이 있다."

"뭐든지 말씀하십시오!"

"나와 동행할 인력은 이 두 명으로 충분하다."

펠릭스는 자신의 양옆에 서 있는 그레인과 크루겐을 가리켰다.

"그, 그건 곤란합니다. 고작 저 녀석들만으로 전하를 호위하기에는 무리입니다. 성지로 가는 도중 몬스터의 습격도 받을 수 있고……!"

"내가 그깟 몬스터 따위에게 쓰러질 거라 생각하나?"

펠릭스는 벽에 오른손을 가져가더니, 손가락 끝에 힘을 주었다. '우두둑' 하는 소리와 함께 그의 손가락이 벽 안으로 파고들었다. 말로만 들었던 펠릭스의 괴력을 두 눈으로 목격한 달렌트는 뭐라 대답할 말을 찾지 못하고 입을 떡하니 벌릴 뿐이었다.

"이래도 부족해 보이나?"

이번에는 손바닥 전체에 힘을 주자, 별관 전체가 흔들거렸다. 사제들의 머리 위에서 흙과 모래가 후두두 떨어졌고, 먼지가 사방으로 피어오르며 별관 안은 난장판이 되었다.

"아이고, 전하! 보수 공사한 지 얼마 안 됐습니다! 제발 자비를……."

"더 이상의 추가 인원은 필요 없겠지?"

"어찌 감히 전하의 말에 토를 달겠습니까! 물론입니다!"

바닥에 엎드려 싹싹 비는 달렌트를 본 펠릭스는 오른손을 거두어들였다.

"보름 뒤에 떠날 예정이니 교단 측에는 미리 연락해 둬라. 그리고 이 두 사제는 내가 데리고 있겠다. 이의는 없겠지?"

"물론입니다!"

달렌트는 연신 고개를 끄덕였고, 펠릭스와 함께 두 하이브리드가 별관 밖으로 나가 문을 닫은 후에도 멈출 줄 몰랐다.

"자, 이걸로 충분한가?"

"네."

펠릭스와의 동행을 제안한 사람은 사실 그레인이었다.

아무래도 다른 결사대원들을 더 찾아내기 위해서는 어떻게든 떠돌아다닐 수 있는 명목이 필요했고, 교단의 의도대로 펠릭스가 진짜로 실험 대상이 되는 일은 막아야 했다.

"그러면 떠나기 전까지는 어떻게 지내실 계획입니까?"

"자리를 오래 비워야 할 테니 미리 처리해 둘 일은 마쳐두는 게 좋겠지. 가게 문제도 있고 하니 생각보다 보름이 후딱 지나갈 수도 있겠군."

"그것도 있지만 동… 이 아니라, 폐하께 안부 인사라도 드려야 하지 않을까요?"

"그럴 필요는 없다."

그동안 낮과 밤이라는 경계를 기준으로 서로를 멀리했던 두 형제.

지금 와서 직접 얼굴을 마주해 봤자 쓸데없는 혼란이 유발될 뿐이라는 걸 펠릭스는 알고 있었기에, 스코트가 보낸 두 장의 편지 중 한 장을 읽는 것만으로도 만족했다.

"그러나… 한 명에게만은 말해야겠다."

*　　　*　　　*

베릴란트 성 북쪽에 세워진 작은 별궁.

이곳의 주인, 밀레느 왕비는 평소처럼 베란다에 나와 높이 솟아오른 왕성을 바라보는 중이었다.

왕족과의 결혼은 남녀 간의 감정이 아닌, 어디까지나 정치적인 이해로 이뤄지는 법이었다. 그러니 결혼식을 마친 이후 단 한 번도 이곳에 들르지 않은 왕을 그녀는 딱히 원망하지 않았다. 하지만 자신을 멀리하면서도 막상 첩실은 한 명도 들이지 않는 것은 이해하기 어려웠다.

밀레느가 왕비가 된 이후 작은 별궁에 기거한 지도 어언 7년.

말벗이 된 이들은 시녀들과 전원 여성으로 이뤄진 경호대뿐이었고, 변화 없는 일상의 반복 속에서 그녀의 감정은 서서히 메말라 갔다.

"으응?"

다람쥐 쳇바퀴 돌아가듯 평화롭기만 했던 별궁의 분위기가 이날따라 예사롭지 않았다.

각 구역을 나눠 경비를 서고 있던 경호병들이 빠른 걸음으로 정문으로 모여들었고, 시녀들은 어쩔 줄 모르며 발을 동동 굴렸다.

"무슨 일이지?"

"저, 저도 잘 모르겠습니다."

너무나 오랫동안 '변화' 자체를 못 겪어서였을까, 시녀는 어찌해야 할지 갈피를 못 잡고 당황했다.

분위기가 가라앉기는커녕 더욱 소란스러워지자 밀레느는
방 안으로 들어가더니 계단을 통해 아래층으로 내려갔다.

                    *   *   *

"아무리 대공 전하라 하여도 폐하의 허락 없이는 들어오실
수 없습니다!"

경호대장인 로다나는 다른 경호병들과 함께 펠릭스의 앞을
가로막았다. 그러나 그녀의 오른손은 검 자루를 움켜쥘 뿐, 검
집에서 검을 뽑지는 않았다. 다른 경호병들 역시 마찬가지였
다.

그런 그녀들의 머리 위를 훌쩍 뛰어넘는 키의 펠릭스는 말
없이 서 있기만 했다. 영겹의 사슬을 양팔과 가슴에 둘둘 감
은 그는 이제까지와는 달리 자신을 막아선 병사들에게 힘을
쓰지 않았다.

"오래간만이로군, 로다나."

"3년 만입니다."

"그래, 벌써 시간이 그렇게 흘렀군."

"왜… 이제야 오신 겁니까?"

펠릭스는 대답 대신 지그시 두 눈을 감았다.

밀레느의 편지를 들고 자신을 몇 번이나 찾아온 로다나를
돌려보냈을 때, 슬픈 얼굴로 자신을 바라보던 그녀의 얼굴이

어둠 속에 떠올랐다.

다시 눈을 뜬 그의 시선은 자신을 향해 멀리서 걸어 나오는 중인 한 여성을 향하고 있었다.

그와 그녀의 거리가 조금씩 좁혀질 때마다 7년 전 비극이 벌어지기 전의 추억이 하나씩 뇌리를 스치고 지나갔다.

23살의 왕비가 16살의 소녀였던 시절.

25살의 대공이 18살의 왕세자였던 그때.

이후 벌어진 단 한 번의 사고. 그리고 살아남기 위한 어쩔 수 없는 선택.

"밀레느 왕비."

그녀를 부르는 펠릭스의 말에 밀레느는 멈춰 섰다.

펠릭스는 한쪽 무릎을 꿇으며 시선을 그녀와 눈높이를 맞췄지만, 이내 고개를 숙이면서 아래로 낮췄다.

"이런 모습으로 그대를 맞이해야 하는 나를 용서해 주오."

"당신은… 설마?"

그녀가 기억하는 목소리와 그 목소리의 주인이어야 할 남자의 외모는 너무나 달랐다.

그러나 붕대 사이로 보이는 그의 눈빛은 예전의 그녀를 바라보던 감정을 그대로 담고 있었다.

펠릭스는 천천히 얼굴의 붕대를 풀었다. 너덜너덜해진 붕대가 펠릭스의 앞에 툭 떨어졌고, 밀레느는 두 손으로 입을 감싼 채 그 어떤 말도 하지 못했다.

교단의 '치료'를 받아 살아남았다는 이야기만 들었을 뿐, 그 이후로 단 한 번도 만나지 못했던 옛 연인.

7년 만에 다시 만난 연인의 얼굴은 마차 전복 사건의 끔찍함을 고스란히 드러내고 있었다. 살점이 떨어져 나간 자리와 찢겨 나간 피부를 봉합한 자국들로 둘러싸인 얼굴에선 그 사건이 있기 전의 그를 전혀 떠올릴 수 없었다.

이전의 그와 전혀 달라졌다는 이야기는 익히 들어 알고 있었지만 이 정도까지일 줄은 전혀 예상하지 못했다.

"아아……"

두 손으로 입을 감싼 밀레느의 두 눈에서 눈물이 하염없이 흘러내렸다.

주체할 수 없을 정도의 슬픔에 목이 메어왔지만, 감정을 억누르면서 그의 이름을 부르고 싶었다.

예전 그때처럼.

"아주버님……"

하지만 주변에 있는 시녀들과 다른 이들의 눈은 그걸 허락하지 않았다.

남편의 형을 지칭하는 단순한 단어가 이토록 사람의 가슴을 갈기갈기 찢어버리는 의미임을 그녀는 처음 깨달았다.

"아주버님… 인가."

펠릭스는 쓴웃음을 지으며 고개를 천천히 들어 올렸다.

16살의 소녀였던 밀레느는 화사한 드레스를 걸친 아름다운

20대의 왕비가 되었다.

그런 그녀와 가족이란 이름으로 이어지고 싶었다. 그러나 지금은 그가 원하지 않는 방향으로 이어진 가족이 되어버렸다.

"미안하오."

그런 그녀를 상대로 펠릭스의 뇌리에는 사과 말고는 다른 말이 떠오르지 않았다.

"…이런 몸이 되어버려서."

펠릭스는 7년 전에 했어야 하는 말을 힘겹게 읊었고, 밀레느는 고개를 가로저었다.

"저야말로… 미안할 따름이랍니다."

밀레느 역시 펠릭스에게 해줄 수 있는 말은 사과밖에 없었다. 자신을 구하기 위해 '이런 몸'이 되어버렸기에.

"때늦은 변명에 불과하겠지만, 나는 그대를 잊으려고 했소. 그것이 운명이라 스스로를 설득하면서. 하지만……."

펠릭스는 말끝을 흐리면서 고개를 왼쪽으로 돌려 그레인을 바라봤다.

"하지만 더 이상의 무의미한 설득은 관두기로 했소. 운명을 바꾸기 위해서 나는 베릴란트 성을 떠날 작정이오."

"언제… 떠나시나요?"

"보름 정도 뒤에."

펠릭스는 천천히 일어섰다. 시야 한가운데에 들어온 밀레느의 눈에선 여전히 눈물이 흘러내리고 있었다.

"다시 만날 때에는 그 운명을 바꾸고 오겠소."

말을 마친 펠릭스는 뒤돌아서서 그레인과 크루겐이 있는 곳으로 걸어갔다.

가던 도중 멈춰 서더니 고개를 옆으로 돌렸지만, 시야 구석에 밀레느의 모습을 담았을 뿐 직접 바라보지는 못했다.

세 남자는 입을 굳게 다물고서 별궁의 정문을 지나 밖으로 걸어 나갔다.

'부럽군.'

그레인은 펠릭스의 등을 말없이 바라봤다.

'나는 아딜나에게 내 감정조차 표현할 수 없는 입장이니.'

7년이라는 긴 시간이 흐르긴 했지만 펠릭스와 밀레느는 짧은 대화 속에서 서로에 대해 그동안 각자 품었던 감정을 교환했다.

반면 아딜나는 전생에 그레인과 함께 보냈던 시간과 감정을 잃어버렸고, 그렇기에 지금의 아딜나가 행복하다는 사실이 그레인에게 뼈저리게 다가왔다.

"아, 그레인."

무겁게 가라앉은 분위기 속에서 눈치를 보던 크루겐이 돌연 팔꿈치로 그레인의 옆구리를 쿡 건드렸다.

"너 혹시 그냥 떠날 생각은 아니겠지?"

"나?"

"포르테가의 아가씨한테 작별 인사는 하고 가야 할 거 아니야?"

＊　　　＊　　　＊

"언제 떠나는데?"

"아마도 보름 뒤쯤?"

"언제 돌아오는데?"

"그건 나도 잘 모르겠어. 이 임무 이후엔 다른 교구로 배속될지도 모르고."

잠시 침묵이 이어진 후, 에르닌은 문 안쪽으로 휙 들어가더니 조용히 방문을 닫았다.

"어……."

그레인은 자신의 눈앞에서 닫힌 그녀의 방문을 멍하니 쳐다봤다. 슬퍼하거나 화를 내는 것까진 예상했지만 이런 식으로 아예 '무시'라는 방법으로 나오자 적잖게 당황했다.

그렇다고 그냥 돌아갈 수 없었던 터라 노크를 했다.

한 번, 두 번, 세 번.

계속 노크를 반복했지만 문 너머에선 여전히 대답이 없었다.

그렇게 10여 분이 흐르자 그레인은 뒤통수를 긁으며 어떻게 해야 할지 난감해했다.

'생각해 보니 교구에서 일하는 동안, 에르닌이 날 찾아온 적

은 있어도 내가 직접 에르닌을 방문한 적은 없었지. 펠릭스의
건 때문에 다른 생각을 할 겨를이 없었다고 쳐도 그런 변명을
에르닌이 원하진 않겠고.'

"그레인 오빠."

문 너머에서 들려온 목소리에 노크를 하려던 그레인은 손
을 거뒀다. 여전히 문은 열리지 않았고, 그 문에 에르닌은 등
을 기대고서 고개를 숙였다.

"오빠도 전하처럼 하이브리드라서 같이 가는 거야?"

"그게 무슨 소리지?"

"아빠가 가르쳐 주셨어. 오빠와 크루겐은 하이브리드라고.
인간을 능가하는 힘을 얻은 대신, 인간임을 포기해야 하는 존
재라고 설명해 줬어."

"알고… 있었구나."

사실 하이브리드의 존재 자체는 교단 외의 인간들에게 알
려지긴 했다. 교단에서 내려오는 비법을 통해 육성된 특수 조
직 비슷한 인식에 가까웠지만.

그러나 그 과정에서 무수한 생명이 덧없이 사라졌다는 사
실은 알려지지 않았다. 만약 그것까지 알고 있다면 에르닌의
신변이 위험해질 수도 있는 상황이었다.

"에르닌, 혹시……"

"혹시?"

"아니, 아무것도 아니야."

그레인은 하이브리드가 어떻게 만들어지는지에 대해 알고 있냐고 물어볼 뻔했지만, 머릿속에만 감돌았던 말은 굳게 다문 입안에서 사라졌다.

렌딜을 통해 하이브리드에 대해 알게 되었다면, 퍼지면 위험할 사실들은 알려주지 않았을 가능성이 크다. 그레인이 먼저 물어봐서 괜히 불씨를 일으킬 이유는 없었다.

"오빠와 다시 만난 지 두 달도 아직 안 되었는데, 벌써 헤어지게 되네. 하아……."

에르닌의 말 뒤에 이어진 작은 한숨에 그레인의 마음이 무거워졌다.

"만약 나도 오빠처럼 하이브리드가 될 운명이었다면 헤어지지 않아도 되었겠지? 같이 교단에 있을 수도 있고, 크루겐처럼 오빠와 계속 쭈욱……."

"안 돼!"

쾅!

그레인은 양손으로 문을 강하게 치며 외쳤다.

"그것만은 안 돼. 하이브리드라는 운명을 쉽게 입에 담지 말아줘, 제발."

하이브리드가 되어버린 자에게 있어서 선택지는 단 두 개뿐이다.

영원히 교단의 노예로 살아가거나, 교단과 맞서 싸우거나.

무엇보다도 그 선택지마저도 '저주의 잔'에 영향을 받느냐 아니냐로 크게 좌우된다. 선택지를 스스로의 의지만으로는 '선택'할 수 없다는 점만으로도 하이브리드의 운명이 얼마나 가혹한지를 확인했었다.

바로 그레인의 이전 생에서.

"아… 이런, 미안."

자신도 모르게 소리를 질렀던 그레인은 문으로부터 한 걸음 뒤로 물러섰다.

바로 그때, 문이 열리면서 에르닌이 얼굴을 문틈 사이로 살짝 내밀었다.

"오빠도 같구나."

"같다니?"

"정말로 같아. 내가 그 말을 했을 때의 아빠의 눈빛이야. 화를 냈지만, 반대로 나를 진심으로 걱정했어."

"렌딜 님이?"

"응. 그러니 난 괜찮아. 오히려 화내게 해서 미안해."

에르닌은 문을 마저 열고선 책상 앞의 의자에 앉았다.

"그러면 한동안 여기도 못 오겠네."

"아무래도 그렇겠지."

에르닌의 방 안으로 들어온 그레인은 주변을 두리번거렸다.

책상 위에 놓인 토끼 인형을 제외하곤 소녀의 방이라 보긴 여전히 힘들었다. 마법 연구를 위한 잡다한 물건들이 기다란 실험대 위에 즐비했고, 렌딜의 방에 비해 정돈이 잘되었다는 차이점을 빼면 크게 다를 바 없었다.

딱히 할 말을 찾지 못하고 시선을 한곳에 고정시키지 못하던 그레인의 시야에 예전에는 미처 알아채지 못했던, 옛 물건이 정중앙에 자리 잡았다.

"이 목검은 설마⋯⋯."

"고아원을 떠나기 전, 이 인형하고 같이 가져왔어."

"그랬구나."

고아원에 머물던 시절, 직접 깎아 만든 한 자루의 낡은 목검.

그레인은 목검을 집어 들더니 높이 들어 올렸다. 당시에는 나름 길게 만들었다고 생각했지만 지금 와서 손에 쥐어보니 생각보다 짧게 느껴졌다.

"이곳에 처음 왔을 때, 아빠는 나에게 그 어떤 것도 강요하지 않았어. 대신 내가 하고 싶은 게 있다면 적극적으로 지원해 주겠다고 했어. 그래서 처음에는 오빠처럼 검을 익혀볼까 했었거든."

"그 많은 것 중에 왜 검이었어?"

"오빠가 휘두르는 걸 항상 옆에서 봐왔으니까."

고아원을 떠난 이후 그레인의 입장에서 빠르게 흘러간 3년 남짓한 시간은 에르닌에겐 길기만 했다.

그렇기에 에르닌에게는 그레인과의 기약 없는 재회를 기다리기 위해 정신없이 매달릴 수 있는 무언가가 필요했다.

"그런데 난 그쪽으론 영 소질이 없었나 봐. 날 가르치던 할아범도 결국엔 포기했어. 그래서 대신 아빠에게 직접 마법을 배웠어."

토끼 인형을 무릎 위에 올려놓은 에르닌은 인형의 귀 부분을 매만지기 시작했다.

"생각보다 마법은 재미있었어. 지금도 그렇고. 그래서 난 아빠에게 물어봤지. 혹시 내가 마법에 재능이 있는 걸 미리 알고 날 양녀로 선택했냐고."

"렌딜 님이 뭐라고 대답하셨는데?"

방긋 웃으며 고개를 저었다.

"아빠는 그건 아니라며 단호하게 말하더니, 이 세상에 '선택받은 자'는 없다고 덧붙였어. 그래서인지 아빠는 제자 역시 그런 거 따지지 않고 받아들이고 있고, 더 나아가 마탑에 일하는 모든 사람에게 마법을 익힐 기회를 주고 있어."

각자 재능의 차이는 있을지언정 그것만으로 선택의 기회를 사전에 제한해서는 안 된다.

시도조차 하지 못하고 아쉬워하는 것보다는 차라리 부딪혀 본 후 안 된다는 걸 알고 후회하는 편이 낫다.

그것이 40살이라는 늦은 나이에 마법에 입문한 후, 대마법사의 경지에 다다른 렌딜의 신조였다.

"그래도 난 한 가지, 선택받았으면 하는 게 있긴 해."

"뭔데?"

"그건 비밀. 나중에 가르쳐 줄게."

에르닌은 트리아나의 '조언'에 따라 살짝 운만 뗄 뿐 더 이상 자세히 말하지 않았다. 참고로 채택하지 않은, 아버지인 '렌딜'의 조언은 트리아나와 정반대였다.

"오빠가 떠날 때, 배웅은 나가지 않을 거야. 왜냐하면……."

의자에서 일어선 에르닌이 고개를 들어 그레인을 빤히 쳐다봤다.

예전에 헤어질 때는 흐르는 눈물을 감추기 위해 고개를 숙였지만, 지금은 그럴 필요가 없었다.

"다시 만날 테니까. 그렇지?"

헤어짐 이후 반드시 찾아오는 재회를 믿어 의심치 않았기에.

*　　　　*　　　　*

카르디어스 신성력 1398년 1월 31일.

어둠이 깊게 깔린 밤.

교단 소속의 하이브리드, 그레인과 크루겐은 펠릭스와 함께 성문 쪽으로 걸어갔다.

"잉? 왜 이리 사람이 많지?"

크루겐은 시야를 좌에서 우로 쭈욱 훑으면서 의아해하는

표정을 지었다.

"아무래도 전하를 배웅 나온 것 같습니다."

"오늘 하루는 가게를 닫고 쉬라고 했건만… 이런 식으로 되어버렸군."

"그야 저 사람들 입장에서 안 나올 수도 없잖아요? 이런 분위기를 원치 않으셨다면 반대로 오늘은 어떤 일이 있어도 가게를 열어라, 라고 명령하셨어야죠."

"내 생각이 짧았군."

펠릭스가 지배하는 유흥가 말고는 인적이 드물어야 할 시간임에도 성문 근처에 경비병들 외 많은 사람이 모여 있었다. 그가 소유한 가게의 종업원들과 여성들 전원이었다.

펠릭스는 말없이 자신을 마중 나온 이들을 하나하나 훑어보며 고개를 끄덕였다. 그렇게 세 명이 천천히 걸어가던 와중에 유독 두 명의 여성이 크루겐의 눈에 들어왔다.

"어? 저 아가씨들은……."

세세한 부분까지 따지면 각자 다른 여성이었지만 묘하게도 펠릭스가 마지막 작별 인사를 나눈 '그녀'와 인상이 비슷했다.

'아하, 그랬었군.'

밀레느 왕비를 직접 보기 전까지는 몰랐지만 이제는 알 수 있었다.

'어쩐지 옆에 미녀를 둘이나 끼고도 손가락 하나 건드리지 않더니만…….'

남자가 잊지 못하는 여성을 떠올리며 만들어내는 뒤틀린 형태의 미련.

평소 같았으면 그레인에게 넌지시 말을 건네면서 농담거리로 삼았겠지만, 크루겐은 하려던 말을 마음속에 담고 입을 굳게 닫았다.

"무슨 말 하려던 거였어?"

"아냐, 아무것도."

크루겐은 혼자서 미소를 짓고선 얼굴에 두른 머플러를 살짝 위로 잡아당겼다. 겨울의 차가운 밤공기는 법의 안에 두껍게 옷을 입었음에도 몸을 으슬으슬 떨리게 만들었다.

종업원들의 배웅을 뒤로하고 성문을 지나 베릴란트 성 밖으로 나온 세 명을 또 다른 누군가가 기다리고 있었다. 왕의 명을 받아 그들을 기다렸다고 밝힌 관리는 스코트가 그레인과 크루겐에게 약속했던 '보상'을 싣고 있는 두 필의 말을 건네줬다.

"그런데 이거, 우리들만 말 타는 모양새는 이상하지 않나요?"

2미터를 훌쩍 넘는 펠릭스를 태우고 버틸 수 있는 말 자체를 구하기 힘들었고, 마차 역시 새로 만들어야 할 지경이었다. 결국 그레인과 크루겐이 말을 타고, 정작 대공인 펠릭스는 걸어가야 하는 형국이 되어버렸다.

"상관없다."

펠릭스는 개의치 않다는 표정으로 앞서 걸어갔고 그레인은 말을 탄 채로 왼손에 횃불을 들고 앞을 비췄다.

"우리들, 진짜 역마살이 낀 것 같아. 벌써 몇 번째야?"

크루겐은 그레인의 옆에 바짝 다가가더니 귓속말을 건넸다.

"그래도 예전에 비하면 덜한 편이다. 한곳에 머무르기 불가능한 인생이었으니까."

"그랬지. 정신없이 흘러갔던 시간이었어."

교단의 추격을 피해 자신들과 같이 시련을 받지 않는 운명을 지닌 이들을 찾아다니며, 교단의 노예로부터 벗어나지 위한 투쟁으로 점철되었던 삶.

그때의 기억을 떠올리며 크루겐은 말을 멈춰 세우더니, 멀어져 가는 둘을 응시했다.

'둘 다 묘한 순정파일세.'

형태는 각자 다르지만 예전의 연인을 잊지 못하는 두 남자의 뒷모습은 같았다.

'나는… 좀 애매하겠지?'

크루겐은 가볍게 웃으면서 말고삐를 살짝 내려쳤다.

"크루겐, 전하의 오른편에서 따라와라."

"알았어."

다시 따라온 크루겐은 말 머리를 살짝 돌려 자리를 이동한 뒤 펠릭스와 보폭을 맞췄다.

그렇게 횃불 하나에 의지해 어둠 속에서 길을 가던 그레인이 돌연 뒤를 돌아보았다. 유독 왕성 높은 곳에 흘러나오는 빛이 그의 시야 한가운데에 자리 잡았다.

"저곳은⋯⋯."

                    *   *   *

베릴란트 왕국의 왕자 스코트가 베릴란트 성을 떠나던 날, 어릴 적부터 같이 어울리던 밀레느가 성문까지 배웅을 나왔다.

"죄책감 따위 가질 필요 없어."

스코트는 밀레느의 시선이 자신의 양팔에 머문 걸 보며 가볍게 미소를 지었다.

"비록 몸이 이렇게 되어버렸지만⋯⋯."

팔소매를 길게 늘인 걸로도 부족해서 붕대로 둘둘 감아 감춘 양팔.

마차가 전복되면서 거의 박살 나버렸지만, 교단의 비법을 통해 그는 이전보다 강한 양팔을 얻었다. 그 대가로 왕국을 떠나 교단에 몸을 맡겨야 하는 처지가 되었지만.

"밀레느, 네가 무사했으니 상관없어. 내 몸이 멀쩡하고 네가 다치는 것보다, 양팔 좀 다치고 널 구한 쪽이 훨씬 낫잖아? 예전보다 더 단단해지기도 했고."

"스코트 전하⋯⋯."

"그리고 그놈의 전하란 말은 좀 참아줘. 한동안 못 만날 거 같으니 지금만이라도 예전처럼 굴자고. 응?"

스코트의 거듭된 설득에 밀레느의 입가에 옅은 미소가 자리 잡았다.

"그래, 웃으니까 너 답네. 그나저나 곧 식을 올리게 되면 이렇게 이름으로 함부로 부르진 못하겠지? 아, 형수님이라고 불러야 하나?"

"스코트……."

베릴란트 왕국의 쌍둥이 형제와 후작 가문의 외동딸.

오랜 시간을 함께 보낸 세 남녀는 소년기의 끝자락에 남편과 부인, 그리고 시동생으로 나뉘어야 했다.

"일정상 결혼식에는 참석 못 하겠지만, 대신 형 사이에서 왕자님이나 공주님이 생기면 곧장 달려올게. 귀여운 조카들은 직접 봐야 하잖아? 하하하……."

스코트는 웃음을 터뜨리며 교단에 파견 나온 성직자들을 향해 돌아섰다.

바로 그 순간, 억지로 보여줬던 웃음은 금세 사라졌다.

"밀레느."

"응, 스코트."

"형과… 행복해야 해."

*　　　　*　　　　*

"폐하."

스코트의 등 뒤에서 대신의 목소리가 들렸다.

"폐하, 내리신 명을 수행했음을 보고드립니다."

대신의 이야기가 이어짐에도 스코트의 시선은 침실의 창문 너머, 성문 쪽을 향하고 있었다.

"…폐하?"

"아, 거기 있었소?"

대신은 다시 한번 설명했고, 스코트는 알았다고 답하며 그를 돌려보냈다.

홀로 남게 된 스코트는 눈을 감고 전생의 기억을 머릿속에 되살렸다.

교단에서 파견 나온 성당 기사단원들의 호위를 빙자한 감시 속에서 그는 성문을 지나 베릴란트 성을 떠났다.

당시 왕세자였던 쌍둥이 형 펠릭스의 배웅을 사양했지만 이번 생에도 왕비가 되는 운명을 피하지 못한 밀레느의 배웅만은 거절하지 못했다.

정해진 운명에 따라 하이브리드가 되어버린 그는 독점의 형태로만 이뤄지는 남녀 간의 사랑을 앞에 두고, 스스로의 감정을 억누르며 포기를 택했다.

대신 그는 교단과 사투를 벌이며 그녀가 있는 조국을 구하기 위해 필사적으로 노력했다.

그러나 그가 맞이한 결말은 불타오르는 베릴란트 성을 바라보며 무기력하게 서 있는 것이었다. 잿더미가 되어버린 고향과 시신조차 찾을 수 없었던 첫사랑을 떠올리면서.

"다시는… 그런 일은 없어야 해."

눈을 뜬 스코트의 시야에 가슴 아팠던 회상 대신, 현재의 베릴란트 성이 자리 잡았다.

회귀 이후 스코트의 운명은 바뀌었다.

하지만 그가 진정으로 원하는 운명에는 아직 도달하지 못했다. 그렇다고 돌이키기엔 너무나 많은 것이 바뀌었기에 그는 계속 앞으로 나아가야 했다.

그로 인해 다른 이들의 운명까지 바꿀지라도.

제4장
사전에 막아야 하는 비극

카르디어스 신성력 1398년 2월 20일.

  우거진 수풀 사이의 오솔길을 세 명의 남자가 지나가며 주변을 두리번거렸다.

  펠릭스는 도보로 이동하고, 그레인과 크루겐이 그의 양옆에서 말을 타고 천천히 따라가는 구도였다.

  팍!

  크루겐의 손을 떠난 단도가 건너편에 있는 나무에 깊숙이 박혔다.

  그 나무를 지나간 크루겐이 장갑을 낀 손바닥을 펼치자, 저절로 뽑힌 단검이 날아오면서 그의 손에 쥐어졌다. 크루겐은 스코트가 약속했던 '지원' 중 하나인 팬텀 대거를 요리조리 돌려보며 흡족한 미소를 지었다.

"이 단도, 전에도 생각했지만 진짜 유용한데?"

팬텀 대거(Phantom Dagger).

날아가는 도중에는 모습을 감췄다가 적중하기 직전에 나타나는 단도로, 트윈 엣지에 버금가는 강도와 날카로움을 지닌 무기이다.

어둠 속에 숨어서 공격하는 크루겐의 특성과 잘 어울리는 무기임과 동시에, 팬텀 대거와 한 세트를 이루는 장갑을 끼고서 손바닥을 펼치기만 하면 알아서 회수가 되는 편의성도 지녔다.

"문제는 이걸 쓸 기회가 영 안 온다는 거지, 쩝."

베릴란트 성을 떠나 성지 브렌할트로 향한 지 벌써 20일이 흘렀지만 그들의 여행길은 평화롭기만 했다.

말을 탈 수 없는 펠릭스의 속도에 맞춰 가는 건 둘째 치더라도, 혹시나 모를 위험을 피하기 위해 안전한 경로로 이동해야만 했다.

그러나 펠릭스는 뭣하러 빙 돌아가느냐며 목적지를 최단기간으로 돌파하는 경로를 고집했고, 우려를 표하는 둘에게 아무렇지 않다는 표정을 지었다.

"그럴 일은 없을 거다."

과연 펠릭스의 말대로 몬스터들이 출몰하는 지역을 골라 지나갔음에도 아무런 일도 벌어지지 않았다. 수풀 너머에 숨어 있던 몬스터들이 덤벼들기는커녕 오히려 겁에 질려 도망치기 급급했던 것이다.

펠릭스 안에 머무르고 있는 오우거 군주의 잔재가 몬스터들에게 본능적인 공포를 불러일으킨 까닭이었다.

"아, 심심해. 이렇게 평화로운 것도 좀 그렇네."

"쓸 기회가 있도록 만들어줄 수도 있다."

"아, 아뇨! 아닙니다요! 전하, 전 평화를 사랑한다고요."

크루겐과 펠릭스가 이야기를 나누는 사이, 그레인은 지도를 펼쳐 들고서 이제까지의 이동 경로를 손가락으로 주욱 그었다.

펠릭스 덕분에 이동에 걸리는 시간을 상당히 단축시켰기에 성지로 가는 도중 들르기로 했던 두 곳 중 한 곳에 머무를 시간은 충분했다. 한 나라의 대공인 펠릭스와 함께하는 이상, 일정보다 늦더라도 '전하께서 원하셨습니다'라는 핑계를 대고 넘어갈 작정이었다.

"전하, 우선 성에 들러 여독을 풀고 가는 건 어떻습니까?"

"상관없다."

펠릭스는 무심하게 대답하며 앞서 걸어갔다.

그레인과 크루겐은 일부러 말의 속도를 늦추며 펠릭스와의 거리를 벌렸다. 둘은 그들만이 나누어야 하는 이야기의 주체인 성을 응시했다.

"그레인, 저기 기억나?"

"절대 잊을 수 없는 곳이지."

더욱 강한 하이브리드를 만들기 위한, 교단의 비밀 연구소 중 하나가 설치된 제루드 성.

어쩌면 결사대원이 되었을지도 모르는 이들의 시체가 즐비했던 참혹한 광경에 이어, 연구소와 함께 불타오르던 성을 바라보던 전생의 기억이 되살아났다.

그리고 이번 생에는 보다 일찍 비밀 연구소를 없앨 계획으로 일부러 이곳을 이동 경로에 넣었다.

한 명의 희생자라도 더 줄이기 위하여.

*　　　　*　　　　*

"곤란합니다. 저렇게 큰 인간을 태울 말이 어디 있겠습니까?"

말 판매상은 로브로 전신을 가리고 있는 펠릭스를 가리키며 혀를 내둘렀다.

"그래도 어떻게 안 되겠습니까?"

"돈 문제가 아닙니다. 애꿎은 말의 허리만 박살 낼 뿐이라고요. 결국 여러분들이 손해 보는 일밖에 안 됩니다."

"원하는 금액의 배를 내도 안 되겠습니까?"

"정말 죄송합니다……."

판매상은 그레인에게 허리를 조아리면서 안 된다는 말을 반복했다.

결국 그레인과 펠릭스는 아무런 성과 없이 성 중앙에 위치한 분수대로 발길을 돌렸다.

'마차를 구하려고 해도 펠릭스가 들어갈 수 있을 크기의 마차는 따로 제작을 의뢰해야 하겠지. 하지만 시간상 무리야.'

사실 펠릭스의 체중 자체를 버틸 수 있는 말이 있다 하더라도, 그가 몸에 두르고 다니는 영겁의 사슬이 꽤 무거웠기에 실질적으로 그를 태울 수 있는 말은 없었다. 이제는 거의 찾아볼 수 없는 고대의 몬스터 와이번이나 페가수스가 아닌 이상은.

"지금이라도 전하의 신분을 밝히고 강제로 한 마리 데려올까요?"

"아니, 됐다. 그것보다는……."

분수대 근처를 오가는 시민들이 그를 힐끔힐끔 쳐다봤기에 펠릭스는 일부러 나무 그늘 아래 한적한 곳으로 자리를 옮겼다.

홀로 남게 된 그레인은 물이 뿜어져 나오지 않는 분수대를 바라봤다. 분수가 꽁꽁 얼어붙을 정도의 날씨는 아니었지만,

분수대를 작동시킬 계절이 찾아오기엔 아직 일렀다.

"어? 벌써 왔어?"

양손 가득 비상식량을 구매하고 돌아온 크루겐이 분수대에 도착했다.

"말은 구했고?"

"아니."

"어쩔 수 없지. 그나저나 전하의 신분은 들키지 않았고?"

"아마도."

"저렇게 너덜너덜한 로브를 걸치고 있으니 당연하다면 당연하겠네. 저 덩치에 기겁을 할지언정, 대공이라곤 절대 생각 못할 테니 말이야."

펠릭스의 거대한 덩치를 가릴 수 있는 사이즈의 로브는 당연히 없었기에, 결국 크루겐이 직접 만들어야 했다. 덕분에 로브 여기저기 어설프게 바느질된 흔적이 남아서 본의 아니게 허름한 이미지를 부여했다.

아무래도 대공이라는 신분이 드러나면 지역 영주들이 그를 접대하려 할 텐데, 그로 인해 시간이 지체되기 싫다는 펠릭스의 의도와 정확하게 맞아떨어진 것이다.

"그런데 이 성, 좀 특이하던데?"

"예전과는 달라졌나?"

"저길 봐봐."

짐 꾸러미를 내려놓은 크루겐은 오른손으로 시민들을 가리켰다. 지나가는 사람들은 백이면 백, 손목에 로사리오를 차고 있었다.

"그것뿐만 아니야."

이번에는 크루겐이 분수대 바깥쪽에 위치한 상점들을 가리켰다. 가게나 건물 입구에는 한결같이 카르디어스 교단의 문양이 달려 있었고, 분수대 부근 노점상도 예외는 아니었다.

"베릴란트 성의 분위기와는 딴판이로군."

"그런데 또 그게 묘한 게, 신앙심이 깊다기보다는 교단 자체를 두려워하는 느낌이었어. 먹을 거 좀 사려고 간 가게마다 날 보고 기겁부터 하더라. 물건값을 알아서 깎아주려 하던데, 그냥 정가 치르고 나왔어. 찝찝한 건 싫거든."

"확실히 나도 그런 느낌을 받긴 했어. 물건을 사지 못했는데도 과하게 굽실거리더군."

"뭔가 분명히 있어. 그래서 말인데… 응? 무슨 일이지?"

각자 다른 방향으로 걸어가던 시민들의 시선이 한곳으로 쏠리더니, 누군가의 아우성이 멀리 떨어진 분수대까지 퍼져 나갔다.

*   *   *

시민들이 모여든 건물 입구에는 '로인 상회'라는 간판이 달려 있었다.

4층 높이의 건물은 겉으로만 봐도 꽤 호화로워 보였다. 하지만 그 건물 안에 있는 온갖 물건들을 짐꾼들이 하나씩 짊어지고 나오는 중이었다.

"저희 집안은 가문 대대로 믿음을 저버린 적이 단 한 번도 없습니다! 정말 억울합니다!"

상회의 주인인 로인은 포박된 상태에서도 계속 결백을 주장했다.

하지만 사제는 아무것도 안 들리는 것처럼 짐꾼들이 이송 중인 물건을 하나하나 기록하기만 했다.

"서랍 안에 들어 있던 것은 분명 누가 몰래 넣은 것이 분명합니다! 이곳에서 제가 미쳤다고 다른 종교를 포교했겠습니까?"

"배교자들은 모두 그렇게 변명을 하지."

카르디어스 교단의 모토 중 하나는 자비였지만, 타 종교로 이적한 자들에게는 자비를 베풀지 않았다.

일단 배교자로 판명이 나면 해당 가문의 일원은 모조리 종교재판에 회부되며, 소유한 재산은 전부 교단에 귀속된다.

"교단은 예나 지금이나 변함없군."

전생에 결사대가 결성된 직후 많은 이가 결사대와 관련되었다는 이유 하나만으로 배교자로 몰렸다. 모진 고문 속에 그들은 있지도 않은 일들을 거짓 자백했고, 그 내용은 결사대를 인간의 적으로 모는 데에 사용되었다.

결사대와의 전쟁 이후에는 교단은 더욱 악랄하게 변했고, 그걸 떠올리는 것만으로도 전생의 분노가 다시금 되살아났다.

"어, 이상하네. 이단 심문관으로 보이는 사람은 없는데?"

크루겐의 말대로 예전 듀란을 추적할 때 봤던, 이단 심문관 특유의 복장을 갖춘 자들은 주변에 없었다.

오랜 기간 동안 대륙 곳곳으로 퍼져 나간 카르디어스 교는 자신들 외의 다른 종교가 존재하는 걸 용납하지 않았다.

그러나 배교자에 대한 초창기의 대응이 너무 강경하다는 반응에, 교단은 배교자인지 아닌지 판단하는 기준을 엄격하게 바꾸었다. 배교자에 관한 일을 진행할 때에는 반드시 이단 심문관이 대동해야 한다는 규정이 그중 하나였다.

물론 이건 현생이 아닌 이전 생에 해당하는 이야기지만.

"혹시 무슨 일인지 알 수 있습니까?"

보다 못한 그레인이 재산 몰수를 지시 중인 사제에게 다가가서 물어보자, 그는 둘이 걸친 법의를 뚫어져라 살펴봤다.

"여러분들은… 이 근방의 형제분들로는 보이지 않는군요. 어디 교구 소속이십니까?"

"저희는 베릴란트 성 교구 소속입니다."

"죄송하지만 확인할 수 있겠습니까?"

그레인은 혹시라도 탈주 중인 하이브리드로 오해받지 않기 위해 발급받은 증명서를 꺼냈다.

"베릴란트 성이라, 제법 먼 곳에서 오셨군요. 그런데… 흐음?"

증명서를 살펴보던 사제의 눈빛이 돌연 바뀌었다.

"네놈들, 하이브리드였냐?"

"네."

"어딜 감히 하이브리드 따위가 타 교구의 일에 참견을 해? 탈주 중인 건 아니겠지?"

사제는 눈을 부라리면서 증명서의 유효 기간을 꼼꼼히 살펴봤다.

"쳇, 아쉽게 아니로군. 아무튼 상관하지 말고 너희들 일에나 신경 써라."

"아, 네……."

그레인은 어금니를 살짝 깨물며 뒤로 물러섰다.

사제는 건물 내의 모든 물품을 다 꺼냈는지 확인한 후에 짐꾼들을 이끌고 성당을 향했다.

포박된 로인의 가족들이 고개를 숙인 채로 줄줄이 끌려갔다. 로인은 포기하지 않고 결백을 주장했지만, 무거운 침묵 속에서 그의 편을 들어주는 이는 아무도 없었다.

"배교자 사냥이라, 심히 불쾌하군."

그레인과 크루겐 뒤에 있던 펠릭스의 후드 아래 감춰진 얼굴이 확 일그러졌다.

교단의 인간들이 베릴란트 왕국 내에서 기세등등하다는 사실 자체가 펠릭스에게는 크나큰 불쾌감을 안겨줬다.

"저건 아무리 봐도 제대로 된 절차가 아닌 것 같은데, 내가 틀렸나?"

"틀리지 않았습니다만, 저희가 하이브리드라는 걸 알았으니 이곳의 사제들에게 따져봤자 소용없겠군요. 아, 진짜 기분이 찝찝한데."

"아무튼 그냥 보고만 있을 수는 없군."

펠릭스는 뒤돌아서더니 그레인과 펠릭스를 향해 손을 까닥거렸다.

"날 따라와라."

*   *   *

펠릭스가 둘을 데리고 간 곳은 제루드 성 외각에 위치한 허름한 술집이었다.

입구 위에 달아놓은 간판은 살짝 왼쪽으로 비뚤어졌고, 거리 자체가 낙후된 느낌이 역력했다.

삐걱거리는 가게 문을 열고 들어가니 아직 낮이라서 그런지 손님은 하나도 없었다.

"이 시간에 손님이라니, 별일일세."

50대로 보이는 중년 남성이 앞치마에 손을 닦으면서 셋이 있는 탁자로 느긋하게 걸어왔다.

"아무튼 뭘 시킬 거… 어?"

의자에 앉지 않고 서 있는 펠릭스를 올려다본 가게 주인은 할 말을 잃었다.

그다음에 법의를 걸친 그레인과 크루겐에 시선이 갔지만 도로 펠릭스를 뚫어져라 쳐다봤다.

"바리온, 내 얼굴을 기억하나?"

펠릭스가 얼굴을 가리고 있던 후드를 뒤로 넘기자, 바리온이 들고 있던 쟁반을 아래로 툭 떨어뜨렸다.

"저, 전하 아니십니까? 이곳에 어인 일로……."

"조용히 해라."

펠릭스의 지적에 바리온은 하려던 말을 급히 멈추고 두 손으로 자신의 입을 감쌌다.

"남들 눈에 띄지 않고 조용히 이야기할 공간이 필요하다."

"네, 넵! 이쪽으로 오십시오."

바리온은 잽싸게 가게 문을 걸어 잠그고서 카운터 안쪽의 창고로 세 명을 안내했다.

"누, 누추한 곳으로 모셔서 송구할 따름입니다."

"됐다."

펠릭스는 로브를 벗더니 몸에 칭칭 감긴 영겁의 사슬을 풀어 아래에 내려놓고, 탁자를 사이에 두고 놓인 두 개의 소파 중 하나에 앉았다. 바리온은 불안한 기색을 감추지 못하고 조심스럽게 맞은편 소파에 앉았다.

그레인과 크루겐은 어찌 된 영문인지 파악하지 못하고 어두 컴컴한 방 안을 두리번거릴 뿐이었다.

"전하, 어찌 된 영문인지 잘 모르겠네요. 설마 여기까지 관리하시는 건가요?"

"베릴란트 왕국 내 성에는 이런 곳이 한 군데씩은 다 있다. 직접 내가 찾아가서 설치한 곳이지."

"우와, 베릴란트 성 하나가 아니라 왕국 전체의 암흑가를 지배하고 있을 줄은 몰랐는데요."

크루겐은 너스레를 떨며 분위기를 가볍게 바꿔보려고 했지만, 그 누구도 대꾸하지 않았다. 바리온이 식은땀까지 뻘뻘 흘리기 시작하자 민망해진 크루겐은 천장 모서리에 처진 거미줄만 멍하니 바라봤다.

"본론부터 말하겠다. 우연찮게 이곳을 들렀는데, 교단의 배교자 사냥을 목격했다. 그에 관련된 사항을 아는 대로 다 보고해라."

"그 건 말입니까? 그러지 않아도 조만간 보고 드리려던 참이었습니……."

"아, 그렇군. 나보다는 이쪽과 이야기하는 편이 훨씬 수월할 거다."

펠릭스는 오른손 엄지로 자신의 뒤에 서 있는 그레인과 크루겐을 가리켰다.

"괜찮으시겠습니까? 아무리 봐도 카르디어스 교단의 사제분들 같은데……."

"내 동생이 신분을 보장했다."

"아, 알겠습니다!"

처음에는 펠릭스를 의식해서인지 바리온은 다소 횡설수설하며 더듬더듬 말했다.

그러나 이야기가 진행되면서 긴장이 풀렸는지 바리온의 입에서 그동안 있었던 일들이 하나둘씩 흘러나왔다.

"말도 마십시오. 처음에는 두세 달에 한 번 정도이던 배교자 사냥이 점점 주기가 짧아지더니 이제 열흘에 한 번 꼴입니다요. 이러다간 성의 주민 전부가 배교자로 잡혀 가도 이상할 거 하나 없다고 보입니다."

제루드 성의 영주였던 올리스 백작이 건강상의 이유로 낙향한 뒤, 2년 전부터 그의 아들 콥스가 새 영주가 되었다.

그때부터 제루드 성 내의 분위기는 묘하게 뒤틀리기 시작했다. 카르디어스 교의 독실한 신자로 잘 알려진 콥스는 자신의 종교적 신념을 성내 모든 이에게 강요하기 시작했다.

당연히 왕국 내의 정책과 상충되었는지라 가신들은 곤란하다며 조언했다.

그리고 얼마 후, 이의를 제기했던 가신들 몇 명이 배교자로 몰려 종교재판에 회부되었다. 남은 가신들은 조용히 입을 다물었고, 시민들 역시 종교재판을 두려워하며 침묵했다.

"아무래도 여기가 수도에서 먼 외곽 지역이라는 점도 크게 작용했겠군요."

"보다 못한 몇 명이 몰래 투고해 감찰관을 불렀지만, 영주가 직접 감찰관을 접대한 뒤 돌려보내더군요. 그때 생각만 하면 정말 속 터집니다. 다른 곳은 안 그렇다던데, 에휴……."

이전 생에 인간들이 교단 편으로 돌아선 결과, 결사대의 항전은 실패로 돌아갔다.

그 교훈을 잊지 않은 스코트는 왕이 되자마자 최소한 베릴란트 왕국 내에서만은 교단을 적대시할 방안을 실시했다.

방법 자체는 의외로 간단했다.

왕국 내의 교구에 여러 가지 특권을 줬고, 당연히 성직자들은 그 특권을 마구 누렸다. 그리고 어느 순간부터 성직자들은 그 특권을 넘어선 행패를 부리기 시작했다.

왕국 안의 각 교구에서 비리가 누적되고 국민들의 불만이 폭발하기 직전, 스코트는 비리와 관련된 인물들을 지위의 높고 낮음에 상관없이 투옥시켰다. 교단에 주었던 특혜는 당연히 없던 걸로 되어버렸다.

교단의 반발에, 나는 어디까지나 특권을 준 것이지 그걸로 비리를 저지르라는 건 아니었다고 스코트가 직접 대답했다. 그러자 교단 측에서도 더 이상 할 말이 없었다.

그 이후 자연히 베릴란트 왕국 내의 교세는 약해졌고, 교단의 행패를 몸소 겪은 시민들의 적의는 뿌리 깊게 남아버렸다.

누군가에게 피해를 입은 자들은 그 피해를 보상받더라도

원한을 쉽게 잊지 않는다. 스코트는 이런 방식으로 최소한 베릴란트 왕국 내에서만은 교단의 이미지를 악화시켰다.

나중에 있을 '일'을 위한 초석으로.

"그렇다고 해도 베릴란트 왕국 내에 이렇게까지 교세가 강한 곳이 있다는 것 자체가 말이 안 된다."

"자세한 사항은 더 들어봐야 알겠지만, 정황상 해당 교구의 성직자들과 관리들 사이의 유착을 의심해 볼 수밖에 없을 겁니다."

"그레인, 네 말대로라면 제루드 성의 영주 콥스가 가장 유력하겠군. 이번 기회에 본보기를 보일 겸 확실하게 처리하겠다."

펠릭스는 '그만의 방식'으로 이번 일을 처리할 생각에 소파에서 일어섰다가 도로 앉았다.

"아니다. 우선은 교단과 영주와의 결탁 증거를 확보하고, 이곳에서 벌어지는 사태에 대해 책임지고 처리할 인물을 데려와야겠다."

"증거 자체는 미리 모아놓은 것이 있습니다만, 아직 보충이 더 필요합니다."

"부탁한다, 바리온. 그러면 나는 당분간 단독으로 행동하겠다. 일주일 이내로 돌아올 테니 그동안 너희 둘은 바리온을 도와줘라."

"잉? 저희들은 어디까지나 전하의 경호를 목적으로 동행하는 거 아닌가요?"

"내가 없는 사이 상황이 더 악화될지도 모를 일이니."

"아하, 이해됐습니다."

"그러면 준비를 마치는 대로 다시 돌아오겠다. 너희들은 아까도 말했지만 여기에 남아 바리온을 도와주도록."

한 번 결정한 이상, 행동 자체도 신속히 이뤄져야 한다는 신념 아래 펠릭스는 창고 밖으로 나갔다.

"그러면 저도 이만……."

"아, 잠깐만 기다려 주십시오."

그레인은 바리온에게 도로 앉으라며 손짓했다.

"이건 전하와 별도로 저희들이 개인적으로 부탁드리는 의뢰입니다."

펠릭스가 있던 소파에 앉은 그레인은 품에서 두둑한 돈주머니를 꺼내 탁자 위에 올려놨다.

"물론 전하께는 폐가 되지 않을 의뢰이니 그런 부분에선 걱정하실 필요 없습니다."

"그, 그렇습니까?"

바리온은 침을 꼴깍 삼키며 돈주머니를 향해 손을 뻗었다.

하지만 돈주머니에 손이 닿기 직전, 뭔가를 떠올리며 손을 거뒀다.

"혹시 두 분 성함이 그레인 님, 그리고 크루겐 님 아니십니까?"

"저희들을 아십니까?"

"아이고, 늦게 알아봐서 죄송하군요. 위에서 내려온 보고대로라면 이건 받을 수 없습니다. 왜냐하면 두 분의 부탁이라면 아무런 조건 없이 받아들이라는 지시가 내려왔기 때문이죠."

바리온은 탁자 가운데에 놓인 돈주머니를 그레인 쪽으로 슬며시 밀어냈다.

"네? 지시라니, 전하께서 내린 겁니까?"

"그건 아닙니다만, 더 높은 곳에 계신 분이……."

바리온은 말끝을 일부러 흐리면서 알아서 파악해 달라는 뉘앙스를 내비쳤다.

그레인은 그의 의도를 파악하고선 말없이 고개를 끄덕거렸다.

'베릴란트 왕국의 암흑가를 펠릭스 혼자만이 지배하는 건 아니었다는 이야기로군.'

사실 펠릭스가 베릴란트 왕국 내의 암흑가를 지배하고 있다고 쳐도 수많은 인원을 관리하고 유지하는 데에는 많은 자금과 노력이 소비되게 마련이고, 무엇보다 해당 정권의 묵인이 있어야 한다.

'설마 스코트가 이런 것까지 예상하고 펠릭스의 세력 확장을 보고만 있었던 것일까? 그렇다면 전생의 스코트와는 확실히 달라졌군.'

단순히 형의 운명을 가로챘다는 죄책감 때문만이 아닌, 자국 내의 정보망을 형성하기 위한 목적 아래 펠릭스 몰래 도움을 줬을지도 모른다는 생각에 그레인은 쓴웃음을 지었다.

"그런데 아무리 두루뭉술하게라도 저희들에게 말해주면 안 되는 거 아닌가요?"

"그분께서는 상관없다고 하셨습니다."

"그래도 전하께는 비밀로 해야겠지요?"

"네, 부탁드립니다."

"이거 부탁하러 왔다가 반대로 부탁받는 입장이 되었네요."

침묵을 지키며 생각에 빠진 그레인 대신 대화에 끼어든 크루겐은 뒤통수를 긁적거렸다.

"그리고 또 하나 부탁드릴 일이 있습니다만……."

"네? 또요?"

*　　　*　　　*

1시간 후 바리온의 술집으로 돌아온 펠릭스는 비상식량만을 챙긴 채 제루드 성을 떠났다.

가능한 한 빨리 갔다가 돌아와야 했기에 바리온은 어떻게든 마차를 구해보려 노력했지만 불가능했고, 결국 펠릭스는 짐을 싣는 마차에 몸을 실어야 했다.

바리온은 펠릭스가 지평선 너머로 사라지기 전까지 그의 심기를 거스르지는 않았을까 노심초사했지만 그저 기우에 불과했다.

　제루드 성에 남은 그레인과 크루겐은 펠릭스의 지시에 따라 교단과 성의 영주와의 결탁이 있는지 없는지 은밀히 조사했다. 특히 어둠 속에 몸을 숨길 수 있는 크루겐의 능력은 그동안 모자랐던 증거를 대거 입수하기에 최적이었다.

　바리온은 연신 크루겐을 칭찬했고, 그럴 때마다 크루겐은 별거 아니라며 어깨를 으쓱거렸다.

　하지만 바리온의 또 다른 부탁 앞에서는 난감한 표정을 떨쳐내지 못했다.

*　　　*　　　*

　카르디어스 신성력 1398년 2월 24일.

　"…그렇기에 우리들은 자비로 타인을 대해야 합니다. 이는 그분의 말씀이오니……"

　웃음기가 쫙 빠진 얼굴로 경전의 문구를 읊는 크루겐의 모습이 그레인의 눈에는 어색하게만 비춰졌다.

　그러나 좁은 방 안을 가득 채운 이들 모두 경건한 자세로 미사에 임했고, 크루겐의 등 뒤의 낡은 창문을 통해 들어오는 은은한 햇빛이 성스러운 느낌을 자아냈다.

　'이런 부탁일 줄은 생각도 못 했어.'

바리온이 말했던 또 하나의 부탁은 약식으로나마 이곳에서 미사를 진행해 달라는 이야기였다.

장소는 바리온이 운영하는 술집의 2층으로 정해졌고, 참석 자들은 하층민들이나 소매치기, 매춘부, 사생아 출신이 대부분이었다.

이들은 교리에 의해 더러운 자들로 분류되어 성당의 출입 자체를 거부당했다는 공통점을 지녔다.

"…또한, 고난이 그대를 괴롭히더라도 이것 역시 그분의 뜻이오니……."

그레인과 크루겐은 발렌과 함께 세 명이서 미사를 집전했던 기억을 총동원해서 어설프긴 해도 제대로 된 절차에 맞춰서 미사를 진행 중이었다.

성가대 대신 술집에서 노래로 살아가는 40대 여가수가 홀로 성가를 불렀고, 의식에 쓰이는 물품은 싸구려 포도주와 곁이 딱딱한 빵을 얇게 썰어 대신했다. 여러모로 정식 미사에 비하면 부족한 점이 많았지만, 2층에 모인 사람들은 미사에 참여할 수 있다는 사실 자체만으로도 기뻐했다.

"그러면 모두 돌아가 그분의 말씀을 전합시다."

미사의 마지막을 알리는 크루겐의 말에 참석한 이들 모두 성호를 그은 뒤 질서 정연 하게 밖으로 한 명씩 나갔다. 참석 자들이 모두 빠져나간 걸 확인한 크루겐은 한숨을 길게 내쉬며 머플러 끝자락으로 얼굴의 땀을 닦았다.

"헥헥, 어떻게든 마쳤다!"

크루겐은 옆에 놓인 의자에 앉으려고 다가갔지만, 긴장이 풀린 나머지 바닥에 털썩 주저앉았다.

"고생 많았다."

"이전에도 몇 번 해봤지만, 정말 적응 안 되네. 아무래도 난 성직자 체질이 아닌가 봐."

"나보다야."

"왠지 이런 대화 구도, 이전에 겪은 것 같은데. 나만의 착각은 아니지? 그러니 다음은 너야. 이번에는 양보 못 해."

"뭐, 미사 진행… 잘하던데."

그레인과 크루겐이 다음에 또 있을지 모르는 '부탁'을 서로에게 떠넘기는 와중에 아래층에 내려갔다가 올라온 바리온이 차가운 물 두 잔을 들고 들어왔다.

"두 분께 정말로 감사합니다."

바리온은 물을 건네주며 연신 고마움을 표했다.

정작 미사를 진행했던 둘은 별거 아니라는 반응을 보였지만.

"그런데 교단 소속인 제가 이런 말하기도 뭐하지만, 굳이 카르디어스 교를 그렇게까지 믿을 이유는 없지 않나요? 애초에 교단 측으로부터 거부당한 이상, 그렇게 매달릴 의리라도 있는 건 아니잖아요."

"맞는 말씀이지만, 믿음 자체를 버리기는 힘들더군요. 이곳에 모였던 이들 모두 미래가 보이지 않는 인생이니, 신의 자비가 자신들을 구원해 주길 바라는 거 아니겠습니까?"

바리온은 창문 위에 매달아놓은, 잔뜩 녹이 슨 카르디어스 교단의 문양을 올려다보며 성호를 그었다.

가진 자들은 배교자로 몰려 모든 걸 빼앗기고, 막상 신의 자비를 원하는 '없는' 이들은 교단 측에서 거부하고 있다. 이 우스운 구도를 생각하던 그레인의 얼굴에 실소가 저절로 떠올랐다.

"그런데 저렇게 성 내부에서 난리가 날 정도라면 왜 전하에게 연락하지 않았나요?"

"그게 말입니다, 몇 번이나 보고했지만 아직은 때가 아니라는 대답이 돌아왔지요."

"전하께서요?"

"아닙니다, 전하께 전달되기 전 중간 단계에서 '그분'이……"

펠릭스나 스코트 둘 다 두려움의 대상이었지만, 역시 한 나라의 권력을 쥐고 있는 스코트의 명령이 우선시된다는 의미를 바리온은 내비쳤다.

'꼭 필요한 건에 대해서는 스코트가 도중에 처리하는 구조인가 보군. 하긴, 펠릭스의 방식은 아무래도 힘에 의존하니……'

물론 이번 건에서 펠릭스가 보여준 망설임 없이 그리고 냉정하게 판단하는 모습을 걸 보아하니, 스코트의 개입은 그리

많지 않을 거라고 그레인은 판단했다.

"다행히 이번 사태에 저희들은 한 번도 휘말리지 않았답니다. 대충 봐도 재산을 몰수할 생각으로 벌이는 일이다 보니, 저희들처럼 가진 것 없는 이들은 거들떠보지도 않죠. 아니, 이걸 다행이라고 여기는 현실을 슬퍼해야 할지도요, 하하……."

바리온의 입에서 힘 빠진 웃음소리가 흘러나오자 그레인과 크루겐은 씁쓸하게 웃을 수밖에 없었다. 순간 둘이 걸치고 있는 교단의 법의를 보고서 바리온은 '아차' 싶었지만, 둘은 별다른 반응을 보이지 않았다.

"역시 전하와 같이 다니시는 분들이라 그런지, 이곳의 사제들과는 다르시군요."

"아, 그게 저희들은 정식 사제도 아니라서… 설명하자면 좀 복잡해요."

하이브리드임을 밝히기엔 난감했던지라, 크루겐은 빙 둘러서 대답했다.

"하하, 그래도 교단에 적을 두고 있는 건 분명하지 않습니까? 덕분에 저희들은 거의 1년 만에 미사에 참석할 수 있어 기쁠 따름이지요."

"어? 그전에는 미사에 참여할 수 있었단 말이죠?"

"네, 이전에 계셨던 젊은 주임 사제분께서 저희 같은 이들을 위한 미사 시간을 매주 따로 내주셨답니다. 아마 여러분들과 비슷한 나이였을 겁니다. 그분 성함이 페트로인데, 혹시 동기는 아니신지?"

순간 둘은 손에 쥐고 있던 빈 잔을 아래로 툭 떨어뜨렸다.

"지금 누구라고 말했죠?"

"페트로라는 이름이 확실합니까?"

"네? 제가 호, 혹시 실수라도 했습니까? 분명 페트로라는
이름은 맞습니다만."

"어디 출신인지도 아십니까?"

그레인과 크루겐은 바리온에게 얼굴을 불쑥 내밀며 재차
물어봤다.

잠시 후, 옛 결사대원이었던 페트로와 제루드 성의 전 주임
사제가 동일 인물임을 확인하자 둘은 말없이 천장만을 바라
봤다.

'주임 사제가 될 정도라면 아직 하이브리드는 되지 않았을
거야. 정말, 정말로 다행이야.'

하이브리드는 어디까지나 교단을 위한 노예나 마찬가지이
기에, 올라설 수 있는 지위는 멜린다처럼 같은 하이브리드를
가르치는 교관 정도가 고작이다.

극소수의 압도적인 실력을 지닌 하이브리드는 교황을 경호
하는 인원으로 배치되었고, 유일하게 높은 자리로 직행할 수
있는 경우는 2년간의 수련 과정을 수석으로 마치는 것밖에
없다.

"꽤나 친밀했던 사이셨나 보군요."

"정말… 보고 싶습니다."

현생에서 아직도 페트로를 보지 못했다는 아쉬움이 그레인의 대답에 절실히 묻어나왔다.

*   *   *

다음 날.

그레인과 크루겐은 제루드 성 교구의 성직자들과 영주와의 결탁 증거를 모두 모으는 데 성공했다. 하지만 아직 약속한 기한까지는 하루가 남았기에 성내의 분위기를 살필 겸 운송업을 담당하는 길드를 찾아갔다.

총 다섯 대의 마차가 길드 사무소 앞에 대기 중이었고, 건장한 체격의 짐꾼들이 싸늘한 날씨에도 땀을 뻘뻘 흘리며 쉴 새 없이 짐을 싣고 내렸다.

"아, 그리고 제 것과 함께 이것도 좀 부쳐주세요."

크루겐은 자신이 쓴 편지와 그레인 것까지 합해 접수를 담당하는 직원에게 건넸다.

옛 결사대원 중 유일하게 연락이 가능한 발터.

교단 소속임에도 좋은 인상으로 남았던 던컨과 발렌.

그리고 아딜나. 이렇게 네 명에게 각각 쓴 편지였다.

이스트라에게도 보내고 싶었지만, 벤트 섬은 교단 내에서 특수 지역으로 설정되어 편지를 부치는 것 자체가 불가능했다.

"휴, 한동안 못 쓴 편지를 몰아 쓰다 보니 손목이 다 뻐근하네."

크루겐은 길드 사무소를 나오면서 오른쪽 손목을 빙빙 돌렸다.

"그런데 너, 이번에도 아딜나한테 시시한 내용으로 채운 편지를 보낸 건 아니겠지?"

"어쩔 수 없으니까."

그레인이 하고 싶은 말을 다 쓴다면 편지 한 통에 수십여 장의 편지지를 넣어도 모자랄 판국이었지만, 대부분 그레인 혼자만의 일방적인 기억이었기에 적을 수 없었다.

게다가 현재 그의 행보에 대해 이야기하려고 해도 그 원인을 밝힐 수가 없었기에, 결과만 놓고 이야기해야 했다. 그러다 보니 자연스럽게 '우연히'라는 단어가 반복되어서 쓰다가 찢고 다시 쓰기를 계속 반복하곤 했다.

그래도 현생의 아딜나와 소통할 수 있는 유일한 수단이 편지라는 점은 변함없었다.

"이해는 하는데, 나까지 답답해지는 기분이라 좀 그래. 그래도 당사자인 너만 하겠냐……. 말하고 나니 아까 말은 해서는 안 되는 거였네. 미안해."

"괜찮아, 어쩔 수 없으니."

"아, 포르테가의 아가씨한테는… 아, 한동안 베릴란트 성을 떠날지도 모른다고 했었지?"

"응, 그래서 편지는 보내지 말라고 했어."

"아무튼 모든 준비는 끝났으니 내일 성을 왈칵 뒤집어놓을 일만 남았네. 몇 년이나 시민들을 괴롭혔던 문제가 단 일주일 만에 해결될 기세야. 이번의 펠릭스는 전생과 달리 행동력이 대단한 것 같아."

죄를 지은 자들에게 대가를 치르게 만들 수 있다는 것과는 별도로, 교단의 치부를 드러낼 수 기회를 손에 쥐었다는 것이 크루겐에겐 그 어떤 쾌감보다 짜릿하게 다가왔다.

"그런 사람이 7년 넘게 밀레느 왕비에 대한 미련을 못 버리고 질질 끌었다는 건, 그만큼 애착이 깊었다는 걸까나."

"애착이라… 아."

그레인은 뒤늦게 이곳에서 자신이 '저질렀던' 일을 떠올리며 입을 다물었다.

전생에 제루드 성을 점령했을 때에 느꼈던 감정은 분노 그 자체였다.

성당 지하를 통해 발견한 비밀 연구소 안에 즐비했던, '실험체'로 쓰였던 하이브리드들의 시신들을 본 그레인은 평소의 무뚝뚝한 표정을 완전히 버렸다.

전신을 불로 감싼 채로 성안의 모든 것을 태워 버리겠다며 외치던 그에게 유일하게 아딜나 혼자만이 다가왔다.

분노로 인해 화염의 힘을 제어하지 못하는 그를 강하게 껴안았고, 그녀의 머리카락이 타들어가는 냄새에 그레인은 다급히 제정신을 차렸다.

"어이, 너희들 혹시……."

누군가 자신을 부르는 목소리에 그레인은 뒤를 돌아보았다.

말을 건 청년과 그 옆의 다른 청년들은 그레인과 크루겐처럼 카르디어스 교단의 법의를 걸치고 있었다. 하지만 디자인까지 같다는 이야기는…….

"주임 사제님이 말했던, 타지에서 온 하이브리드가 너희들이었냐?"

청년을 포함한 세 명의 낯선 남자 모두 하이브리드라는 증거였다.

"너희들도 하이브리드인가?"

그레인은 주변을 둘러본 뒤, 주변에 다른 이들이 없다는 걸 확인한 후에 물어봤다.

"어디 출신이야?"

그러나 말을 걸었던 청년은 그런 것은 신경 쓰지 않는다는 듯 대뜸 수련을 받은 장소를 물어봤다.

대답 대신 질문과 질문이 계속 이어지는 묘한 대화 구도 속에서 그레인은 상대의 눈을 정면으로 바라봤다.

타인을 얕잡아볼 때만 보여줄 수 있는 눈빛에 그레인의 입술 끝이 살짝 일그러졌다.

"벤트 섬."

"벤트 섬? 아아, 별 쓸모 없는 녀석들만 나온다는 거기 출신이었냐?"

이번에는 경멸의 의미까지 포함된 청년의 시선에 그레인은 어금니를 꽉 깨물었다.

동년배로 보여서 초면부터 반말로 나오는 건 그러려니 해도, 단지 수련받은 지역이 다르다는 이유로 이렇게까지 나오는 상대를 도통 이해할 수 없었다.

'아니, 인간이란 자신과 조금만 달라도 적의를 표하곤 하지. 하이브리드가 되어도 이런 부분은 변하진 않으니까.'

전생에서 겪었던, 하이브리드이기에 받았던 핍박도 결국 인간과 다르다는 이유 하나에서 시작되었다. 물론 다르다는 느낌이 호의로 발전할 수도 있겠지만, 그레인의 눈앞에 있는 청년은 적의를 선택했다.

"수료 순위는? 참고로 나는 3위였지."

"너 또 그놈의 순위 자랑이냐? 그냥 가자."

"야, 테일러. 타지 녀석들에게 왜 신경을 써? 가자고."

동료들의 만류에도 불구하고 테일러로 불린 청년의 시선은 여전히 그레인에게 고정되었다.

"나는……."

수석이었다고 말하려는 순간, 그레인은 입을 다물었다.

어차피 그렇게 말해도 상대의 태도에는 변함없을 거라는 걸 직감했기에 침묵이 최고의 선택으로 느껴졌다.

"너희들, 탈주자는 아니겠지? 이전에 크게 한번 사고 치고 도망친 녀석이 있던 지역이니……."

문제는 침묵조차 선택할 수 없도록 상대가 나온다는 점이지만.

"아니다."

"그러면 증명서를 보여주든가."

그레인은 맥스를 언급하며 오른손을 내민 테일러를 노려봤다. 증명서 대신 트윈 엣지를 꺼내서 내민 손바닥을 확 찔러버리고 싶은 충동에 휩싸였다.

"우리가 왜?"

눈치를 보던 크루겐이 둘 사이에 잽싸게 끼어들었다.

"그건 정식 사제나 요청할 수 있는 거지, 똑같은 하이브리드에게 그런 권리는 없잖아. 내 말이 틀려?"

"어, 으음……."

크루겐의 지적에 테일러는 움찔거리더니 할 말을 잊어버렸다.

"우린 너희들처럼 한가하게 교구를 어슬렁거리는 게 아냐. 우리 일하느라 나름 바쁘다고."

"착각하지 마. 이건 엄연히 주임 사제님의 허락을 받고 나온 순찰이다."

"그러면 너도 네 할 일이나 잘해. 괜한 간섭 말고. 하이브리드끼리 충돌이 일어나면 어떻게 되는지 알지? 누가 옳고 그른 걸 따지지 않고 '시련'부터 줄 텐데, 같이 한 번 징 하게 받아

볼까?"

시련이라는 단어에 테일러는 물론 그의 동료들까지 움찔거렸다.

"자, 그레인. 가자."

크루겐은 그레인의 손을 붙잡고 자리를 떠났다.

테일러는 뒤쫓아 갈 정도의 적극성은 보이지 못한 채 투덜거리기만 했다. 그런 모습을 힐끗 바라보며 크루겐이 씨익 미소를 지었다.

"정말 웃기는 녀석일세. 뭐, 저 나이에는 저럴 법도 하지만."

"그렇다고 쳐도 정도가 지나친 건 변함없어."

"솔직히 정상적인 하이브리드라면 인간과 어울릴 수도 없으니 사교성은 거의 없잖아. 우리들이야 속은 완전히 40대이니 어느 정도 알 건 알지. 진짜 40대처럼 굴지는 않지만. 아무튼 저런 놈을 보니 도리탄이 귀여워 보일 정도네."

"도리탄? 누구?"

"너에게 등을 보였던 훌륭한 선배."

"아."

양팔의 관절을 꺾어줬던 기억을 회상하며 그레인은 가볍게 웃었다.

"그런데 너, 그냥 뒀다면 그 녀석과 한판 벌일 기세였더라. 왜 그렇게 신경이 곤두섰어?"

"그 녀석에게 익숙한 기운이 느껴져서였을지도."

사실 아딜나와 있었던 일들을 회상하는 도중 테일러가 멋대로 끼어들어 기분을 박살 낸 부분이 가장 컸지만, 그건 굳이 말하지 않았다.

하지만 그걸 감안하고도 그레인치고는 날카로운 반응임은 분명했다.

"전생에 알던 사이야?"

"그건 아니고, 아마도 화염과 관련된 코어를 이식받았을 거다."

그레인은 테일러의 적의에 단순히 적의로만 대응하지 않고 상대가 어떤 존재인지 파악 중이었다.

"그런데 특이했어. 화염의 기운이 느껴지는 부위는 분명히 얼굴이었는데, 너도 봤다시피 코어를 이식받은 흔적을 찾을 수 없었더군. 얼굴을 가린 것도 아니었는데 말이다."

"여러모로 별난 놈일세. 하이브리드이면서 초면인 다른 하이브리드에게 넙죽 말을 건네고. 그렇다고 넉살이 좋은 성격도 아니고. 우리들이 저 녀석 나이였을 땐 어땠더라?"

"기죽어 지내는 게 일반적이긴 했지."

같은 곳에서 수련을 받았거나 동일한 교구에서 일하는 사이가 아니면 대부분의 하이브리드는 서로에게 간섭하지 않았다. 그런 배타적인 부분이 극단적으로 드러난 경우가 베스티나와 이전 프란디스 교구에서 함께 일했던 베오크였다.

단, 하나로 모을 수 있는 공통점을 소유한다면 이야기는 달라진다.

그것이 바로 결사대였다. 결사대원 대부분 저주를 피한 운명이라는 공통점을 지녔기에.

"아, 그런데 막상 그냥 보내고 나니 기분이 영 찝찝하네. 지금이라도 쫓아가서 혼쭐을 내줄까?"

"괜한 충돌은 피해야 해. 어차피 전하가 돌아오면 알아서 처벌받을 거다. 일을 마무리 지으면 분명히 교구 내의 성직자들 전원에게 책임이 돌아갈 테고, 저 녀석도 예외는 아닐 테니."

"그래, 어차피 하루만 참으면 되겠지?"

크루겐은 번갈아가며 양손의 주먹을 어루만지며 훗날을 기약했다.

"아니, 잠깐만."

"응? 왜 그래?"

"이름이 분명히 테일러라고 했지? 잠시만……."

그레인은 전생의 기억을 머릿속에서 찬찬히 훑어봤다. 피로 점철된 전장이 계속 이어지는 가운데, 희미하게 떠오른 얼굴이 점차 선명해졌다.

"이제야 기억났어. 아까 그 녀석, 적으로 만났던 사이가 분명해."

"그래? 내 기억에는 없는 걸 보니 그리 대단한 놈은 아닌가 봐? 그땐 어떻게 되었는데?"

"몇 번 전장에서 마주쳤고, 결국엔 내 손에 죽었지. 그리 큰 활약은 못 했던 걸로 기억해. 하지만 지겹게 달라붙었던 상대였어. 운 좋게 위기에서 여러 번 살아나기도 했었고."

"그렇다면 제법 낯이 익었을 텐데… 예전과 많이 달랐나?"

"코어도 지금과 달랐고, 전생에는 30살 즈음에 만났으니 꽤 이른 시점에 재회한 거다."

"지금 네 표정만 봐도 악연이라는 걸 알겠다. 아까 네가 그렇게 나온 게 이제야 이해되네. 이렇게 된 거, 내가 몰래 해치워 버릴까?"

크루겐은 팬텀 대거를 꺼내 한 바퀴 휘리릭 돌렸다.

"아니, 지금은 아니야. 아까 말했다시피 대공 전하가 돌아온 뒤에 생각해 보자."

*　　　*　　　*

쾅쾅쾅!

문을 거세게 두들기는 소리에 그레인과 크루겐은 재빨리 침대에서 일어났다.

"으으… 무슨 일이지?"

"늦잠을 잔 건… 아닌데."

창밖을 보니 아직 이른 아침이었기에 그레인과 크루겐은 의아해하며 문 쪽으로 걸어갔다.

아직 잠이 덜 깬 상태였지만 둘 다 등 뒤에 무기를 쥔 손을 감추는 걸 잊지 않았다.

크루겐이 문 옆 왼쪽 벽에 바짝 붙어 만약을 대비한 뒤 그레인이 조심스럽게 문을 열자, 둘에게 2층 방을 내준 바리온이 허겁지겁 들어왔다.

"바리온 님, 무슨 일입니까?"

"지, 지금… 밖에… 구해주십시오!"

다급하게 숨을 헐떡이는 그의 표정만 봐도 심상치 않아 보였다.

"네?"

"우선 나와주십시오!"

말을 마친 바리온은 급하게 1층으로 먼저 내려갔고 그레인과 크루겐은 다급히 옷을 챙겨 입고 뒤따라갔다.

"저, 저기입니다!"

바리온이 오른손 검지로 가리킨 곳으로 시선을 돌리자, 둘은 정말로 심상치 않은 일이 벌어졌음을 단번에 파악했다.

낯이 익은 시민 수십 명이 포박된 채로 줄줄이 끌려가는 중이었고, 그들을 이끌고 가는 이들은 20여 명의 병사와 사제 한 명이었다. 게다가 맨 앞에 있는 이는 일주일 전, 교단의 이름 아래 로인 상회를 '털었던' 사제였다.

"흐음? 너희들은… 왜 아직도 이 성에 머무르고 있는 거냐?"

단번에 둘을 알아본 사제의 눈썹 사이가 살짝 좁혀졌다.

"사제님, 무슨 일이 있었기에 이렇게 많은 사람을 한꺼번에 데려가는 거죠?"

"무슨 죄냐고? 이들은 감히 허락도 없이 진행된 미사에 자격도 없이 참여한 죄로 체포했다. 신을 믿을 자격이 없는 자들이 감히 신께 접근하려는 것은 큰 죄다."

"하아… 카르디어스 교를 믿을 권리조차 주지 않으면서, 막상 교리에 따르라는 말은 앞뒤가 맞지 않잖아요?"

크루겐이 어이없어하는 얼굴로 항변했지만, 사제는 코웃음을 칠 뿐이었다.

"교단의 일에 일개 하이브리드인 너희들이… 그러고 보니, 정황상 너희들 말고 다른 사람은 아니겠군."

사제가 둘을 지목하자 같이 온 병사들이 그레인과 크루겐의 주위를 둘러쌌다.

"너희들이 저지른 죄 역시 그냥 넘어갈 수 없다. 그래도 수색할 필요 없이 알아서 내 앞에 나타나다니 참 다행이로군."

"잉? 죄라뇨? 그건 또 무슨 소립니까?"

"감히 하이브리드 주제에 허락도 없이 미사를 진행한 죄 역시 크다."

"아, 그게 말이죠. 흐음, 분명히 허락을 받긴 했는데……."

교리에 의하면 꼭 사제 이상의 지위가 아니더라도 특정 지위 이상의 인물이 동의할 경우, 미사의 진행이 가능하긴 하다.

하지만 펠릭스의 신분을 밝힐 타이밍은 아니었기에 크루겐
은 하던 말을 얼버무릴 수밖에 없었다. 그렇다고 순순히 체포
될 생각은 둘 다 없었다.

"크루겐, 아무래도……."

"너도 나와 같은 생각이지?"

"그래."

"그분의 형이신 '그분'께서 상황이 악화될 경우를 대비하라
고 했는데, 지금이 딱 그 경우네."

"그분? 형? 도대체 무슨 소리를 하는 거냐!"

"마침 여기 어두컴컴하기도 하니 딱이네."

애초에 대화가 통할 상대가 아니라는 걸 진작 파악한 이상,
행동으로 보여주기 위해 둘은 각자 등 뒤에 찬 각자의 무기를
움켜쥐었다.

"어?"

순간 크루겐의 모습이 사라지자 병사들은 당황한 눈빛으로
주위를 둘러봤다.

"저, 저기다!"

휙!

병사들 사이를 빠져나간 크루겐은 팬텀 대거를 던졌다. 빠
르게 직선으로 날아간, 그러나 누구의 눈에도 보이지 않는 직
선을 그린 팬텀 대거는 체포된 이들 사이를 연결하는 밧줄 하
나를 단번에 끊어버렸다.

휙! 휙! 휙!

"와, 이거 생각보다 재미난데?"

크루겐이 신나게 팬텀 대거로 연이어 밧줄을 끊어냈고, 병사들은 놀란 나머지 멍하니 바라보고만 있었다.

"에잇! 뭣들 하시오? 당장 저놈들을 체포하지 않고!"

인내심이 한계에 달한 사제의 외침에 병사들은 뒤늦게 정신을 차렸지만, 조용히 냉기를 모으고 있던 그레인의 양손이 지면에 닿은 후였다.

휘이잉!

냉기가 휘몰아치더니 일대가 짙은 안개로 뒤덮였다.

"이, 이건 대체……."

"움직일 수 없습니다!"

뿌연 시야 속에서 병사들은 지면에서 발을 뗄 수 없었다. 체포된 이들을 비켜간 냉기에 병사들과 사제들의 발목 위까지 얼음으로 뒤덮였다.

"으으, 매번 느끼지만 너무 춥다고. 다음에는 힘 좀 조절해라."

"그럴 여유가 있다면."

"와, 입김까지 나오잖아! 앞으로는 여유 좀 챙겨줘, 제발."

크루겐은 으슬으슬 떨면서 자신과 동년배로 보이는 병사 한 명에게 다가갔다.

"어이, 형씨. 밧줄 남은 거 빌려도 괜찮겠지?"

＊　　　＊　　　＊

잠시 후, 뒷골목의 시민들을 포박해 끌고 가던 이들 전원이 반대로 꽁꽁 묶여 바리온의 술집 안에 처박혔다.

"읍읍읍!"

묶이는 동안에도, 묶인 후에도 쉬지 않고 큰 목소리로 항변하던 사제의 입에는 특별히 재갈이 물려졌다. 크루겐은 혹시라도 빠진 인원이 있는지 한 명씩 센 뒤에 술집의 문을 닫았다.

마지막으로 '오늘은 술 안 팝니다'란 나무판을 손잡이에 걸고 시원하게 손을 탁탁 털었지만, 크루겐의 속마음까지 시원하지는 않았다.

"우선 한 건은 해결했는데, 앞으로의 일이 문제네."

끌려가던 이들을 펠릭스가 도착한 후에 구할 수도 있었지만, 필시 종교재판에 회부될 게 뻔했기에 구한 뒤에 고민해야 할 일이었다. 말만 재판이지 없는 사실도 쉽게 만들어내는 고문이라는 걸 알기에 지체할 수도 없었다.

"전하께서 분명 오늘 내로 오신다고 했지?"

"그것도 이런 상황이라면 확신할 수 없어."

"일이 술술 잘 풀리나 싶었더니 마지막에 와서 이런 꼴이네. 어떻게 해야 할까나……"

바리온은 체포되었던 이들을 이끌고 남들의 눈에 띠지 않는 비밀 장소로 대피를 마쳤다.

그러나 이 선에서 끝날 일은 아니었다. 그들을 체포하러 갔던 사제와 병사들이 돌아오지 않으면 교구에선 다시 사람을 보낼 테니 일이 더 커질 것은 불을 보듯 뻔했다.

"괜히 추가 병력과 일일이 맞섰다간 일이 더 커질 테니, 성 밖으로 나가서 전하를 기다리자. 어때?"

"그게 가능했으면 좋겠군."

*   *   *

"저쪽이다!"

병사들의 외침이 좁은 골목길 사이에 울려 퍼졌다.

"이쪽이 아니야! 반대다!"

"상대의 냉기에 휘말리지 않도록 거리를 둬라!"

지휘관의 명령 아래 병사들은 그레인과 크루겐을 넓은 도로로 몰아붙였다.

"길 양쪽을 모두 포위해라!"

결국 둘은 넓은 도로 한가운데에서 앞과 뒤가 막힌 상황에 처했고, 둘의 뒤를 쫓던 병사들은 거친 숨을 내쉬면서 진열을 가다듬었다.

"결국 네 말대로 되어버리네. 아, 귀찮아지는 건 질색인데."

반면 내내 쫓기던 입장이었던 둘은 지친 기색 대신 지루하다는 표정을 지었다.

"이쯤 시간을 끌었으면 슬슬 도착해야 하는 거 아냐?"

"어쩔 수 없지."

수백여 명의 병사가 형성한 포위망 한가운데에서 그레인과 크루겐은 서로 등을 맞대고 섰다.

"지금이라도 대공 전하와 같이 왔다고 말해봤자, 안 믿겠지?"

"아마도 전하와 성지로 간다는 사실 자체가 비밀로 부쳐졌을 거다. 알고 있었다면 우리들을 이렇게 밀어붙이지도 않았을 거고."

"쩝, 이렇게 될 바엔 군이 도망치지 말고 그냥 강행 돌파 할 걸 그랬나? 영주도 직접 족치고 말이지."

크루겐의 기대와 달리 성문에는 많은 병사가 동원되어 엄중한 검문검색이 진행 중이었다.

어둠을 통해 몰래 빠져나가려고 했지만 하필이면 낮인 탓에 크루겐의 능력을 발휘할 공간이 부족했고, 다른 곳으로 몸을 숨기려던 차에 경비병들의 눈에 띄어 도망쳐야 했다.

처음에는 다가오는 병사들의 발을 그레인이 냉기로 얼리면서 후퇴했지만 시민들까지 휘말릴 걸 우려해 소극적인 도망을 택했다.

"그런데 너, 많이 변했다? 예전에는 시민들이 휘말리든 말든 상관하지 않고 성 전체를 불태우려고 했잖아."

"…다 전생 때의 일일 뿐이야."

그레인과 크루겐은 가급적 충돌을 피하며 골목길을 빠져나와 번화가 한복판으로 나왔지만, 그 둘을 기다리는 건 대기 중이었던 제루드 성의 병사들이었다.

"저, 저놈들이 분명합니다!"

입에 재갈이 물린 채로 술집에 감금되었던 사제가 그레인과 크루겐을 가리키며 외쳤다.

병사들의 포위망 한쪽이 열리면서 법의를 걸친 이들이 안으로 걸어 들어왔다. 잔뜩 얼굴을 찡그린 또 다른 사제의 복식은 주임 사제임을 나타냈고, 그 뒤를 따라 들어온 청년 세 명의 얼굴은 둘에게 낯설지 않았다.

"하이브리드 주제에 감히 타 교구로 와서 행패를 부리다니, 배교자가 될 작정이냐?"

제루드 성 교구의 주임 사제 우딜스는 뒷짐을 지고서 둘에게 한심하다는 시선을 보냈다.

"행패? 무슨 소리입니까? 행패를 부린 건 그쪽이잖아요. 우리 둘은 그렇다 치더라도, 알아서 믿겠다는 이들까지 줄줄이 잡아가는 행태는 진짜 뭡니까? 도대체가 정말……."

자신들의 종교를 믿지 않는 자들은 배교자로 몰아붙이고, 없는 자들은 믿을 자격이 없다고 내팽개친다. 교단의 이런 부분은 전생이나 현생이나 변함없었다.

"지금 너희들이 어떤 상황에 처했는지 정녕 모르겠다는 거냐?"

"뒤늦게 나타난 여러분들과 달리 저희들은 몸소 겪었지요."

"어차피 너희 하이브리드 한둘 죽어도 상부에선 신경 쓰지 않는다."

"뭐, 그럴 수도 있겠죠."

"그렇다고 도망칠 생각 따위 절대 하지 마라. 당장 탈주자로 상층부에 보고할 것이다."

"그러든가."

크루겐의 말이 점점 짧아지더니 급기야는 반말로 바뀌자 우딜스는 화가 머리끝까지 치솟았다.

"이거, 교단의 일이라 그냥 방관하려고 했지만 보고 있기는 힘들겠군."

바로 그때, 호위병들을 이끌고 뒤늦게 도착한 제루드 성의 영주 콥스가 포위망 안쪽으로 걸음을 옮겼다.

"우딜스 주임 사제, 어떻게 하시겠소?"

"영주님, 여기는 저희들에게 맡겨주십시오."

"알겠소."

우딜스는 넓은 왼쪽 팔소매 안으로 오른손을 집어넣고 만지작거리다가 이내 손을 도로 뺐다.

"너희들 차례다. 맘껏 실력을 발휘해 보도록."

우딜스의 지시에 세 명의 하이브리드가 앞으로 나섰다.

그는 교단 소속의 인간들만 이해할 수 있는 체벌보단 많은 시민의 눈앞에서 교단의 '힘'만으로 사태를 해결하는 쪽을 선택했다.

"어? 저 녀석들… 어제 봤던 그놈들 아냐?"

크루겐은 대뜸 자신들에게 시비를 걸었던 테일러와 그의 동료 둘을 알아보고 손가락으로 가리켰다.

"그레인, 아무래도 나머지 둘도 하이브리드가 맞겠지?"

"그렇겠지."

"저놈은 그렇다 치더라도 저 둘은 이전… 에 본 적 없는 놈들 같으니 우리들보다 강할지 아닐지는 모르겠어. 우선 겪어 봐야 알겠네."

훈련 목적의 대련이 아니면서, 전생의 동료들이 아닌 하이브리드와의 실전은 그레인이나 크루겐에게 있어서 이번 생에 처음이었다.

그레인은 왼팔의 소매를 팔꿈치 위로 걷어 올리더니 감고 있던 붕대를 풀었다. 크루겐은 얼굴에 두르고 있던 머플러의 끝을 살짝 위로 잡아당겼다.

"빙룡의 비늘? 하!"

제루드 성 교구 소속의 하이브리드, 테일러는 그레인이 드러낸 왼팔을 보고 코웃음 쳤다.

"그렇게 질 낮은 코어로 용케도 지금까지 버텨왔군그래."

"그러는 너는 얼마나 좋은 걸 몸에 박았길래 으스대?"

"보여주지."

테일러는 이마를 덮고 있던 앞머리를 뒤로 쓱 넘겼다.

이마 정 가운데에 세로 방향의 선이 나타나더니, 원래 인간이라면 있을 수가 없는 제3의 눈이 모습을 드러냈다.

"저건… 화룡의 눈?"

화르륵!

테일러의 전신이 불길에 휩싸였다.

그러자 우딜스와 콥스는 물론이고 병사들까지 열기를 이기지 못하고 화급히 멀리 물러났다.

익숙하면서 동시에 현재의 그에게서 사라진 힘이 눈앞에서 발현되자 그레인의 표정이 미묘하게 변했다.

"호오, 저런 식으로의 이식도 가능했나? 어쩐지 네 말대로 겉보기는 인간과 다를 바 없다 싶더니만, 교단의 기술이 발전하긴 발전했네."

'전생'이라는 단어를 빼고 말한 크루겐의 표정 역시 미묘하게 변했다. 그레인과는 다른 의미였지만.

"그때는 그냥 보냈지만, 지금은 아니다!"

테일러는 검집에서 검을 뽑아 들더니, 동료들을 거들떠보지 않고 무작정 그레인을 향해 돌진했다.

카앙!

그레인의 트윈 엣지와 테일러의 검이 서로 맞부딪치면서, 극상성의 힘인 냉기와 화염이 하나로 휘감겼다.

'우선 상대의 힘부터 파악해야 해.'

그레인은 테일러의 검을 밀쳐내면서 후퇴했고, 그런 그를 테일러는 집요하게 따라갔다.

"쥐새끼처럼 잘만 피하는군!"

검과 검이 부딪히는 소리가 이어지면서 테일러가 지나간 자리에 시커먼 그을음과 함께 불길이 남아 활활 불타올랐다.

"어, 잠깐만. 이러다가는……."

다른 두 명을 동시에 상대하던 크루겐이 도로 위에 솟아오른 불길을 보자 안색이 확 변했다.

"여기에 불나면 곤란하잖아!"

하필 바리온이 체포되었던 사람들을 데리고 피신한 지하 창고가 여기에서 그리 멀지 않았다.

다행히 불길은 건물에 옮겨붙지 않고 제자리에서 서서히 사그라졌지만, 이대로 계속 시간이 흘러간다면 이 근방이 화재에 휩싸이는 건 시간문제였다.

게다가 테일러는 자신의 힘을 제어할 생각이 조금도 없어 보였다.

평소에는 교단의 사제들에게 억압받고 살았기에, 이렇게 힘의 사용이 허락된 경우에는 자제심 따위 완전히 잊어버리는 하이브리드들이 종종 있었다.

테일러가 바로 그런 경우였고, 그런 점은 현생에서도 변하지 않았다.

"제길! 이러다가 불길이 사방으로 번지겠어!"

크루겐은 상황을 지켜보느라 두 명에게 반격하기는커녕 피하는 데에만 집중했다. 낮이라 어둠 속에 몸을 숨기고 접근할 수 없는 상황이어서 답답함은 커져만 갔다.

"그레인! 어떻게 할까?"

"우선은 다른 두 명은 계속 네가 맡아줘! 저 녀석은 내가 알아서 하겠어!"

크루겐의 외침에 그레인은 망설일 것 없이 재빨리 결정을 내렸다.

그레인은 테일러의 공격에 계속 밀리는 척하면서 조금씩 후퇴했다. 테일러의 불길이 자신을 덮치지 않을까 두려워하는 병사들이 급하게 자리를 피하면서 포위망도 자연스레 무너졌다.

'가급적이면 불길이 퍼지지 않는, 이곳보다 넓고 탁 트인 공간에서 결판을 내야겠군.'

"도망만 치냐? 제대로 덤벼라!"

그레인의 의도를 전혀 파악 못 한 테일러의 불길은 더욱 거세지기만 했다.

그레인은 방어에, 테일러는 공격에 치중하는 사이 둘은 성 중앙을 향해 이동했고, 크루겐은 원래의 여유로운 표정으로 다시 돌아갔다.

"휴우, 급한 불은 우선 껐고……."

이번에는 크루겐의 차례였다.

두 명의 하이브리드를 상대하는 거 자체는 어렵지 않았지만, 명령에 의해 지켜보고만 있는 병사들이 언제 자신을 공격할지 모르는 상황인지라 더욱 신중하게 결정해야 했다.

반면 자신들의 공격을 계속 요리조리 피하는 크루겐 때문에 나머지 두 하이브리드는 독이 오른 눈빛으로 그에게서 시선을 떼지 않았다.

'우선 적절한 곳에서 싸워야 하니……. 아, 저기다!'

불길에만 정신이 쏠렸던지라 미처 보지 못했던 건물 아래 그림자가 그의 시야 구석에 들어왔다.

크루겐은 그레인처럼 두 하이브리드의 공격을 피하는 척하며 건물 아래 그림자가 길게 이어진 곳으로 이동했다.

"어? 어디 갔지?"

크루겐이 그림자 안으로 들어간 순간, 두 하이브리드의 시야에 크루겐은 더 이상 보이지 않았다.

휙!

"으윽!"

크루겐을 상대하던 이들 중 한 명이 피투성이가 된 오른손을 붙들고 비틀거렸다.

"어디에 있을까~"

"크헉!"

또 다른 하이브리드의 등 뒤에 나타난 크루겐은 오른발로 상대의 무릎 뒤를 강하게 걷어찼다.

상대는 쓰러지면서도 반사적으로 검을 옆으로 휘둘렀지만, 크루겐은 다시 모습을 감춘 후였다.

"바로 여기라고!"

팅!

"아악!"

크루겐이 던진 팬텀 대거가 피에 젖은 손으로 도로 쥐었던 적의 무기를 멀리 튕겨냈다.

*　　　　*　　　　*

"헉, 헉……."

상당한 양의 마나를 소모한 테일러가 왼손으로 가슴을 움켜쥐었다.

더위를 느끼지 못하는 몸이라 땀을 흘리진 않았지만, 거친 숨소리가 계속해서 이어졌다.

반면 트윈 엣지를 양손에 하나씩 쥐고서 그와 대치 중인 그레인의 호흡에는 조금의 흐트러짐도 없었다.

"내가 왜 이렇게… 밀리고 있는 거지?"

계속 도망만 치던 그레인이 분수대 정 가운데에 멈춰 선 순간 테일러는 자신의 승리를 확신했었다.

그러나 뒤돌아서며 그레인이 보여줬던 미소 이후, 조금씩 그의 냉기에 밀리기 시작하더니 지금은 먼저 공격하기 버거울 정도였다.

자신감이 사라진 자리에 대신 들어온 좌절감에 검을 쥔 테일러의 손이 부들부들 떨고 있었다.

'예전과 달리 자신의 힘에 자부심을 너무 가졌군. 그래서 더 많이 당황하는 느낌이고.'

뜨거움과 차가움은 일반적으로 서로 공존이 불가능한 현상.

그렇기에 서로의 힘이 비등할 경우 지겨울 정도의 공방전이 지속되곤 한다. 그러나 어느 한쪽이 조금이라도 우세할 경우, 그 차이는 점점 커져서 마지막엔 한쪽의 일방적인 승리로 귀결되곤 했다.

카앙!

빠르게 접근한 그레인의 트윈 엣지와 테일러의 검이 서로 부딪혔다.

트윈 엣지의 검신 위로 솟아난 서릿발이 테일러의 검신을 휘감은 불길을 서서히 꺼뜨리면서 잠식해 갔다.

"젠장! 왜 나의 불길이… 밀리기만 하는 거지?"

"화염의 힘이라면 나름 익숙해서."

특유의 무덤덤한 표정으로 아무렇지 않게 대답하는 그레인의 태도가 테일러의 분노를 부추겼지만, 테일러는 손목까지 뒤덮어 버린 냉기에 저항하기 위해 안간힘을 쓸 뿐이었다.

정반대의 성질을 지닌 코어지만 용의 눈과 비늘 중 뛰어난 자질을 지닌 코어는 당연히 눈 쪽이다.

그러나 테일러의 상대는 그가 살아온 시간인, 20년 가까이 화염의 힘을 다뤘던 그레인.

'회귀'하지 못한 테일러는 전생보다 더 좋은 코어를 이식받았을 뿐, 실력과 경험은 순수하게 그 나이 수준에 머물렀다. 아니, 오히려 이전보다 뛰어난 코어를 이식받았기에 전생에 비해 게을러진 대가를 고스란히 치르는 중이었다.

이제까지 테일러가 먼저 시비를 걸거나 여러 방법으로 겨뤘던 하이브리드들은 대다수가 그보다 한 수 아래였지만 이번만은 반대 입장이었다.

'운 좋게도 이제까지 자신보다 약한 하이브리드만 만났나 보군.'

수석을 했던 그레인 자신과 안타깝게 베스티나에게 졌던 크루겐.

그리고 베스티나까지 합친다면 그가 수료했던 기수의 하이브리드의 상위권 실력은 평균을 훨씬 뛰어넘었다.

"으윽……."

서로 교차된 트윈 엣지와 맞부딪힌 테일러의 검이 서서히 안쪽으로 기울기 시작했다.

"그 정도 되는 코어를 가지고도 이 정도 힘밖에 발휘를 못 하는군."

이전에 상대했던 펠릭스는 진정한 힘을 보여주지 않았다.

회귀 전의 기억을 되찾지 못한 듀란은 흡혈귀의 코어를 완벽하게 다루진 못했음에도 그레인이 전력을 다하도록 이끌었었다.

그 둘에 비하면 테일러는 그야말로 애송이에 불과했다. 적이었던, 그리고 다시 적으로 만난 그레인이 실망할 정도로.

'이럴 줄 알았다면 굳이 여기로 유인할 필요도 없이 그 자리에서 끝장낼 수도 있었는데, 전생의 기억만 믿고 너무 신중하게 대처했어.'

그래도 괜히 시민들은 물론이고 지하 창고에 숨어든 이들까지 휘말리게 할 수는 없었던지라 그레인은 자신의 선택을 후회하지 않았다.

대신 다른 의미로 씁쓸한 웃음이 그의 입가에 자리 잡았다. 전생에는 자신의 손으로 직접 불살라 버렸던 성을 지금은 테일러의 화염으로부터 보호하고 있으니 말이다.

'전생처럼 지겹게 날 쫓던 경우가 반복되어서는 안 되니……'

"이대로 질 수는 없어!"

콰아앙!

폭발음과 함께 테일러의 화염이 그레인을 휘감았다.

테일러는 급하게 물러서며 거리를 벌린 뒤 한쪽 무릎을 꿇으며 자세를 낮췄다.

여전히 그레인의 주위는 화염에 휩싸여 있었고, 테일러는 왼손을 폈다가 움켜쥐면서 남아 있던 마나를 왼손에 집중시켰다.

"하아앗!"

기합 소리와 함께 크게 휘두른 테일러의 왼손에서 뻗어 나온 화염이 지면을 타고 이동했다.

뜨거운 불길이 지나가면서 뜯겨 나간 도로의 석판들이 사방으로 흩날렸고, 기세 좋게 뻗어나가던 화염이 높게 솟구치더니 그레인의 전신을 덮쳤다.

"이, 이 정도라면… 확실해!"

테일러는 승리를 확신하며 왼손을 강하게 움켜쥐었다.

휙!

불길을 뚫고 날아간 두 자루의 트윈 엣지가 테일러를 향해 직진했다.

예상 못 한 반격에 테일러는 옆으로 피하려 했지만, 트윈 엣지의 목표는 애초에 테일러가 아니라 그가 쥐고 있는 검이었다.

휘리릭!

트윈 엣지의 검 자루에 달려 있던 와이어가 테일러의 검신에 칭칭 감겼고, 와이어 표면에서 날카로운 얼음이 솟아오르며 검신을 꿰뚫었다. 마지막으로 그레인이 와이어를 잡아당기자, 얼음으로 형성된 날카로운 톱날에 잘려 나간 검신이 테일러의 발 옆에 툭 떨어졌다.

"어⋯⋯."

테일러는 검 자루만 남아버린 자신의 검을 멍하니 바라봤다.

그레인을 휘감았던 불길이 사그라지더니, 그를 보호하고 있던 얼음벽이 모습을 드러냈다. 테일러가 마지막 힘을 짜내어 구현한 화염은 서로 맞붙어서 완벽한 육각을 이루는 얼음벽들을 뚫기에는 무리였다. 트윈 엣지를 던지기 위해 정면의 얼음벽을 도중에 거두었음에도.

퍽!

"크헉!"

테일러의 바로 앞까지 걸어온 그레인은 트윈 엣지의 검 자루 끝으로 그의 복부를 가격했다. 고통을 이기지 못하고 허리를 숙인 테일러는 곧이어 무릎 뒤를 걷어차이고선 풀썩 쓰러졌다.

"말도 안 돼⋯⋯. 화룡의 눈을 이식받은 내가, 빙룡의 비늘 따위를 이식받은 너에게⋯ 너에게! 질 수는 없다고!"

아무리 뛰어난 실력을 발휘하더라도 하이브리드에 대한 교단의 대우는 크게 다르지 않다.

결국 테일러가 우위에 설 수 있는 대상은 같은 하이브리드들뿐.

용의 눈동자나 어금니를 이식받은 상대라면 모를까, 자신의 것보다 저급한 코어의 이식자에게 밀린다는 사실 자체를 용납할 수 없었다.

그에 반해 그레인의 목적은 교단의 섬멸.

목적지 자체의 높이가 절대적이든 상대적이든 비교가 될수 없었고, 회귀한 이후 들인 노력의 정도도 그레인 쪽이 월등히 앞섰다.

회귀로 인한 이점을 감안하더라도.

'예전에는 몰랐지만 이젠 좀 알 것 같군. 그런 타입이었어.'

전생의 케이오르가 지금의 테일러와 비슷한 성격이었다.

자신의 처지가 한갓 교단의 노예라는 사실에 열등감을 느끼면서도 그것을 극복하려는 방식이 어긋나 있었다.

결사대에 가입한 이후 자신보다 약해 보이는 동료들을 괴롭히다가 더 강한 이들에게 혼쭐이 나긴 했지만, 근본은 변하지 않았다. 결국 그런 사고방식이 현생에선 더욱 악화되어서 그레인의 손에 의해 죽어야 했지만.

"키오릭 숲에서 3위로 수료한 내가… 고작 빙룡의 비늘을 이식받은……."

"수석이었다."

"수, 수석? 네가?"

고개를 쳐든 테일러가 두 눈을 크게 뜨며 그레인을 올려다봤다.

그러나 이내 고개를 격하게 가로저으며 부정했다.

"말도 안 돼! 그런 놈이 왜 성지에 안 가고……."

"윗분들에게 단단히 찍혀서."

더 이상 대화의 필요성을 못 느낀 그레인은 테일러의 등에 손을 가져가 냉기를 주입해 움직이지 못하게 만들었다. 마지막으로 계속 같은 말만 반복하는 그의 입 주위를 얼음으로 감싸 버렸다.

"전생에서 이어진 너와의 지겨운 인연은 여기에서 끊겠다."

그레인은 트윈 엣지를 쥔 양팔을 대각선으로 교차시키더니 테일러의 목에 검날을 갖다 대고서 바깥쪽을 향해 그었다.

테일러의 목에 자리 잡은 선혈 아래로 피가 주르륵 흘러내렸고, 잠시 후 테일러가 힘없이 바닥에 쓰러졌다.

"다시는 만나지 말자, 테일러."

*　　　　*　　　　*

"여기야! 여길 보라고!"

피에 젖은 트윈 엣지를 움켜쥐고 걸어오는 그레인을 향해 크루겐이 손을 크게 흔들었다.

"그레인, 그분이 오셨어! 오셨다고!"

크루겐의 옆에는 그토록 기다리던 펠릭스가 우두커니 서 있었다. 2미터를 훌쩍 넘는 장신이자 거구의 남자가 서 있었기에 병사들은 크루겐에게 감히 다가갈 생각조차 못 했다.

"왜 이렇게 오래 걸렸어?"

"너무 신중하게 대처하느라."

"그래도 확실히 처리했지?"

그레인은 크루겐이 쓰러뜨린 두 명의 하이브리드를 내려다보며 고개를 끄덕거렸다. 그레인과 달리 크루겐은 이들의 목숨을 끊지는 않았다.

"약속대로 오늘 오긴 했는데… 분위기를 보아하니 상당히 늦어버린 것 같군."

펠릭스는 여전히 로브를 걸치고 후드로 얼굴을 가린 채로 서 있었다.

"부하들을 지켜줘서 고맙다."

펠릭스는 가볍게 고개를 숙이며 자신이 없는 사이 고생한 둘에게 감사를 표했다.

한편 많은 이가 보는 앞에 일방적으로 당한 부하들을 내려다보는 우딜스의 눈초리는 매섭기만 했다. 보다 못한 콥스가 나서려고 하자 우딜스는 조금만 기다려 달라며 말한 뒤 부하들을 향해 시선을 고정시켰다.

"네놈들에게 정말 실망이다."

"크윽… 주, 주임 사제님. 이건……."

"상대가 너무나… 강했습니다."

"말이 많다! 네놈들의 부족함으로 인해 내 선택에 오점을 남겼으니 그에 상응하는 벌을 주겠다! 물론 교단의 명을 거역

한 저놈들에게도!"

우딜스는 팔소매에 손을 집어넣고 망설였던 선택 중 하나를 드러냈다.

'이건… 아차!'

그레인은 다급히 트윈 엣지를 던지려 했지만 그보다 먼저 팔찌에서 빛이 뿜어져 나왔다.

"으아아악!"

바닥에 쓰러진 두 명의 하이브리드들이 비명을 내지르며 고통에 휩싸였고, 그레인과 크루겐은 언제나 그랬던 것처럼 표정을 일그러뜨리며 몸을 수그렸다.

"자, 지금이오! 저 거한을 체포하시오!"

우딜스의 외침에 병사들은 조심스럽게 그레인 일행을 둘러싼 포위망을 좁혀 나갔다.

'난감하군. 억지로 아픈 척을 해야 하다니. 이렇게 된 이상…….'

그레인은 양손의 트윈 엣지를 꽉 움켜쥐면서 아주 조금씩 땅바닥에 냉기를 흘려 넣기 시작했다.

우선은 우딜스를 제압한 뒤, 나중에라도 남들의 눈이 닿지 않는 곳에서 교단과 관련된 자들 모두를 죽여서 입막음하겠다는 극단적인 선택에까지 생각이 치달았다.

"너희들답지 않게 쩔쩔매는군. 저 팔찌 때문인가?"

펠릭스는 아무렇지 않게 오른팔을 들어 올리면서 우딜스를 가리켰다.

'어? 하이브리드인데 멀쩡히 서 있다니… 아, 그랬지!'

그레인은 스코트의 말을 뒤늦게 떠올리며 고개를 끄덕거렸다. 여전히 괴로워하는 '척'하는 얼굴로.

"내가 나설 때로군."

"어?"

"허억?"

펠릭스는 자신의 정면으로 다가오는 병사 두 병의 멱살을 각각 왼손과 오른손으로 붙들더니 앞으로 휙 내던졌다.

"으아악!"

병사들의 비명 소리와 함께 포위망의 한쪽이 완전히 무너졌다.

펠릭스는 큰 걸음으로 우딜스 앞까지 걸어가더니, 그의 머리를 오른손으로 붙들고 휙 들어 올렸다.

"어어?"

당황하는 우딜스의 팔에서 팔찌를 빼낸 펠릭스는 망설이지 않고 멀리 던져 버렸다. 시야에서 완전히 사라져 버린 팔찌를 우딜스는 멍하니 바라봤고, 그레인과 크루겐은 수그렸던 상체를 천천히 들어 올렸다.

스코트의 말대로 아직 저주의 잔을 마시지 않아서인지, 팔찌로 인한 시련의 발동은 펠릭스에게는 통하지 않았다.

"여, 영주님! 보고만 계실 겁니까?"

여전히 펠릭스에게 붙들린 채로 허공에 떠 있는 우딜스는 콥스를 바라보며 간청했다.

"감히… 내 성에서 이런 짓을 벌이고도 무사할 줄 아느냐!"

제루드 성의 영주 콥스가 목소리를 높이며 그레인 일행을 위협했다. 다시 형성된 병사들의 포위망이 조금씩 그레인 일행을 향해 다가왔지만 셋 중 겁먹은 이는 아무도 없었다.

"나름 든든한 뒷배경이 있어서 말입니다."

크루겐은 여전히 로브 차림인 펠릭스를 올려다보며 어깨를 으쓱거렸다.

"웃기는군! 국왕 폐하라도 모시고 다니는 거냐?"

"그분은 아니고, 대신 그분의 형님이시지요."

크루겐은 이때를 기다렸다는 듯이 양팔을 옆으로 뻗으며 펠릭스를 가리켰다. 펠릭스는 피식 웃더니 우딜스를 뒤로 휙 집어 던지고선 후드를 뒤로 젖혔다.

"어? 어어……."

연이어 걸치고 있던 로브를 휙 벗어던진 펠릭스에게 영주의 시선이 고정되었고, 그의 낯빛이 새파랗게 질렸다.

"내가 누군지 알겠는가?"

"다, 다, 당신은!"

"베릴란트 왕국의 현 왕이신, 스코트 폐하와 같은 핏줄을 타고났고 그분께 직접 작위를 하사받은 대공 펠릭스가 바로 나다. 이것이 바로 그 증거다."

펠릭스가 앞으로 휙 내던진 물건을 콥스는 반사적으로 붙잡았다.

"이, 이것은!"

베릴란트 왕실의 문양이 새겨진 반지가 손바닥에 있자, 콥스는 화들짝 놀라며 반지를 높이 띄웠다가 황급히 도로 붙잡았다.

"더 이상의 증거가 필요한가?"

"아, 아닙니다!"

콥스는 잽싸게 한쪽 무릎을 꿇으며 펠릭스에게 예를 표했고, 병사들은 다가갈 때와는 정반대로 빠른 속도로 펠릭스와의 거리를 벌렸다.

고양이 앞의 쥐처럼 완전히 기가 눌린 콥스.

다시 건네받은 반지를 허리 주머니에 넣는 펠릭스.

그리고 뒤늦게 분위기를 파악하고 한쪽 무릎을 꿇으며 고개를 숙인 병사들.

그레인과 크루겐은 펠릭스의 등장만으로도 복잡했던 상황이 일시에 해결된 걸 보며 약간 허탈해했다.

"그냥 다시 오자마자 정체를 드러냈으면 우리들이 궁상맞게 괴로워할 필요도 없었을 텐데. 그래도 이해는 되네."

"아무래도 성 전체를 발칵 뒤집어놓아야 하는 일이니 기회를 더 주고 싶어서였겠지."

"네 말버릇처럼?"

"그럴지도."

둘은 귓속말을 주고받으며 계속 진행 중인 상황을 지켜봤다.

펠릭스는 부하들을 시켜 미리 준비해 놓은 배교자 사냥과 관련된 증거를 늘어놓았고, 콥스는 구차하게 변명을 늘어놓으면서도 감히 고개를 들 생각조차 못 했다.

하지만 우딜스만은 끝까지 포기하지 않았다.

"저, 저희들은 아무것도 모르는 일입니다! 무엇보다 배교자 처리에 관한 일은 교단과 관련된 자들만이 관여할 수 있습니다! 아무리 대공 전하라 하셔도……."

"그래서 데려왔다."

펠릭스가 주먹 쥔 오른손에서 검지를 내밀면서 뒤를 가리켰다. 화려한 문양이 곳곳에 수놓아진 법의를 걸친 50대의 남성이 붉으락푸르락하는 얼굴로 걸어오는 중이었다.

"모, 몰드린 추기경 아니십니까?"

"우딜스 주임 사제! 그동안 무슨 짓을 저질렀기에 전하의 분노를 산 것인가!"

베릴란트 왕국의 추기경 몰드린은 아래로 내린 두 주먹을 꽉 움켜쥐며 부들부들 떨었다.

이번에는 우딜스와 다른 사제들, 그리고 해당 교구의 하이브리드 두 명이 고개를 푹 숙였다.

"어? 웬 병사들이지?"

"성당 기사단도 보이는데?"

창문을 통해 밖의 상황을 지켜보던 시민들이 입을 모아 분수대 동쪽을 가리켰다.

펠릭스가 다른 성에서 빌려온 병사들과 타 교구에 머물고 있던 성당 기사단원들이 오와 열을 맞춰 성 중앙의 분수대에 집결했다.

"베릴란트 왕국의 대공, 펠릭스의 이름으로 명한다. 제루드 성의 영주 콥스와 이번 일에 관련된 관리들을 모두 체포해라."

펠릭스가 데리고 온 병사들은 일사불란하게 영주와 그의 경호병들을 포박했다.

"추기경의 권한으로 명하겠다! 펠릭스 대공 전하와 함께 온 두 명을 제외하고 이 교구의 성직자들을 모두 체포해라!"

명령을 내리는 몰드린의 외침에는 펠릭스와 달리 분노가 서려 있었다. 몰드린은 포박된 제루드 성 교구의 성직자를 끌고 가던 도중, 펠릭스 옆에 서 있는 그레인과 크루겐을 흘겨봤다.

"몰드린이라면… 기억나?"

"그때 그놈이로군."

그레인과 크루겐은 전생의 기억을 떠올리며 멀어져 가는 몰드린의 뒷모습을 응시했다.

잠시 후, 벗은 로브를 오른팔에 걸친 펠릭스가 둘에게 다가왔다.

"내가 없는 사이 정말 고생이 많았다. 나머지 일은 나와 내

수하들이 처리할 테니 너희들은 돌아가서 쉬도록 해라."

그레인과 크루젠의 어깨에 커다란 손을 얹은 펠릭스는 영주의 저택으로 향하는 병사들 쪽으로 걸음을 옮겼다.

성당 기사단원들은 제루드 성 교구의 성직자 전원을 체포해 성문 쪽으로 이송 중이었다. 포박된 채로 줄줄이 끌려가는 이들 중 고개를 든 이는 아무도 없었다.

"배교자 사냥 건도 이걸로 마무리되겠고, 넌 전생의 악연도 일찍 처리했으니 이득이겠네."

"좀 허무할 정도로 끝나 버렸지만."

"그런데 그렇게 따지면 넌 멜린다 교관하고도 악연이었잖아?"

"하지만 이번에는 교관과 수련생의 관계로 만났으니… 어쩌면 테일러와 그렇게 만났을지도 모르지."

사실 전생을 기준으로 따지면 동료들을 죽였던 멜린다에 대해 더 분노를 일으켜야 마땅하다.

하지만 회귀 후 바뀐 인생에서 그녀와의 관계 역시 변했다.

오직 전생의 인연만으로 현생에서 새롭게 만난 자들을 판단해서는 안 된다.

그러나 전생과 다를 바 없는 악연으로 만났다면 확실히 처리해야 한다.

그것이 그레인의 판단 기준 중 하나였다.

"그러면 일이 마무리될 때까지 좀 쉴… 틈은 없겠네."

"맞아. 우리가 이곳에 온 진정한 목표를 망각하면 안 돼. 그걸 처리하지 못하면 여기에 온 의미가 없어져."

그레인과 크루겐이 마음 편히 쉴 때는 아직 오지 않았다.

*　　　*　　　*

카르디어스 신성력 1398년 2월 28일.

제루드 성 동쪽에 위치한 우거진 수풀 안.

로브로 몸을 감춘 세 명이 주변을 두리번거리며 조심스럽게 걸음을 옮겼다. 그들은 수시로 뒤를 돌아보며 초조함을 감추지 못했다.

정체불명의 세 명이 한참을 걸어가 도착한 곳은 거대한 나무들이 우뚝 자라난 지역이었다. 그들 중 한 명이 로브 밖으로 오른팔을 내밀고선 나무 중 하나에 손을 가져갔다.

잠시 후 근처 바닥에서 마법진과 함께 카르디어스 교의 문양이 지상 위로 떠올랐다.

"열어라."

그의 지시에 나머지 두 명은 힘겹게 두꺼운 석판을 옆으로 밀었다.

끼이익.

거친 마찰음과 함께 모습을 드러낸, 지하로 통하는 비밀 통로의 계단을 세 명은 신속하게 내려갔다.

*　　　*　　　*

"휴우… 모두 무사히 도망친 것 같군."

로브를 벗은 몰드린 추기경은 원래 있어야 할 연구원들이 하나도 없음을 확인하고 가슴을 쓸어내렸다.

지하 3층에 위치한 이곳은 대륙 곳곳에 퍼져 있는, 하이브리드를 연구하는 비밀 연구소 중 하나.

차기 교황 자리를 노리는 몰드린은 사비를 투자해 자신만의 비밀 연구소를 만들었고, 그 사비의 대부분은 배교자로 몰아붙인 이들의 재산이었다.

"아마도 이쯤이었는데… 맞군."

그는 아까 비밀 연구소의 입구를 찾았던 방식과 동일하게 벽에 숨겨져 있는 비밀 공간을 열었다.

보기보다 넓은 비밀 공간에는 그동안의 연구 결과가 빠짐없이 기록된 문서들이 두툼하게 쌓여 있었다. 혼자서는 도저히 한 번에 운반하기 불가능한 분량의 문서들을 향해 팔을 뻗으려던 몰드린은 쌍심지를 켜며 뒤돌아섰다.

"뭘 보고만 있느냐! 내가 직접 이것까지 챙겨야 하겠느냐?"

두 명의 성당 기사단원들은 굳은 표정으로 문서들을 하나씩 끄집어냈고, 몰드린은 연구소와 지하 복도의 경계선에 홀로 섰다.

"제기랄, 요 근래 우딜스가 배교자 사냥 자체에 취해 버린 것 같아서 한번 언질을 주려고 했는데 그전에 일이 터질 줄이야."

어디까지나 배교자 사냥은 연구소의 운영을 위한 단순한 자금 줄이었기에, 그로 인해 더 중요한 일이 꼬인 것에 한숨을 내쉬었다.

"하지만 수확이 아주 없었던 것은 아니었어. 펠릭스 대공이 이레귤러였을 줄이야. 이걸 성지에 알린다면 내 입지도 더욱 탄탄해지겠지?"

멍청한 수하 때문에 그동안 진행한 일이 다 엎어질 뻔했던 위기였지만, 시련을 내리는 팔찌 앞에서 아무렇지 않게 움직이는 펠릭스를 보게 된 건 예상외의 수확이었다.

"아무튼 다음 연구소는 어디가 적당할지 모르겠군. 아무래도 베릴란트 왕국에 또다시 만들기엔 무리고, 다음에는… 흐음?"

몰드린이 품에서 꺼내려던 여송연이 발 옆에 툭 떨어졌다.

누군가의 걸음 소리가 벽에 걸린 횃불 너머에서 선명하게 들렸다.

"누, 누구냐!"

"……."

"누구냐고 말했다! 이곳에는 아무나 들어올 수 없는… 흐음?"

대답 없이 성큼성큼 다가오는 누군가가 걸친, 법의 특유의 백색이 몰드린의 눈에 들어왔다.

"너는 대공 전하와 함께 왔던 하이브리드가 아닌가?"

그레인을 알아본 몰드린의 표정이 미묘하게 변했다.

"크억!"

"아악!"

외마디 비명 소리와 함께 몰드린이 데리고 온 부하들의 목덜미에서 피가 분수처럼 뿜어져 나왔다.

"역시 예상대로였네."

어둠을 통해 그레인보다 앞서 들어갔던 크루겐은 일부러 머플러를 턱 아래로 내려 흉측하게 변한 얼굴을 고스란히 드러냈다.

"무, 무슨 짓들이냐!"

크루겐의 '변한' 얼굴을 본 몰드린이 소스라치게 놀라며 고개를 옆으로 돌렸다. 그러나 그레인은 몰드린의 얼굴을 붙잡고 억지로 크루겐을 정면으로 바라보게 비틀었다.

"아무리 한 나라의 대공이 불렀다 해도 추기경이 직접 찾아올 만한 건수는 아니었으니까."

배교자 사냥으로 벌어진 문제는 이단 심문관이 대동한 상태에서 처리되면 그만이다.

그런 이유로 펠릭스는 근처 교구의 사제에게 이단 심문관의 호출을 요청했지만, 정작 급히 달려온 이는 추기경이었다.

거의 모든 업무를 수하들에게 맡기기로 잘 알려진 그가 몸소 움직였다는 점에 둘은 주목했고, 제루드 성 교구의 성직자들을 체포한 성당기사들이 성을 떠났음에도 몰드린만 여전히 남았다는 점에 의구심을 품었다.

그런 몰드린을 사흘 가까이 추적한 크루겐 덕분에 그레인은 전생과 다른 위치에 설치된 비밀 연구소를 발견할 수 있었다.

"나를 몰라보겠느냐? 나는 추기경이다! 네놈들 따위가 감히 바라볼 수도 없는 존재가 바로 나다! 당장 너희들을 파문시키고 종교재판에 회부시킬⋯⋯."

"해봐라."

그레인은 몰드린의 뒤로 휙 돌아가더니 등을 걷어차 문 안쪽으로 쓰러뜨렸다.

"쿨럭! 쿨럭!"

몰드린은 바닥에 쓰러진 채로 연신 기침을 하며 괴로워했다.

크루겐과 함께 방 안으로 들어온 그레인은 손을 옆으로 뻗어 문을 닫고 문틈 사이를 꽁꽁 얼어붙게 만들었다.

"너희들! 이곳에 나가기만 하면 절대 가만두지 않겠다!"

"가능하다면."

그레인은 차갑게 대답하면서 왼손을 바닥에 가져갔다.

그의 손을 통해 흘러나온 냉기가 몰드린의 주변에 맴돌더니, 발끝부터 아주 천천히 얼리기 시작했다.

"일이 끝날 때까지 기다려라. 끝나면 절대 가만두지 않겠다."

그레인은 몰드린의 말을 그대로 되돌려 준 뒤 크루겐과 함께 성당 기사단원들의 시체 주변에 흩뿌려진 문서를 하나씩 모으기 시작했다.

"그나저나 아까 추기경이 했던 말 너도 들었지?"

"이레귤러라는 말?"

"응. 이거 일이 골치 아프게 되었는데. 지금이야 죽여서 입막음한다고 쳐도 언젠간 알려질 일일 테니까."

"주, 죽이겠다고? 나를?"

크루겐이 스스럼없이 꺼낸 말에 몰드린의 안색이 새파랗게 질렸다. 그 뒤 몰드린의 발악이 이어졌지만, 두 명은 조금도 신경 쓰지 않고 문서의 회수에 열중했다.

"그런데 스코트는 펠릭스 대공이 저주의 잔을 마시지 않았다고 했는데, 그렇지 않았나 보네."

"아마도 스코트의 눈을 피해 몰래 복용시켰을 가능성이 크다."

"제길, 형제가 똑같이 교단과 맞서 싸워야만 하는 운명이라니. 너무 얄궂잖아."

스코트가 아무리 손을 썼다 해도 왕성을 떠난 이후라면 저주의 잔을 몰래 마시게 할 기회가 넘쳐났을 것이다.

"뭐, 스코트처럼 시련을 받지 않는 몸이라는 건 불행 중 다행이지만."

크루겐은 쓴웃음을 지으며 손에 쥔 문서의 아래를 바닥에 내려치며 튀어나온 곳 없이 정리했다.

"그다음은 거길 발견해야겠지?"

"미안하지만 부탁한다."

영 내키지 않는다는 얼굴로 한숨을 내쉬는 크루겐에게 그레인은 그저 미안할 뿐이었다.

"전생에도 봤던 거니 괜찮겠지. 아니, 괜찮아야겠지만."

양 볼을 손바닥으로 가볍게 치면서 마음을 바로잡은 크루겐은 벽을 찬찬히 조사했다.

양손을 뻗어 비밀 통로를 찾는 그의 손은 평소와 달리 미세하게 경련했다.

"여기야."

크루겐은 책장 너머 비밀 통로가 있다는 걸 발견하고 스위치를 작동시켰다.

책장 전체가 흔들리면서 양옆으로 이동했고 두꺼운 석판으로 만들어진 문이 모습을 드러냈다.

"휴우……."

문을 앞에 두고 크루겐은 연이어 심호흡을 반복했다.

"크루겐, 정 내키지 않으면 안의 조사는 내가 하겠다."

"아니야. 또 숨겨진 곳이 있을지 모르니 내가 하겠어."

크루겐은 아랫입술을 살짝 깨물면서 문을 열었다.

숨겨진 방 안으로 한 걸음 들어간 크루겐은 더 이상 걸음을 옮길 수 없었다. 저 너머 어떤 광경이 있을지는 이미 예상하고 있었지만, 그렇다고 끔찍한 광경을 버틸 수 있다는 이야기는 아니었기에.

"우, 우웩!"

고개를 옆으로 돌리고서 먹었던 모든 걸 토해냈지만 구역질은 그치지 않았다. 역류한 위액이 입술 아래로 흘러나와 실처럼 길게 이어졌다.

"미안… 나는 못 들어가겠어."

"밖에서 쉬고 있어."

힘겹게 밖으로 나오는 크루겐과 왼손으로 입을 가리고서 안으로 들어간 그레인.

정도의 차이만 있었을 뿐 그레인 역시 치밀어 오르는 구역질을 버티기 힘들었다.

"우욱."

넓은 방 안 한가운데에 설치된 석판 위에는 며칠 전까지 진행되었던 생체 실험의 흔적이 고스란히 남아 있었다.

방구석에는 더 이상 실험을 할 수 없게 된 하이브리드의 시체들이 마치 쓰레기처럼 뒤엉켜 방치되어 있었다. 어쩌면 결사대원이 되었을지도 모르는 이들의 시체라고 생각하니 구역질은 더욱 심해졌다.

"으, 으으……."

순간 누군가의 신음 소리가 들린 쪽으로 그레인은 고개를 획 돌렸다.

비밀 공간의 벽 한쪽은 철창으로 이뤄져 있었고, 안쪽에는 초췌한 얼굴의 남자가 알몸으로 쓰러져 있었다.

그레인은 여러 개의 철창을 와이어로 칭칭 감은 뒤, 프로스트 엣지를 구현해 단번에 잘라냈다.

"너는……."

그레인을 올려다보는 남자의 눈빛이 예사롭지 않았다.

"잠깐, 너는?"

그레인 역시 심상치 않는 시선으로 남자를 내려다봤다. 전신이 만신창이가 되었지만, 그나마 멀쩡한 얼굴은 결코 낯설지 않았다.

"1416, 99."

혹시나 하는 생각에 그레인은 결사대원만의 공통된 숫자를 떠올리며 말했다.

"99? 99호?"

"그래."

"설마… 그레인?"

"맞다. 미안하지만 너의 이름과 코드네임은 기억나지 않는군."

"지금 내 몰골을 보면 당연히 그렇… 겠지."

남자는 살이 거의 없이 툭 튀어나온 갈비뼈 부근을 어루만지며 실소했다.

"크루겐! 여기로 와봐! 생존자가 있어!"

*　　　*　　　*

결사대의 56호 대원, 크로드는 눈앞에 있는 두 명의 동료를 믿을 수 없다는 눈으로 바라봤다.

이곳에 갇힌 이후 줄곧 자신을 괴롭히던 연구원들이 돌연 사라졌을 땐 기뻐했지만, 나중에는 방치되었다는 사실을 깨닫고 절망 속에서 다가오는 죽음을 기다리고 있었다.

"그래도 이렇게… 살아서 너희들을 보는구나."

그런 그가 지금은 다시는 만날 수 없을 거라 여겼던 동료를, 그것도 두 명이나 만나게 되었다.

당연히 기뻤지만 그 느낌을 제대로 표현하기 힘들었다. 오랫동안 겪었던 생체 실험은 고통에 대한 내성을 키워 버린 것으로도 모자라 감정까지 무디게 만들었다.

"우리들이야말로 널 다시 보게 되어서 참 다행이지."

그레인과 함께 크로드를 실험장 밖으로 끌고 나온 크루겐은 앙상해진 그의 오른손을 양손으로 움켜쥐었다.

"그러면 회귀 이후 처음 만난 동료가 우리들이야?"

"그건 아니다."

"어? 다른 동료들은?"

"한 명 있긴 했지만……."

크로드는 또 다른 결사대원을 과거형으로 표현하면서 실험장 안쪽을 가리켰다. 정확히는 시체 더미가 쌓여 있는 곳을.

"그리고 더 만났더라도 지금은 알 수 없을 거다. 왜냐하면 나는… 과거로 다시 돌아와서 눈을 뜬 곳이 바로 이곳이었다."

"뭐? 정말이야?"

"절망에서 벗어나자마자 지옥을 경험해야 했지."

패배를 극복하기 위해 회귀를 택한 크로드였지만, 새로운 희망을 접하기도 전에 고통 속에서 몸부림쳐야 했다.

"하지만 웃기게도… 여기로 오기 전까지의 일을 당연히 기억할 수 없었기에 한 달 전부터 실험에서 제외되었다. 아마도 충격 때문에 기억상실증에 걸린 걸로 판단되어 일시적으로 보류된 것이었겠지만."

"하필이면 과거로 돌아와도 이딴 곳에서 회귀라니, 젠장."

크루겐은 어금니를 질끈 깨물며 몰드린을 죽일 듯한 눈빛으로 노려봤다.

자신 대신 분노하는 크루겐을 보며 크로드는 미소 짓고 싶었지만 얼굴이 마음대로 움직이지 않았다.

"진짜 운이 없는 쪽은… 17호였지."

크로드는 실험대 위에서 죽어간 17호, 헬키아를 떠올리며 눈을 감았다 떴다.

그레인의 무덤덤한 표정과 달리 크로드는 감정 자체를 얼굴에 담을 수 없었다. 결사대원 내에서도 그나마 쾌활했던 그의 성격은 원래대로 돌아오긴 힘들어 보였다.

"몰드린 추기경, 역시 너는 현생에서도 살려둘 수 없는 인간이로군."

이번에는 그레인이 차가운 눈빛으로 몰드린을 노려봤다.

"도, 도대체 너희들은 무슨 이야기를 하는 거지?"

자신은 도통 이해할 수 없는 말을 건네는 그레인과 눈이 마주치자 소름이 확 돋았다.

특히 '현생'과 '전생'이라는 단어를 계속 언급할 때엔 정체를 알 수 없는 공포가 밀려왔다.

"퉷!"

크로드의 침이 허벅지 위까지 얼어붙어 서 있는 몰드린 추기경의 뺨을 타고 흘러내렸다.

"크로드, 무리하면 안 돼!"

"화를 내고 싶어도… 얼굴로 드러나지 않으니 답답해."

비틀거리는 크로드를 크루겐이 다급히 부축해 일으켜 세웠다.

"그레인, 빨리 크로드를 데리고 나가자. 여긴 오래 있을 곳이 못 돼."

"그래야겠지."

"그런데 여긴 어떻게 할까? 역시 예전처럼 불태워 버릴 작정이야? 이 문서들까지도?"

크루겐의 말에 그레인은 반사적으로 오른팔에 힘을 주었지만, 예전 그때처럼 불길은 솟아나지 않았다.

전생에 이곳을 발견했을 당시엔 분노를 주체하지 못하고 연구소 자체를 완전히 불살라 버렸다. 포로로 잡혀갔던 동료들과 난도질당한 시체로 재회한 순간, 그저 응징만이 그의 머릿속을 메웠기 때문이다.

그러나 지금은 분노 외에도 하이브리드의 연구 자료를 어떻게 처리해야 할지에 대한 고민이 공존했다.

이 연구 자료로 결사대원들이 더 강해질 수 있다면 두말할 나위 없겠지만, 이름 모를 하이브리드들의 희생으로 만들어진 문서를 마음 편히 쓸 수 있는 건 결코 아니었다.

"크로드, 너는 어떻게 생각하나?"

게다가 이곳에서 결사대원 17호였던 헬키아가 죽었기에 선부르게 판단하기 힘들었다. 결국 그레인은 고심 끝에 문서들의 처리를 결정할 자는 크로드라고 판단했다.

"교단에게 지옥을 보여주기 위해서라면… 이것들도 필요하겠지."

"정말 괜찮겠나?"

"괜찮아……."

"그렇다면 뒤처리는 나에게 맡겨둬."

크루겐은 아무것도 써져 있지 않은 흰 종이 다발을 연구 문서가 보관되어 있던 비밀 공간에 집어넣고 문을 잠갔다. 이곳에 들어오기 전 미리 준비해 놓은 것들이었다.

"이러면 연구소가 불타도 안에 있던 연구 문서는 고스란히 남아 있었다고 교단에서 판단할 거야. 뭐, 꼼꼼하게 조사한다면 들키기야 하겠지만 최소한 시간을 벌 수야 있겠지?"

문서가 들어 있던 공간을 도로 잠근 크루겐은 가볍게 숨을 내쉬며 그레인의 어깨에 손을 올렸다.

"여전히 마음에 걸려?"

"이전까지는 이 문서들을 가지고 갈 생각이었지만, 막상 헬키아가 여기서 죽었다고 하니 잘 하는 짓인지 아닌지 갈등돼."

"그레인, 스스로 판단하기 어려워서 크로드에게 결정에 맡겼지? 그렇게 한 이상 너무 미련을 두진 마. 결정을 대신 내린 크로드를 괴롭히는 일이기도 하니까."

크루겐의 충고에 그레인은 고개를 끄덕거렸다.

이제 남은 일은 두 개.

그중 하나를 위해 그레인은 문서 뭉치를 크로드 앞에 내려놨다.

"이것들을 가지고 스코트를 찾아가라."

"스코트를? 베릴란트 왕국의 왕자였던 그 스코트?"

"이미 우리들은 스코트와 만나고 왔다. 뜻이 같다는 걸 확인했으니 걱정할 필요도 없다."

"알았다."

"그러면 이제 남은 건……."

그레인은 트윈 엣지 중 한 자루를 왼손에 움켜쥐고 검끝을 몰드린의 심장에 겨눴다.

그대로 심장을 찌르려던 찰나, 그레인은 동작을 멈추고 검끝을 아래로 내렸다.

"미안, 너의 몫을 빼앗을 뻔했다."

그레인은 트윈 엣지를 한 바퀴 뒤집더니 검 자루 부분을 크로드에게 내밀었다.

그레인의 부축을 받으면서 트윈 엣지를 집어든 크로드의 손은 벌벌 떨었다. 그러나 몰드린과 눈이 마주치는 순간, 가냘픈 손가락이 검 자루를 강하게 움켜쥐었다.

"나, 나는 그저 교단에 지시에 따라서……."

몰드린은 더듬더듬 변명을 지껄이며 도망치려 했지만, 그의 발을 묶어둔 그레인의 냉기는 도망을 허락하지 않았다.

"크헉!"

벽에 걸린 횃불의 반대편으로 이어진, 몰드린의 그림자 위로 피가 뿜어져 나왔다.

*   *   *

카르디어스 신성력 1398년 3월 3일.

배교자 사냥과 관련된 모든 일이 마무리되자 펠릭스는 더 이상의 휴식 없이 그레인과 크루겐에게 출발을 명했다.

성 전체를 둘러싸고 한바탕 소동이 벌어진 직후라 거리는 한산하기 그지없었다. 간간히 순찰을 도는 경비병들을 제외하곤 텅 빈 거리를 세 명은 침묵 속에서 걸어갔다.

그렇게 성문에 도착한 그들을 맞이한 이는 일찌감치 기다리고 있던 바리온이었다.

펠릭스는 바리온을 보고 고개를 살짝 끄덕인 뒤 자리를 비켜주었다. 펠릭스 앞에선 언제나 긴장하는 바리온의 표정이 그레인과 크루겐을 보자 미소로 바뀌었다.

"여러분들 덕분에 정말로 큰 빚을 졌습니다. 이 은혜, 절대 잊지 않겠습니다."

"에이, 은혜까지는 아니죠. 그리고 바리온 님도 저희들을 많이 도와주셨잖아요."

"아닙니다. 부탁하신 일에 대해선 결국 정보를 모으지 못했으니⋯⋯."

"어차피 별일 아니었으니 마음에 두지 마세요. 대신 또 다른 부탁을 들어주셨으니 된 거죠."

바리온은 그레인과 크루겐의 첫 부탁이었던, 비밀 연구소의 위치를 찾는 데에 결국 실패했다.

대신 그 둘이 며칠 전 밤늦게 급히 데리고 온 크로드를 정

성 들여 보살펴 줬다. 그리고 어젯밤 급히 구한 마차에 태워 베릴란트 성을 향해 보냈다.

"그런데 정말 괜찮은 건지 모르겠습니다. 부탁대로 해드리긴 했지만 아무리 봐도 그 청년, 더 오래 쉬어야 할 것 같았습니다만."

"본인이 괜찮다고 했으니 별문제 없길 바라야겠죠."

전신이 온통 흉터투성이에 제대로 먹지 못해 말라붙은 몸으로 장거리 이동은 무리일 것으로 보였다. 하지만 하루라도 속히 베릴란트 성으로 떠나겠다는 그의 의지를 그레인과 크루겐은 막을 수 없었다.

"마지막으로 충고라고 해야 하나……. 좀 쓴소리일 수 있겠지만요……."

크루겐은 뒤통수를 긁으면서 말끝을 흐렸다.

"법의 걸치고 이런 말하긴 뭐 한데요, 앞으로는 카르디어스 교를 그냥 믿지 마세요. 보다시피 괜히 믿으려고 했다가 좋은 꼴은 한 번도 못 봤잖아요? 게다가 베릴란트 왕국에서 안 믿는다고 해코지할 분위기는 아니고, 이곳이 이상했던 거고요."

우물쭈물하는 크루겐을 보면서 바리온은 고개를 끄덕거렸다.

"저희들을 괴롭힌 자들은 분명 교단의 성직자였습니다. 이건 부정할 수 없는 사실입니다."

"네, 저와 크루겐처럼요."

"하지만 그런 저희를 구해준 분들 역시 같은 교단의 성직자이시죠."

"그, 그렇긴 하죠."

"이전 주임 사제이셨던 페트로 님께서 하신 말씀이 기억납니다. 종교는 사람이 믿는 것이기에 사악해질 수 있다는 점을 잊지 말라고 하셨죠. 반대로 사람이 믿기에 선해질 수도 있다면서요. 요컨대 마음가짐에 달렸다는 의미 아니겠습니까?"

"페트로라면 분명히 그런 말을 했을 겁니다."

"그 녀석, 여전하네요."

'전생이든 현생이든.'

그레인과 크루겐의 말에는 공통된 문구가 빠져 있었다.

"생각해 보니 믿지 말라고 해도 믿는 바리온 님이나, 교단 소속이면서 해당 종교를 믿지 말라는 저희들이나 피차 마찬가지네. 아무튼 저희들은 이제 진짜 갑니다! 나중에 꼭 편지 보낼게요!"

"두 분의 여행길에 신의 가호가 함께하길……."

바리온은 성호를 그은 뒤 고개를 숙여 마지막 인사를 했다.

급히 펠릭스가 서 있는 성문 아래로 달려간 둘은 묶어놨던 말에 올라탔다. 이전처럼 그레인과 크루겐은 말을 타고, 정작 그들이 호위해야 할 대상인 펠릭스는 도보로 이동하기 시작했다.

그렇게 10여 분 정도 침묵 속에서 북쪽으로 이동하던 펠릭스가 걸음을 멈췄다.

"흐음?"

무언가를 느낀 펠릭스가 주위를 두리번거렸고 양옆에서 따라오던 그레인과 크루겐은 고삐를 잡아당겨 말을 세웠다.

"착각이 아니었군. 피 냄새가 나."

"네? 어디에서요?"

"너희들에게서. 무언가 태운 냄새하고 마구 뒤섞여 있어서 늦게 알아챘군."

"……!"

깜짝 놀란 크루겐은 팔소매를 들어 코앞으로 가져갔다. 그레인 역시 몸에 냄새가 나는지 확인했지만 냄새는커녕 새하얀 법의에는 핏방울 하나 묻어 있지 않았다. 그을음 역시 법의 어디에서도 찾아볼 수 없었다.

"3일 전, 제루드 성 근처의 숲에서 화재가 일어났었지?"

"…그랬습니다."

"내가 그런 냄새에 민감한 편이라 그런 거니 크게 신경 쓰지 마라. 나 역시 요 며칠 사이 너희들이 저질렀을지도 모르는 일에 신경 쓰지 않겠다. 어차피 너희들이 나에게 모든 걸 알려주지 않는다는 건 익히 느끼고 있으니까."

펠릭스는 허리 주머니에 손을 집어넣었다.

만약 그 둘이 진실을 말하려고 할 때 읽으라는, 스코트의 글씨가 봉투에 적힌 검은색의 편지가 손에 닿았다.

*　　　　*　　　　*

카르디어스 신성력 1398년 3월 5일.

"오오, 페트로!"

유스타르 성의 영주 죠르제 백작은 오래간만에 집으로 돌아온 페트로를 격하게 포옹했다.

"그동안 네가 얼마나 보고 싶었는지 너는 모를 거다! 정말 잘 왔다!"

"저도 아버지를 정말 보고 싶었습니다."

"그래그래, 우선 여기에 앉자꾸나. 그러고 보니 왜 주임 사제가 되었다는 걸 늦게 알렸느냐? 가문의 자랑이거늘."

1년도 전에 아들이 교단의 주임 사제가 되었다는 사실을 뒤늦게 접한 죠르제는 서운한 표정으로 아들을 바라봤다.

"아직 능력도 안 되는데 가문의 힘으로 높은 자리에 올라선 것 같아서… 부끄러울 따름입니다."

"미리 말해두지만, 난 교단 측에 널 특별히 잘 해달라는 이야기 같은 건 절대 안 했단다. 기부도 일부러 안 했고. 순전히 네 능력으로 올라선 거니 자랑스러워해라."

"명심하겠습니다, 아버지."

올해로 18살을 맞이한 페트로는 그가 거쳐 갔던 교구마다 높은 평가를 받았다.

아직 소년임에도 불구하고 특유의 인자한 성품은 많은 신도들을 성당으로 향하게 했고, 이례적으로 그 나이에는 쉽게 도달할 수 없는 주임 사제가 되기에 이르렀다.

"아! 그것보단 가문에 큰일이 있었다는데, 지금은 문제없습니까?"

"큰일? 아아, 그거 말이로구나."

죠르제는 지금으로부터 거의 1년 전에 있었던, 성의 축제와 전혀 어울리지 않았던 사건에 대해 설명을 시작했다.

성의 차기 영주 자리를 노린 죠르제의 동생, 슈렐의 음모.

그리고 그것을 밝혀낸 교단 소속의 소년 두 명의 활약.

이 모든 것이 고작 이틀 동안 벌어진 일이었지만, 그 이틀이 아니었다면 죠르제 백작은 지금 이렇게 서서 아들을 맞이할 수 없었을지도 모른다.

"덕분에 그 이후로 와인은 한 모금도 입에 안 대고 있단다. 대신 이게 또 닭요리와 기막히게 잘 어울려서 매일 밤 한잔씩 즐기고 있지."

죠르제는 오래간만에 귀향한 아들을 맞이하기 위해 준비한, 식탁 위에 놓인 커다란 맥주잔을 가리켰다.

"그때 날 도와준 사제분들이 너와 비슷한 나이던데, 혹시 짐작 가는 사람은 없느냐?"

"이름이 어떻게 되지요?"

"그루겐, 그리고 크레인이라는 이름이었다."

"흐음… 들어본 적이 없군요."

"아! 이런. 둘 다 비슷한 이름이라 헷갈렸구나. 그레인과 크루겐이었다."

"역시 모르는 이름입니다. 하지만 아버지를 구해주신 분들이니 나중에라도 만나게 되면 꼭 감사를 표하고 싶습니다."

"아니, 오히려 그쪽에서 너에게 고맙다고 했었다. 생명의 은인이나 마찬가지라고 했었지."

"생명의 은인? 저는 그렇게 거창한 뭔가를 한 적은 아직 없습니다. 어느 교구 소속인지 알고 계십니까?"

"프란디스 교구로 간다는 이야기를 듣긴 했지만, 얼마 전 연락해 보니 이미 다른 교구로 옮겼다고 하더구나."

죠르제는 두 소년의 행방에 대해 더 알아보려고 했으나 교단의 정책상 알려줄 수 없다는 대답에 낙담했다.

페트로는 교단에 귀의한 이후 만났던 이들을 찬찬히 떠올려 봤지만, 그레인과 크루겐이란 이름의 성직자는 없었다. 하물며 누구에게도 '생명의 은인'이라 불릴 정도의 일은 한 적이 없었기에, 아버지를 도와줬다는 두 소년의 정체가 진심으로 궁금해지기 시작했다.

"아 참, 이걸 잊어버릴 뻔했구나. 그 소년들이 너에게 남긴 말이 있단다."

"말씀해 주십시오."

"만약에 말이다, 네가……."

*　　　*　　　*

카르디어스 신성력 1398년 3월 7일.

어둠이 짙게 깔린 베릴란트 성.

옥좌에 앉아 있는 스코트의 입가에 엷은 미소가 떠올랐다.

제루드 성에서 온 전령의 보고를 손에 들고 있던 그는 보고서에 언급된 세 명의 이름 위에 손가락을 슥 그었다.

"골칫거리 중 하나였는데, 잘되었군."

왕국 내 교구의 비리를 척결할 당시, 교단과의 교섭에서 끝내 성공하지 못한 안건이 하나 있었다.

소위 말하는 배교자 사냥에 관련된 권한.

이것만은 양보할 수 없다는 교단 측 협상자의 자세에 스코트는 그답지 않게 한걸음 물러서며 좀 더 돌아가는 길을 택했다.

권한 자체를 빼앗아오거나 없애려면, 그 권한 자체가 문제시되도록 기다리면 된다.

스코트는 수도인 베릴란트 성을 중심으로 교단에 대한 억압 정책을 펴는 한편, '자연스럽게' 왕국 외곽 지역에 대한 감시를 느슨하게 풀어줬다. 그 결과 예상대로, 변두리에 속했던 제루드 성의 영주와 해당 교구의 성직자들이 서로 손을 잡고서 배교자 사냥으로 얻은 재물을 양측이 나눠 가졌다.

그는 펠릭스가 만들고 자신이 몰래 지원해 준, 왕국 전체를 아우르는 조직망의 보고를 애써 무시하며 사태가 더 커지길 기다렸다. 그리고 슬슬 제재를 가하려고 생각하던 중, 때마침 거길 지나가던 그의 옛 동료와 그의 쌍둥이 형 펠릭스가 해당 건을 처리해 버렸다.

일이 커질 때까지 기다리는 동안 억울하게 배교자로 몰린 이들이 적진 않았다. 하지만 교단의 섬멸이라는 목적을 위해서라면 거쳐 가야 하는 일이라 여기며 스스로를 설득했다.

전생에 베릴란트 왕국을 지배했던 펠릭스는 인자한 왕이었지만, 베릴란트 왕국을 구하지는 못했다. 현생의 왕인 스코트는 남들에게 두려운 존재로 남더라도 왕국을 구할 수만 있다면 그걸로 족하다고 여겼다.

"슬슬 올 때가 되었는데……."

보고서를 옥좌 아래로 휙 내던진 스코트는 주변을 둘러봤다.

이전에 그레인과 크루겐을 만날 때처럼 안에는 경비병이 한 명도 없었다.

끼이익.

문이 열리면서 두 명의 남녀가 왕좌를 향해 천천히 걸어왔다. 로브를 걸치고 후드를 썼기에 얼굴을 볼 수 없었지만, 스코트는 오른손에 쥔 쪽지의 내용만으로도 상대가 누구인지 알 수 있었다.

"오래간만이로군, 대장 맥스."

"정말로 왕이 되었군, 스코트."

회귀 직전 40대의 중년이 아닌, 20대의 청년의 얼굴이 후드 안쪽에서 모습을 드러냈다.

"옛 동료라고 해도 지금은 한 나라의 왕인데, 왕에 대한 예의가 심히 부족해 보이는군."

"그 성격은 여전하네, 스코트."

맥스 옆에 서 있는 렌이 후드를 뒤로 젖히자 길게 자라난 머리가 왼쪽 어깨를 타고 아래로 흘러내렸다.

"이 쪽지를 전달한 사람은 결사대원인가?"

그레인의 경우처럼 겉보기에는 숫자만 나열된 쪽지를 스코트는 앞으로 내밀고서 살짝 흔들었다.

"시련을 겪지 않는 육체는 맞지만, 결사대원은 아니다."

"새로운 인연을 찾아냈군. 하긴, 교단을 쓰러뜨리려면 예전처럼 100명으로는 터무니없이 부족했으니."

특별한 경우를 제외하곤 서로 동등했던 결사대원이라 여기기엔, 몰래 집무실로 들어와 쪽지를 전달한 남자의 자세는 너무나 정중했다. 그에 반해 맘에 들지 않지만, 그레인이나 지금의 맥스와 같은 태도가 정상적인 것이다.

결사대원끼리의 만남으로선.

"그래, 나 말고 다른 동료들은 모두 만났나?"

"아직은 아니다."

"그러면서 두 번째 연인은 잘도 찾아냈군."

"……"

"참 재미있어. 너나 99호나 진정 만나고 싶던 인연은 제쳐두고 다른 인연부터 찾아낸 부분이 같다니 말이야."

"입 조심해, 스코트."

렌의 눈매가 매섭게 변하더니 로브 바깥쪽으로 오른팔을 내밀었다.

넓게 펼친 손바닥 주위로 번개의 힘이 맴돌더니 주먹을 움켜쥐는 순간 '파지직' 하는 소리와 함께 사방으로 퍼져 나갔다.

그녀가 서 있는 카펫 위로 타들어가는 냄새와 함께 연기가 피어올랐다.

전생과 달리 하이브리드가 되지 않고 마법사로서 홀로 수련한 성과를 스코트에게 보란 듯이 과시했다.

"99호를 만났었나?"

반면 맥스는 스코트가 언급한 코드네임에 주목했다.

"여길 떠난 지 좀 되었다."

"12호와 함께?"

"그리고 내 형도 포함해서."

"그랬군."

미리 입수한 정보를 통해 전생과 달리 펠릭스가 아닌 스코트가 왕이 된 사유를 알고 있었기에 맥스는 더 이상 파고들지는 않았다.

"스코트, 본론으로 들어가도 괜찮겠나?"

"그래, 우리들 사이에 잡담 따윈 지루할 뿐이지. 무슨 일로 날 찾아온 것이지?"

"교단의 비밀 연구소를 습격하기 위한 병력이 필요하다. 입이 무겁고, 교단에 대한 적의가 깊은 자들로 구성해 주길 바란다. 추가로 비밀리에 움직일 수 있는 이동 수단도 가능하다면 함께."

"교단의 비밀 연구소? 아하, 그거 때문인가?"

실소를 머금은 스코트의 뇌리에 한 여성의 이름이 떠올랐다.

결사대가 조직되기 전 이레귤러라는 이유만으로 교단의 실험체가 되어 사라진 맥스의 첫 번째 연인, 델리아.

이전 생의 애정 따위, 현생에서는 부질없음을 깨달은 스코트의 눈에 맥스는 아직도 미련을 버리지 못한 남자로만 비춰졌다.

"맥스, 현생의 내가 교단과 적대시할 거라 생각하나? 우선 그것부터 물어봐야 한다고 보는데……."

"병력 하나 배치하지 않고 홀로 날 마주하고 있다는 것 자체만으로도 알 수 있다."

"그레인과 똑같은 말을 하는군."

스코트는 팔걸이를 집고서 옥좌에서 일어섰다.

"이런 식으로 1호, 너에게 빚을 지워주는 것도 나쁘진 않겠군. 좋다."

예전 결사대의 대장이었던 사내를 이름 대신 코드네임으로 지칭하는 스코트의 눈빛은 의미심장했다.

제5장

변하지 않은 운명

카르디어스 신성력 1398년 3월 10일.

그레인 일행이 제루드 성을 떠난 지 일주일이 지났다.

비록 제루드 성에서 일정이 지체되긴 했지만, 옛 동료의 고향이었던 마을에 들를 시간은 충분했다.

하지만 그레인과 크루겐은 자신들이 몰래 벌인 '일'로 인해 펠릭스와의 사이에 감도는 침묵을 일주일 동안 버텨내야 했다. 깊은 산속에 위치한 마을로 향하는 길이 지겹게 이어졌지만, 그레인은 물론이고 크루겐마저도 쉽게 입을 열지 못했다.

도중에 몬스터라도 만났다면 서로에게 지시라도 내리며 입을 열었겠지만, 펠릭스에게 이식된 오우거 군주의 코어는 웬만한 몬스터의 접근조차 허용하지 않았다.

험난한 산을 넘는 과정이 지루하게만 여겨졌고, 결국 그레인은 이번에 만날지도 모르는 동료에 대해 집중하기로 결정했다.

'리카르도… 라.'

결사대의 97번째 대원, 리카르도.

'나하고 접점은 그리 많지 않았지.'

그레인이나 맥스, 듀란이나 페트로는 결사대 내에서 중요한 역할을 맡거나 모두를 위해 희생했기에 기억에 선명하게 남아 있었다.

반면 리카르도는 크루겐처럼 결사대 내에서 크게 부각된 적이 없었던 멤버였기에, 같이 싸운 기억을 제외하면 특별한 인연은 없는 동료였다. 얼굴은 분명히 기억에 있었지만.

'크루겐의 말대로라면… 전생에는 몇 년 전에 이곳을 덮친 몬스터들 때문에 부모가 모두 사망하고 아무도 그를 맡아주는 이가 없어서 고아원으로 갔고, 그리고……'

회귀한 30명 중 대다수는 전생에 거쳐 간 과정대로 현생에도 하이브리드가 되었다. 그렇기에 19살이어야 할 현재의 리카르도가 이곳에 남아 있을 가능성은 낮았다.

'프란디스 교구에서 확인했던 문서에는 리카르도의 이름이

분명히 없었어. 스코트처럼 인간으로 남아 있기를 바라야겠지.'

결국 다른 이들처럼 전생과 달리 운명이 바뀌었기만을 기대하는 상황이었다.

"저 산기슭 너머에 너희들이 친구가 있다고 했던가?"

"네? 아, 그렇죠. 친구라고 하기엔 좀 애매하긴 한데… 아무튼 오래간만에 만나는 건 맞아요. 사실 아직도 있을지 아닐지는 직접 가봐야 알겠지만요."

"이렇게 외진 곳에 사는 친구라, 이상하군. 너희들은 둘 다 고아라고 들었는데, 언제 만난 거냐?"

"당연히 지금보다 더 어릴 적이긴 한데, 몇 살 무렵인지는 저도 잘 기억이 안 나는군요."

"그러면서도 이런 곳에 살고 있다는 걸 잘도 기억하는군."

"이, 인간의 기억력이란 편리한 법이죠. 원하는 것은 쏙쏙 떠오르니까요."

펠릭스가 갑자기 침묵을 깨고 먼저 물어보자 크루겐은 다소 횡설수설하며 드러나지 않아야 하는 진실을 숨기기에 급급했다.

"동생과의 관계도 그렇고, 너희들의 인간관계는 묘하군."

"교단의 하이브리드라는 게 다 그렇죠."

"나도 하이브리드 아닌가?"

"으음… 그렇게 말하시면 제 입장에선 뭐라 대답해야 할지 머리가 아프답니다."

"여전히 숨기는 게 있나 보군."

펠릭스는 피식 웃더니 보폭을 넓혔다. 둘보다 앞장서서 걸어가는 펠릭스의 등을 바라보며 크루겐은 이마의 땀을 닦아냈다.

"아, 말 맞추기 참 힘들다. 우리들끼리 다닐 때는 이런 걱정할 필요 없었는데. 그치?"

"지난번 에르닌에게 했던 실수를 반복하지는 마."

"역시 입 다물고 있는 게 최선일까? 아, 그런데 상대가 대공이니 물어보면 당연히 대답을 해야 하잖아. 이래도 저래도 골치 아픈 건 변함이 없어, 에잉……."

둘은 귓속말을 나누며 펠릭스의 침묵을 고맙게 여겼다.

그렇게 다시 시작된 침묵 속에서 그레인 일행은 산속으로 깊숙이 들어갔고, 끝없이 이어지는 숲으로 들어갔다.

*　　　*　　　*

우거진 숲 한가운데에 위치한 마을에 일행이 도착하자 마을 사람들은 그들을 둘러싸고 멀리서 지켜봤다.

외지인이 세 명이나 마을에 들어오자 주민들의 관심이 자연스레 그들에게 향했지만, 거리를 두고 지켜만 볼 뿐 섣불리 일행에게 다가가지 못했다. 멀리서 봐도 확연히 큰 키의 펠릭스 때문이었다.

"사람이 맞긴 한가? 도대체가 얼마나 큰 거야?"

"그런데 같이 온 사람들은 교단의 사제들이잖아? 무슨 죄라도 지었나?"

"으아! 누, 눈이 마주칠 뻔했어."

가슴과 양팔에 두꺼운 사슬을 칭칭 감고, 붕대로 얼굴을 가린 거한의 남자가 서 있는 자체만으로도 마을 주민들을 겁먹게 만들기에 충분했다.

"저, 물어볼 게 있는데요."

"히이익!"

크루겐이 조심스럽게 말을 건넸지만 상대는 소스라치게 놀라며 집 안으로 도망쳐 버렸다. 그 옆에 있는 사람에게 물어보려고 다가갔지만 마찬가지 반응이었다.

그렇게 하나둘씩 마을 사람들이 집으로 급히 대피하는 사이, 저 멀리서 아이들과 함께 한 남자가 급히 달려왔다.

"아저씨, 여기예요!"

"알았어! 알았다고!"

먼지바람을 일으키며 달려온 사내는 그레인 앞에서 딱 멈춰 섰다. 다른 주민들처럼 펠릭스를 올려다보며 깜짝 놀랐지만, 물러서지는 않았다.

"으아~ 키가 진짜… 그것보다 어디서 오셨습니까? 영주님이 보내신 병력으로 보이진 않는군요."

30대 중후반으로 보이는 외모를 한 남자의 시선이 그레인과 크루겐의 법의 차림에 머물렀고, 그다음에야 둘의 얼굴에 시선이 옮겨졌다.

"흐음? 어디선가 본 얼굴인데?"

사내는 고개를 갸웃거리며 턱을 매만졌다.

그레인 역시 고개를 갸우뚱거리며 사내와 똑같은 표정을 지었다.

'분명히 기억에 있는 얼굴인데… 어?'

"…리카르도?"

"리카르도라고? 잠깐만… 어? 진짜네?"

단번에 사내를 알아본 그레인과 달리 크루겐은 상대를 유심히 살핀 뒤에야 확신할 수 있었다.

"저를 예전에 본 적 있습니까?"

리카드로라 불린 사내는 뒤로 슬쩍 물러나면서 경계심을 늦추지 않았다. 영문도 모른 채 주위에 모여 있는 아이들을 향해 리카르도는 조용히 손짓하며 물러서게 했다.

"리카르도, 나야! 크루겐!"

"크루겐? 헉, 진짜잖아! 그렇다면 옆에 있는 건 혹시……"

그레인의 얼굴을 유심히 바라보던 리카르도의 눈썹 끝이 꿈틀거렸다.

사용하던 힘의 성향과 정반대되는, 무뚝뚝한 표정의 중년 남성이 리카르도의 뇌리에 선명하게 되살아났다.

"그레인?"

"맞다."

"그 차가운 말투는 여전하네. 너와 크루겐이 같이 다니는 건 의외지만."

리카르도는 오른손을 내밀며 악수를 청했다가 뭔가 어색한지 대신 그레인과 크루겐의 어깨를 툭툭 내려쳤다.

"그런데 용케도 날 알아봤네? 그때… 와는 많이 변했을 텐데 말이야."

주위를 의식한 리카르도는 회귀하기 직전 당시를 '그때'라는 말로 두루뭉술하게 표현했다.

"그때… 와 얼굴과 똑같아서 그렇다."

"이런 경우는 정말 처음이야. 인생 오래 살고 볼 일이네, 진짜."

놀랍게도 리카르도의 현재 얼굴은 회귀 직전과 판박이였다. 그렇기에 평소와 달리 크루겐보다 그레인이 먼저 리카르도를 알아볼 수 있었다.

반면 크루겐은 현재 나이에 맞는, 19살이어야 할 리카르도를 연상했기에 회귀 직전의 37살이었던 얼굴과 똑같은 지금의 리카르도를 단번에 알아볼 수 없었다.

"그런데 리카르도, 네 성격 원래 안 이랬잖아? 먼저 말 안 걸면 절대 입도 안 열던 걸로 아는데."

"그게 살다 보니까 변하긴 변하더라."

군이 결사대원들의 성향을 둘로 나눈다면 리카르도는 그레인보다는 크루겐 쪽에 더 가까웠다. 말이 그다지 없고 조용한 걸 넘어서서, 비관적이면서 행동하기에 앞서 너무 생각이 많다는 게 문제점이었다.

"이거, 남이 성격 변하는 건 도통 적응하기 힘드네. 그레인, 날 다시 만났을 때 느낌이 이랬던 거야?"

"대충은."

인간은 타인보다 자신에게 더 관대하게 마련이다. 자신이 변하면 당연하다고 여기지만, 타인의 변화에는 도통 적응하기 힘들어 한다.

"그런데 참 신기하네. 너, 얼굴은 그대로인데 몸은 왜 이래? 이렇게 근육질이었나?"

성격이 바뀐 크루겐보다 한 술 더 떠서 리카르도는 육체마저 회귀 전과 확연하게 달랐다.

"그야 나름 이곳에서 살면서 고생 좀 했거든. 그런데 얼굴이 옛날과 똑같은 게 그렇게 문제야?"

"문제 맞지. 그레인이 지금 18살이고 나는 20살이니 너는 19살이어야 하잖아."

"당연하지."

"그런데 '그때'나 지금이나 얼굴이 똑같은 건 뭔가 문제가 있다고 생각 안 돼?"

"어……."

이제야 자신에게 무슨 문제가 있는지 이해한 리카르도의 표정이 확 굳어버렸다.

서글픈 의미의 침묵이 세 사람 사이에서 감돌았다.

"친구인가?"

가만히 세 명의 대화를 듣고 있던 펠릭스가 리카르도의 얼굴을 내려다봤다.

"아? 네. 그런 셈이죠."

"묘한 대답이로군. 동년배로는 도저히 보이지 않아. 나와는 상관없는 이야기겠지만. 그러면 난 저 호숫가 부근에 있겠다."

펠릭스는 리카르도를 그레인과 크루겐이 오래간만에 만난 친구라 여겼는지 일부러 자리를 비켜주었다.

"히이익!"

가던 도중 마주친 마을 사람들은 기겁하며 펠릭스에게서 황급히 도망쳤다. 둘에게는 익숙한 펠릭스의 거대한 덩치를 리카르도는 멍하니 바라보며 감탄했다.

"와, 그런데 저 사람 도대체 뭐 하는 인간이야? 사람 맞기는 해? 키가… 나도 한 덩치 한다고 자부하는데 저 인간은 날 졸지에 난쟁이로 만들어 버리네."

"우리들도 아는 사람의 형이야."

"누구? 난 너희들이 성당 기사라도 되어서 종자를 거느리는 줄 알았지."

두 명이 말을 몰고 왔고, 펠릭스는 혼자서 도보로 왔으니 그렇게 보일 법했다.

"기사에게 반말하는 종자도 있냐?"

"어, 그렇네? 뭐야, 엄청 복잡한 것 같은데 어떻게 된 거야?"

"나중에 가르쳐 줄게. 우선은 우리들 이야기나 좀 해보자
고."

*　　　　*　　　　*

리카르도의 집에 들어간 그레인과 크루겐은 투박한 나무
의자에 앉아 방 안을 두리번거렸다.

나무로 만든, 특별할 것 없는 오두막이었지만 그 안에 있는
건 특이했다.

예전의 리카르도와는 어울리지 않게 마법 서적이 책장에
꽂혀 있었고, 한눈에 봐도 확 띠는 크기의 대검이 벽에 비스
듬히 놓여 있었다. 그것 말고도 온갖 약초에서 흘러나오는 독
특한 냄새가 방 안에 감돌고 있었다.

"자, 식사 아직 안 했지? 마침 전에 잡았던 멧돼지 고기가
남아서 구워봤어."

모락모락 김이 피어오르는, 먹음직스럽게 구워진 고기를 앞
에 두고 둘은 군침을 삼기면서도 막상 손에 쥔 포크를 내밀지
않았다.

아니, 정확히는 내밀 엄두조차 못 냈다. 완전히 잊었다고 생

각한 리카르도와의 일이, 그가 직접 요리한 음식을 보자마자 떠올랐기 때문이다.

정확히는 '잊어버리고' 싶었던 기억이었지만.

"왜들 그래? 배 안 고파?"

"리카르도… 너, 전생에 있었던 일 기억 안 나냐?"

회귀 전, 요리를 담당하던 대원이 부상을 입자 다른 결사대원들이 돌아가면서 요리를 했던 적이 있었다.

그리고 리카르도가 식사 당번이었던 날, 일이 터졌다. 난생처음 겪어보는 괴기한 맛에 결사대원 전원이 '오직 영양을 섭취하기 위한' 식사를 해야 했다. 가장 압권은 한 입 베어 문 고기를 손에 쥐고서 특유의 무표정한 얼굴로 태워 버린 그레인의 행동이었다.

'나중에 아딜나한테서 맛 이전에 만든 사람의 성의를 우선해야 하지 않겠냐는 쓴소리를 들었지.'

아딜나와 다투거나 싸운 적 자체가 거의 없었던 그레인의 입장에서는 그때의 짧았던 말다툼이 오히려 추억으로 남아 있었다.

그러나 맛이 없다는 점 자체는 그녀도 부정하지 않았고, 결국 대장인 맥스가 직접 나서서 리카르도만은 식사 당번에서 무조건 제외시키겠다고 말했을 정도였다.

그리고 현재 그레인과 크루겐은 다시는 반복되지 않기를 원했던 고난을 앞에 두고 고심 중이었다.

"이거 정말 먹을 수 있는 물건이긴 해?"

요상하게 뒤틀린 모양으로 구워진 빵과 들쑥날쑥한 크기로 썰린 야채샐러드.

그리고 나무 잔 안에 들어 있는, 푸른색을 띤 정체불명의 액체.

누가 먼저 리카르도의 '무서운 요리'를 맛볼지 서로 눈치를 봤고, 결국 크루겐이 한숨을 내쉬며 포크를 집어 들었다.

"어? 이상해."

"예전보다 심한가?"

"…맛있잖아."

맛있다는 말에 그레인이 가장 무난해 보이는 야채샐러드를 입에 가져갔고, 제대로 삼킬 수 있는 맛이 느껴지자 눈을 깜박이며 리카르도를 응시했다.

"모양은 여전히 엉망이지만 솜씨는 확실히 나아졌군."

"이 자식들이 사람을 도대체 뭘로 보고……."

"회귀 이후 네 녀석의 요리 실력 하나만은 발전했구나. 휴우, 정말 다행이야."

그레인과 크루겐은 '안전하게' 배를 채우기 시작했고, 리카르도는 씁쓸한 표정을 지으면서도 금세 접시 위의 요리들이 비워지는 걸 흐뭇하게 바라봤다.

"그런데 그 덩치는 안 불러? 이왕 왔으니 같이 식사라도……."

"우리들만이 해야 하는 이야기에 타인이 끼면 곤란해."

"아, 그렇지."

리카르도는 목 뒤를 오른손으로 긁으면서 멋쩍어하는 표정을 지었다.

"혹시나 해서 하는 말인데, 다른 사람들에게 회귀했다는 사실을 말한 적은 없지?"

"나보고 미친놈 소리 들으라고? 그런 적은 단 한 번도 없어."

"그러면 됐고, 근데 너는 도대체 무슨 고난을 겪었기에 18년 후의 얼굴과 지금의 얼굴이 똑같은 거야?"

"말도 안 되는 소리 좀 그만해. 난 늙지 않았다고. 아직 20살도 안 된 소년이야!"

"그래. 알았어, 알았다고."

리카르도는 끝까지 자신의 얼굴이 원래 이랬다는 걸 인정하지 않았다.

"아, 리카르도. 아까 하려고 했던 말인데⋯ 너무 순순히 리카르도라는 걸 인정한 거 아니야? 결과가 좋게 끝났으니 망정이지, 나와 그레인이 교단의 끄나풀이 되었을 거라는 의심 정도는 했어야지."

"그게, 회귀하고 처음으로 만난 동료라서 너무 반가운 나머지⋯ 8년이었다고, 8년!"

리카르도는 펼친 양손의 손가락으로 8이라는 숫자를 거듭

강조했다.

"그렇게 따지면 너희들도 마찬가지잖아? 네 이름을 말하자마자 넙죽 누가 누구인지 인정한 주제에……."

"그러게. 서로 남 말 할 처지는 아니었어."

"확실히 그렇군."

셋은 서로를 번갈아가며 쳐다보더니 이내 웃음을 터뜨렸다.

"와, 정말 이렇게 웃어보기는 오랜만인 거 같아. 그동안 솔직히 웃을 일이 그다지 없었거든."

"하기야 너희들은 다시 하이브리드가 되고, 그것도 모자라서 교단 소속인 상태이니 이럴 때라도 웃어야지. 안 그래?"

그레인과 크루겐, 그리고 리카르도는 오랜만에 만난 친구처럼 즐겁게 웃고 떠들었다. 발렌이 주임 사제였던 시절에도 나름 즐겁긴 했지만 같은 기억을 공유하는 이들과 보내는 시간은 둘에게 있어서 유달리 각별했다.

막상 결사대원이었던 시절에는 그런 적이 거의 없었지만.

"참, 나 말고 다른 동료들은 만났어?"

"이제까지 만난 동료들이… 잠시 머릿속에서 정리 좀 하고."

크루겐은 오른손을 펼쳐 들더니 엄지부터 중지까지 차례대로 굽혔다.

"발터, 듀란. 그리고 크로드까지 합쳐 우선은 이렇게 세 명이야. 셋 다 하이브리드가 다시 되긴 했는데, 발터는 우리들처럼 교단 소속이고 듀란은 탈주해서 현재 교단에 수배 중이지."

"탈주? 수배? 지금은 어디에 있는데?"

"그건 우리들도 잘 모르겠어. 아쉽게도 아직 회귀한 상태가 아니라서… 그래서 도와주는 데에 한계가 있었어."

"듀란이라면 나와 달리 머리가 진짜 잘 돌아가는 녀석이었으니 잘 숨었겠지. 그래도 우리 처지에 해줄 수 있는 건 걱정밖에 없다는 사실이 많이 아쉽네."

리카르도는 포크로 얇게 썰린 멧돼지 고기를 찍어 입안에 넣었고, 다른 동료들의 행방을 떠올리던 크루겐이 이번에는 약지를 손바닥을 향해 접었다.

"페트로는 직접 보지 못했고, 대신 그 녀석 아버지는 뵀어."

"페트로라면 그 페트로 맞지?"

"응, 맞아."

"정말로… 그리운 이름이야. 다시 만나게 되면 정말 고마웠다고 말하고 싶어."

다른 결사대원을 위하여 목숨을 바쳤던 페트로의 마지막 모습을 떠올리며 리카르도는 두 눈을 감았다가 떴다.

"그런데 페트로의 아버지가 아직도 살아 계셔? 내 기억으로는 지금쯤 벌써 돌아가셨던 걸로 알고 있어. 아마도 페트로의 삼촌이란 작자의 수작 때문이었지?"

"그래서 이번에는 암살당하는 걸 막고 왔다."

"아… 다행이다. 정말로 다행이야."

리카르도는 자신의 일인듯 기뻐하며 눈시울을 붉혔다.

그러나 이후 제루드 성에서 헬키아는 실험체로 죽었다는 말에 리카르도는 금세 시무룩해졌다. 다행히 크로드는 구했다는 말에 안도했지만.

"그 외 두 명이 더 있긴 하지만, 그 녀석들은 교단과의 투쟁을 포기했으니 없는 셈 치고 있어. 전생과 달리 하이브리드가 되지도 않았고."

"모두 같은 선택을 하진 않았구나."

리카르도는 전생과 달리 교단에 대한 투쟁을 포기한 동료들에 아쉬워하면서도 그런 선택 자체를 비난하진 않았다.

크루겐이 몰래 한숨을 내쉬는 모습을 넌지시 바라본 그레인은 말없이 고개를 끄덕거렸다.

'그냥 넘어가게 되어서 다행이군. 콜런과 니카에 대해서 자세히 파고들었다면 케이오르에 대해서도 이야기할 수밖에 없으니……'

어쩔 수 없는 상황이었다고 해도 옛 동료를 자신의 손으로 직접 죽였다는 사실은 부정할 수 없다. 언젠가 당연히 밝혀야 하는 일이었지만, 리카르도와 회포를 푸는 자리에서 꺼내고 싶지는 않았다.

"아, 그 녀석을 빼먹을 뻔했네. 스코트도 만났어."

"스코트? 스코트라면… 그 잘나신 왕자님 말하는 거지?"

리카르도는 눈썹 사이를 살짝 찡그리며 가볍게 비웃었다.

그레인만큼의 감정의 골이 있지는 않았지만, 결사대 내 대원들 사이에서도 워낙 호오(好惡)가 갈리던 인물이었던지라 스코트에 대한 리카르도의 평은 박했다.

　"참고로 우리와 같이 온 사람이 스코트의 쌍둥이 형인 펠릭스야. 베릴란트 왕국의 대공이지."

　"어? 펠릭스라면… 펠릭스 3세 말하는 거 아냐? 대공이 아니라 왕이었잖아?"

　"지금은 스코트가 왕이다."

　"케헥."

　리카르도는 마시던 음료를 내뱉으며 기침을 반복했다.

　"몰랐나?"

　"왕이 바뀌었다는 소식을 듣긴 했지만, 당연히 그 녀석 형이 될 거라 생각하고 새로운 왕의 이름 같은 거엔 크게 신경 쓰지 않았지. 아무튼 그 스코트가 왕이라니, 회귀 전보다 한 술 더 뜨겠어. 으으……."

　전생에 스코트가 곧잘 보여줬던, 남들을 내려다보는 듯한 특유의 오만한 얼굴을 이번 생에선 왕좌 위에서 보여준다고 상상한 리카르도의 인상이 확 일그러졌다.

　"그런데 스코트와 쌍둥이라면서 하나도 닮은 구석이 안 보였는데?"

　"서로 다른 코어를 두 개나 이식받아서 그래."

　"두 개나? 그게 가능키나 해?"

리카르도의 물음에 그레인과 크루겐은 펠릭스에 대해 상세히 설명했다.

이전 생에 스코트에게 닥쳤던 운명이 펠릭스에게 갔고, 트롤 왕의 살점과 오우거 군주의 뼈를 이식받고도 살아남아 하이브리드가 되었다는 이야기를 들은 후에야 리카르도는 납득했다.

"덕분에 새로운 활로를 발견했어."

그레인은 장갑과 붕대를 풀며 감추고 있던 빙룡의 비늘을 리카르도에게 보여줬다.

"색깔을 보아하니… 수룡? 아, 아니다. 빙룡의 비늘이겠네. 예전에 네가 이식받았던 코어보다는 확실히 안 좋잖아."

"지금은 그렇지만 나중에 추가로 코어를 이식받을 수 있다면 이야기는 달라질 거야."

두 종류의 서로 다른 코어를 하나의 육체에 이식할 수 있다면, 같은 계열의 코어를 추가로 이식하는 것도 불가능하지 않을 거라고 추측할 수 있다. 정 안되면 펠릭스처럼 아예 다른 계열로 추가 이식하는 길로 갈 수도 있다.

"그래서 새로운 코어를 이식받을 때까지는 교단에 머무를 작정이다."

나름 냉기의 힘을 적절히 사용해 왔던 그레인이었지만, 빙룡의 비늘만으로는 성에 안 찼던 것도 사실이다. 그렇기에 그 위의 코어인 빙룡의 눈이나 '빙룡의 어금니'를 추가로 이식할 수 있다는 가능성을 본 것만으로도 더 강해질 수 있다는 희망을 품을 수 있었다.

"흐음, 글쎄? 나는 오히려 두려워지는데? 두 개의 서로 다른 코어가 이식 가능하단 이야기는 교단의 기술력이 더 발달했다는 해석으로도 이어지잖아. 하이브리드를 더욱 옭아맬 수 있는 비법을 개발했을지도 모르겠어."

"아……."

그레인과 크루겐이 미처 생각지 못했던 부분을 리카르도가 지적하자, 둘은 말없이 입을 크게 벌릴 뿐이었다.

"생각해 보니 너는 남들이 생각지 못했던 부분을 곧잘 집어냈지. 확실히 교단이라면 그런 경우를 그냥 넘어가지 않을 거야, 끄응."

"덕분에 쓸데없이 생각만 많다고 한 소리 듣기도 했잖아. 특히 스코트, 그 녀석은… 이 자리에 없는 게 정말 다행이야. 생각만 해도 짜증이 올라와. 아무튼 그건 우선 넘어가고, 그 외 다른 동료들은?"

"추측이지만 대장도 살아 있을 거야. 아쉽게도 직접 만나지는 못했지만."

"대장이라면 다시 옛 동료들을 모으느라 정신없을 것 같네."

"그리고……."

"아차! 그분을 까먹었네. 고든 영감님은?"

리카르도가 태연하게 고든을 언급하자, 그레인과 크루겐의 표정이 순식간에 굳어버렸다.

"아, 아니다. 이제 40대로 젊어졌으니 아저씨라 불러야 하나? 그분하고는 만났어?"

대장 맥스의 지시에 의해 모든 결사대원들은 원칙적으로 나이에 상관없이 서로를 동등하게 대했다. 이는 결사대의 평균 나이보다 20살 더 많은 고든도 예외는 아니었다.

그래도 가장 연장자였던 고든에게 공손히 대하던 이들도 있었다. 그중 한 명이 리카르도였고, 그런 리카르도를 친자식처럼 인자하게 대해준 이가 바로 고든이었다.

"고든은……."

크루겐은 말끝을 흐리며 시선을 딴 곳으로 돌렸다.

"그게 말이지, 회귀한 후 직접 만난 적은 없었고 이야기로만 들었지만, 고든은……."

어떻게 표현해야 조금이라도 충격을 줄일 수 있을까 크루겐은 고심했지만, 앞에 붙는 수식어와 비유만 의미 없이 늘어날 뿐이었다.

"왜 그렇게 말을 빙빙 돌려? 어디 편찮으시기라도 한 거야?"

"다시는 만날 수 없는 곳으로 갔다."

결국 도중에 끼어든 그레인이 대신 대답했다.

순간 리카르도의 양손에 들려 있던 포크와 나이프가 접시 위에 떨어졌다. 포크에 꽂혀 있던 고기에서 소스가 흘러나와

식탁 위에 퍼져 나갔고, 세 남자 사이에선 무거운 침묵이 감돌았다.

"정말로… 그런 거야?"

"안타깝지만, 그래."

"그래, 벌써 가셨구나."

리카르도는 눈물을 참기 위해 두 눈을 꾹 감았다.

하지만 그것도 잠시, 급하게 수건을 꺼내 눈을 가려야만 했다. 그레인과 크루겐은 천장을 응시했고, 리카르도의 흐느끼는 소리와 함께 그의 손에 들린 수건이 서서히 젖어 들어갔다.

*　　　*　　　*

리카르도가 간신히 감정을 추스른 이후, 식사는 다시 재개되었다.

하지만 무거운 침묵 속에서 포크와 나이프 소리만이 들렸고, 한창 식사가 진행 중일 땐 그렇게 맛있었던 음식들을 그들은 감흥 없이 먹을 뿐이었다.

충혈된 눈을 깜박이며 자신 앞에 놓인 접시를 다 비운 리카르도는 눈물샘 부근을 손가락으로 꾹꾹 눌렀다.

"내가 그동안 어떻게 지냈는지 너희들에게 아직 말 안 했지?"

물을 한 잔 마신 리카르도는 창문 너머를 응시했다.

"회귀한 이후 나는……."

리카르도는 담담한 어조로 말을 이어나갔다.

지금으로부터 8년 전, 11살로 되돌아간 리카르도는 회귀에 성공했음에 기뻐했다. 그러나 그것도 잠시뿐이었다.

"아무 생각도 없었어. 뭘 해야 할지 짐작조차 안 갔지. 그야 11살로 돌아간 내가 무슨 힘이 있겠어?"

그레인과 크루겐은 고개를 끄덕이며 리카르도의 말에 동의했다.

"계속 생각에 생각을 반복했던 나는 우선 앞으로 닥칠 위험부터 어떻게든 해결하자는 결론을 내렸지. 이 마을, 예전 생엔 몬스터 떼에 습격당해 아이들 몇 빼곤 전멸당했거든."

어린 나이의 리카르도는 어떻게든 머리를 짜내 같은 비극의 반복을 피하려고 안간힘을 썼다.

일부러 몬스터들이 있는 곳으로 들어갔다 나오면서 만신창이가 된 자신을 마을 사람들에게 보여주거나, 익명으로 편지를 써서 영주에게 투고하는 등등의 여러 방법을 총동원했다.

"돌이켜 보면 미친 짓이었지. 그래도 어떻게든 이번 생의 나는 '그때' 고아가 되는 것은 면했어."

"나와 반대로군."

"어… 그랬어?"

"어차피 전생과 똑같이 시간이 흘러가지 않는다는 것 정도야 질리도록 경험했으니까 크게 신경 쓸 필요는 없다."

"흠흠, 그래서 말이지 그 이후로……."

이번 생에서 리카르도는 고아가 되지 않았기에 친척에게 입양되지 않았고, 이후 그를 입양했던 친척이 고아원 앞에 그를 버리고 가는 일도 생기지 않았다.

그러나 리카르도는 고아가 되는 운명에서 끝내 벗어나지 못했다.

12살이 되던 해, 아버지와 어머니가 병에 걸렸고 결국 사망했다. 다행히 마을 사람들의 도움으로 마을을 떠나지 않아도 되었지만, 바꾸고 싶었던 운명 중 하나는 그대로였음에 그는 회의감에 휩싸였었다.

"그때 느꼈지. 인생 참 허무하더라."

장례식을 마친 후 근 한 달 가까이 아무것도 하지 않고 멍하니 시간을 보내던 리카르도는 마음을 다지며 결심했다.

"무엇이든 해야 한다."

다시 혼자가 된 이상 앞으로 혼자 살아갈 힘을 키워야만 하는 상황이었다.

그는 밤낮을 가리지 않고 마을의 잡일을 거들며 혼자 생활할 수 있는 여건을 마련했고, 전생처럼 교단이 다시 세상을 지배할 야욕에 휩싸일 경우 대항할 힘을 키우는 것을 잊지 않왔다.

하이브리드였을 때는 효율이 떨어진다고 느껴져서 익히지 않았던 오러와 마법에 대해서 스스로 수련하기 시작했다.

틈틈이 모은 돈으로 교재와 마법서를 사긴 했지만, 가장 큰 도움이 된 것은 다름 아닌 옛 동료들이 싸웠던 모습이었다.

"나야 크루겐처럼 뒤처지는 실력이어서 다른 대원들이 싸우는 모습을 지켜보는 입장이었잖아. 그러다 보니 어깨너머로 봐뒀던 것을 회귀 후에 나에게 맞게 적용시킬 수 있었어."

특히 그레인이나 페트로, 그리고 듀란이나 맥스처럼 결사대 안에서도 유독 뛰어난 이들의 활약상은 그에게 최고의 교재였다.

"나름 실력을 키웠다고 생각한 후에는 직접 몬스터들을 때려잡기 시작했어. 처음에야 죽을 뻔한 적도 몇 번 있었지만, 지금은 몬스터 정도야 혼자서 처리할 정도까진 되었지."

문제는 그렇게 혼자만의 수련에 열중하다 보니, 하이브리드가 되어야 동료들을 다시 만나기 용이하다는 사실을 까맣게 잊고 있었다는 점이다.

"우여곡절이 많았지만, 결과적으로 하이브리드였던 이전보다 강해진 거 같아. 그리고 계속 인간으로 지내다 보니 하이브리드였을 때엔 깨닫지 못했던 것도 알게 되더라."

"그게 뭔데?"

"우리들은 분명히 전생에 교단과의 전쟁에서 패배했어. 그 이유를 곰곰이 생각해 보니까, 단지 교단보다 약해서만은 아니었다는 결론으로 이어지더라?"

리카르도는 사뭇 진지한 눈빛으로 둘을 시야 안에 넣었다.

"우리들은 '우리들'끼리만의 힘으로 승부했어. 하지만 하이브리드 중에서도 저주에서 벗어난 자들만이 아닌, 인간이 끼어든다면 예전과 이야기가 좀 달라지지 않을까라는 생각이 들더라."

전생에는 쉐일처럼 인간인 '조력자'들이 있긴 했지만, 교단과의 항쟁에서 주축이 된 이들은 아니었다.

그리고 인간 중에는 결사대의 조력자보다 적인 자들이 훨씬 더 많았다. 오랜 시간 동안 교세를 넓혀온 카르디어스 교단의 책략에 결사대는 인간들과도 싸워야 했다.

"하지만 그건 이전에도 나왔던 이야기다."

"그렇긴 한데, 하이브리드가 인간을 설득하는 것과 인간이 인간을 설득하는 건 경우가 다르잖아?"

"아."

그레인은 리카르도가 하려는 이야기의 의도를 알아챘다.

"인간이든 하이브리드이든 간에 그 어떤 비극이 벌어져도, 결국 자기 일이 아니면 기껏해야 슬퍼하는 수준으로 끝나잖아? 아까 말한 대로 자기 일이 아니니까. 그러니 인간이면서 동시에 하이브리드의 아픔을 확실히 이해할 수 있는 존재가 있다면… 이야기는 달라질 거야."

전생에는 하이브리드였다가 현생에는 인간인 존재.

당연히 '전생'에는 존재할 수 없는 변수가 바로 둘의 눈앞에 있었다.

"바로 나처럼."

*   *   *

식사를 마친 그레인과 리카르도는 오두막 밖으로 나가 각자 다른 그루터기에 앉았다.

크루겐은 주변을 두리번거리다가 마을 중앙의 공터에 놀고 있는 아이들을 향해 슬그머니 다가갔다. 때마침 호숫가에서 돌아온 펠릭스는 크루겐 쪽으로 가려다가 이내 관두고, 남들과는 떨어진 나무 옆 바위 위에 홀로 걸터앉았다.

반면 크루겐은 어느새 아이들에게 둘러싸여 이야기꽃을 피웠다. 평소 외부인의 출입이 드물었던 터라, 크루겐이 바깥 세상에 대해 이야기해 주자 아이들은 눈을 반짝이며 집중했다.

그러던 도중 크루겐이 찬 단검을 아이들이 가리키자, 그는 기다렸다는 듯이 단검 두 개를 뽑아 저글링을 시작했다.

"와!"

"대단해!"

크루겐 주위에 모여든 아이들의 입에서 탄성이 터졌다.

특히 공중으로 띄운 사과를 뒤이어 던져 올린 팬텀 대거로 정확히 반으로 쪼개는 장면까지 보여주자 아이들은 열광했다. 크루겐 특유의 쾌활한 성격은 이 마을에서도 변함없었다.

"저 녀석, 진짜 많이 변했네."

크루겐이 전생과 확연히 달라진 리카르도에 낯설어했던 것처럼, 리카르도 역시 아이들과 웃고 떠드는 크루겐을 신기하다는 눈으로 바라봤다.

"아까 보니까 애들이 널 잘 따르는 거 같더군."

"아, 그거? 그야 이곳에는 나 말고 젊은 남자는 거의 없어서 그래. 솔직히 여기는 너무 외진 산골이니 머리 좀 굵어졌다 싶으면 모두 여기를 나갈 생각부터 하더라. 나 역시 예전 생에는 마찬가지였어. 그런 식으로 나가고 싶지는 않았지만 말이지."

먼저 가버린 부모님을, 그리고 이번 생에는 만나보지도 못한 고든을 떠올리며 리카르도는 하늘을 바라봤다.

"자, 이번에는 더 신기한 걸 보여줄게!"

크루겐은 또 하나의 사과를 꺼내더니, 한 번도 멈추지 않고 사과 껍질을 길게 깎기 시작했다. 마지막에는 공중에 던지더니 팬텀 대거로 여러 조각으로 나누어 아이들에게 나눠주었다.

"너는 크루겐이나 나에 비해 그리 변한 게 없어 보여."

"나름 많이 변했다고 생각하지만 너희들에 비하면 약과겠지."

"그런데 또 나의 근본적인 부분은 그대로인 거 같아. 어차피 사람은 쉽게 안 변하니까, 내 성격 자체를 완전히 뜯어고치는 건 포기했어. 대신 생각은 이전처럼 오래하되 한번 결정하면 끝까지 밀어붙이는 쪽으로 개조하려고 노력 중이야."

이러지도 저러지도 못하고 갈팡질팡하는 성격에서 신중하게 결정하는 방식으로.

그럼에도 리카르도의 얼굴에서 망설임이 완전히 사라지진 않았다.

"난 솔직히 여기를 나가는 게 두려워."

"그래?"

"한 번 져야 했던 상대와 다시 싸울 결심을 하는 게… 생각처럼 쉽지 않더라. 그래서 스스로 결정하기보단 운명에 맡기기로 했지. 다른 동료들이 날 찾아온다면, 그때는 운명이라 여기고 마을 밖으로 나갈 생각이었어."

이대로 편하게 인간으로 살아갈 수 있는 기회를 포기한 리카르도의 어조는 담담할 뿐이었다.

"너는 이제 더 이상 하이브리드가 아니야. 그러니 예전처럼 같이 싸울 의무는 없어."

"그렇긴 해도 난 하이브리드의 아픔을 겪었던 몸이잖아. 지금이야 다시 겪지 않겠지만, 긴 시간 동안 같이 고생했던 동료들을 나 몰라라 할 수는 없더라. 내가 너무 무른 성격일까?"

뒤통수를 긁으며 멋쩍은 표정을 지은 리카르도를 향해 그레인은 가볍게 미소 지으며 고개를 가로저었다.

"그러면 언제 떠날 건가?"

"너희들이 떠날 때 같이 가려고. 문제는 너희들과 동행하기엔 무리로 보이니, 이전 동료들이 있는 곳으로 가보려고 해."

"그러면 스코트가 왕으로 있는 베릴란트 성이 제격일 거다."

"으으… 그건 좀 그런데. 그 인간에게 '폐하'라고 존칭할 생각하니 벌써부터 배가 아파 와."

리카르도는 배를 어루만지며 인상을 찌푸렸지만 이미 내린 결정을 되돌리진 않았다.

운명에 모든 걸 맡긴 이상 끝까지 밀어붙여야 한다.

그것이 이전 생과 같은 결과로 이어질지라도.

"그런 의미에서 마을을 떠나기 전에 부탁 하나만 해도 괜찮겠어?"

*　　　　*　　　　*

다음 날.

아침 식사를 마치고 마을을 떠난 네 남자는 숲 깊은 곳까지 이동했다.

마을의 특산물 중 하나인 진기한 약초들이 나무 아래 즐비했고, 리카르도는 그중 하나를 뽑아 풀 냄새를 맡았다.

"이걸로 마을이 먹고사는 중이야. 겨울에도 살아남을 정도로 생존력이 강하고, 깨끗이 씻어서 잘 말리면 제법 비싼 값을 받을 수 있거든."

리카르도는 바지에 대고 약초에 묻은 흙을 툭툭 털어냈다.

"그런데 여기는 몬스터들이 들끓는 지역이라 나 외에는 함부로 들어오지도 못해. 어쩌다가 마법 시료를 직접 구하러 찾아오는 마법사들 정도가 예외랄까."

"거의 너 혼자서? 그러면 이전에 마을은 뭘로 먹고 살았는데?"

"각종 작물을 심거나, 호수의 물고기를 잡거나… 아무튼 여러 가지가 있었는데, 몬스터들이 점점 마을을 향해 접근하는 터라 약초 캐는 일 빼곤 거의 다 망했지."

사실 이전 생의 마을은 리카르도가 11살이었을 무렵 몬스터들의 습격을 받아 폐허가 되어버렸다.

지금은 아직도 주민들이 살고 있지만, 조만간 단체로 이주할 계획을 심각하게 고려 중이었다.

"너희들도 겪었겠지만, 마을로 오는 길까지 몬스터들이 즐비하기 때문에 다른 길을 통해 성으로 가서 팔아야 해. 문제는 그 길에 한해서만 영주가 통행료를 비싸게 받는다는 거지. 그래서 진짜 급한 일이 아니면 이용하기 힘들어."

"이거 덕분에 제법 수익 나온다며? 그렇다면 영주가 투자 좀 해서 마을에 경비병을 고용하는 식으로 운영하면 좋을 텐데."

"통행세만으로 충분히 돈이 벌린다고 생각해서인지 굳이

더 투자를 하려고 하지 않아. 성을 떠난 적이 없는 새 영주라 그런지, 이런 후미진 곳 사정까지 알아주진 않더라."

"그렇긴 해도 네가 위험을 무릅쓰고 이럴 필요까진 없잖아?"

"마을 사람들 덕분에 부모 잃고 혼자였던 내가 살아갈 수 있었으니, 그 빚은 미리 갚고 떠나려는 거야. 받은 만큼 돌려줘야지. 안 그래?"

도중에 하이브리드가 되지 않고 계속 인간으로 살아갈 수 있었던 리카르도는 인간으로서 해야 하는 일을 잊지 않았다.

"그런데 정말 그 대공 혼자서 가능해? 정말 여기서 기다리고 있기만 하면 되는 거야? 공격하라는 신호는 어떻게 보낸데?"

"가장 알기 쉬운 신호라고 했어."

아무래도 펠릭스의 몸에 이식된 코어의 특성상 그가 직접 몬스터들에 다가가 해치우긴 힘들었다.

그래서 반대로 펠릭스의 능력으로 몬스터들을 한쪽으로 도망치게 몰아붙인 후, 나머지 셋이 처리하기로 했다.

"그러면 어디 보자… 해가 중천에 떴으니 슬슬 시작하겠네."

크루겐과 그레인은 각자의 무기를 검집 안에 집어넣더니 양손으로 귀를 막았다.

우워어어!

저 멀리 펠릭스가 있는 위치에서 굉음이 울려 퍼졌다.

지축이 흔들리면서 새들이 일제히 날갯짓을 하며 수풀 위로 날아올랐고, 동물들은 물론 몬스터들까지 펠릭스의 반대편으로 대거 이동하기 시작했다.

"어때? 예전의 스코트보다는 확실히 세 보이지?"

"…순간 나도 도망가야 하는지 고민했어."

리카르도는 사타구니를 매만지더니 아무것도 묻어나지 않는다는 걸 확인하곤 안도의 한숨을 내쉬었다.

"그러면 슬슬 시작해 볼까? 다행히 여기는 나무가 울창해서 그림자가 많네."

어느새 팬텀 대거를 꺼낸 크루겐이 머플러를 살짝 위로 잡아당기더니, 어둠에 녹아드는 것처럼 모습을 감췄다.

"어? 크루겐? 어떻게 된 거야?"

"보다시피 어둠이 있는 곳이면 난 어디에서든 모습을 숨길 수 있어. 어때? 예전보다 나도 강해졌지?"

"이거 나만 제일 약해진 기분인데, 쩝."

그렇게 아쉬워하는 리카르도는 한쪽 어깨에 걸치고 있던 대검을 양손으로 움켜쥐고 앞으로 내밀었다.

"이쪽으로 오는 건 확실한데… 과연 모두 해치울 수 있을까?"

리카르도는 정면을 바라보며 마른침을 삼켰다. 이제까지 혼자서 숲을 드나들 때와는 비교조차 힘든 수의 몬스터들이 저 너머에서 온다는 예상에 긴장을 떨쳐내지 못했다.

바로 그때, 다시 한번 지축이 흔들렸다.

"오, 온다!"

"모두 조심해라."

그 어느 때보다 침착하게 정면을 주시하던 그레인은 양손을 지면에 가져가더니 냉기를 사방으로 퍼뜨렸다.

*   *   *

숲 깊숙한 곳까지 들어가 몬스터들을 해치우고 오겠다던 네 남자.

그러나 하루가 지나도록 모습을 보이지 않자, 마을 사람들은 초조해하며 그들을 기다리는 중이었다. 저녁이 다 되어가도록 코빼기도 보이지 않자, 마을 사람들 모두가 마을 광장에 모여 횃불을 들고 그들을 계속 기다렸다.

"어, 저기! 저기예요!"

아이들이 손가락으로 수풀 너머를 가리키자 주민들은 들고 있던 횃불을 그쪽으로 돌렸다.

몬스터들을 모두 해치우고 돌아온 세 남자가 천천히 수풀을 헤치고 걸어 나왔다.

"리카르도 아저씨!"

아이들 중 한 명이 리카르도에게 달려오자, 그는 멀리 떨어지라고 손짓했다.

"휘이휘이~ 피 냄새 진동하니까 너희들은 가까이 오지 마라."

"에이, 아저씨는 숲에 들어갔다 나오면 항상 그랬잖아요!"

"그런데 왜 이렇게 늦었어요? 다들 걱정했다고요!"

"원래는 마을 사람들이 무사히 이사할 수 있게 길 부근의 몬스터들이나 정리할 생각이었는데, 아예 이 숲의 몬스터들의 씨를 말릴 정도로 잡고 와버렸다. 아무튼 냄새나니 나한테 달라붙지 마라."

"이제 익숙하다고요."

아이들은 코를 틀어막으면서도 리카르도의 곁을 떠나지 않았고, 어른들은 안도하며 마을을 위해 큰일을 해준 세 남자를 환영했다.

"어? 그런데 크루겐 형은?"

"설마……."

항상 싱글벙글 웃으면서 자신들을 상대해 줬던 크루겐이 보이지 않자 아이들은 혹시나 하는 생각에 안색이 창백해졌다.

"크루겐? 야, 장난치지 말고 나와."

그러자 어둠 속에 숨어서 그들을 따라오던 크루겐이 아이들을 향해 양팔을 쫙 펼치며 모습을 드러냈다.

"짠! 사실 나는 이런 능력도 있었단다!"

크루겐은 미소를 머금고 아이들을 향해 양팔을 벌렸다.

그러나 아이들은 그에게 다가오기는커녕 슬금슬금 뒷걸음질을 쳤다.

"하하, 너무 놀라서 그래?"

크루겐은 싱글벙글 웃으면서 아이들에게 다가갔지만, 어른을 포함해서 다가오는 이들은 아무도 없었다.

"크루겐 형… 어, 얼굴이……"

"으, 으으……"

아이들은 놀란 얼굴로 크루겐에서 멀어지더니 엉덩방아를 찧었다.

"아차, 머플러……"

크루겐은 뒤늦게 머플러로 얼굴을 가렸지만, 어둠의 힘을 사용한 뒤의 끔찍한 얼굴은 잔상처럼 남아 마을 사람들의 뇌리에서 떠나질 않았다.

"괴, 괴물이다!"

누군가의 외침을 시작으로, 마을 사람들이 황급히 자신들의 집으로 도망쳤다.

"으아앙!"

"이, 이리로 오렴! 어서!"

도망치지 못하고 주저앉아 울음을 터뜨린 아이를 어머니가 급히 달려와서 안고 멀리 달아났다.

"하아, 이런."

자신들 말고 주위에 아무도 없자, 크루겐은 허탈해하며 고개를 설레설레 저었다.

"결국 이렇게 되네."

"미, 미안해. 괜히 너에게 도와달라고 그래서……."

"리카르도, 네가 미안해할 일은 아니야. 그러니 너무 슬퍼하지 마. 어차피 이런 일은 질리게 겪었잖아?"

전생에는 괴물이라 불리는 것에 반발하면서 괴물이라는 사실을 부정했었다.

그러나 인간들 입장에서 그들은 마지막까지도 괴물이었다.

그런 사실을 현생에서 다시 깨닫고 싶진 않았지만, 어쩔 수 없었다.

"너라도 인간으로 남아서 정말 다행이야."

"……."

크루겐은 리카르도의 어깨에 손을 얹으며 미소를 지었지만 같이 따라 웃는 이들은 아무도 없었다.

"이렇게 된 이상 일 마치고 꺼내기로 했던 술은 우리들만 마셔야겠네. 괜찮겠지?"

여전히 미소를 머금고서 크루겐은 리카르도의 오두막을 향해 먼저 걸음을 옮겼다.

마을 사람들이 내팽개친 횃불 사이로 걸어가는 그의 뒷모습은 그 어느 때보다 처량해 보였다.

*　　　*　　　*

다음 날, 마을 주민들은 리카르도의 오두막으로 모이더니 고마움을 표시하면서 동시에 사과했다.

단지 리카르도의 지인이라는 이유만으로 마을을 위협하던 몬스터들을 처치해 줬는데, 무섭다는 이유만으로 크루겐을 외면한 자신들을 용납할 수 없어서였다.

크루겐은 나라도 그렇게 반응했을 거라 대답하면서 크게 신경 쓸 일 아니라며 반대로 마을 사람들을 두둔해 줬다.

그러나 아이들은 여전히 크루겐을 두려워하면서 시선조차 마주치려 하지 않았다. 짧은 기간 동안 아이들과 빠르게 친해 졌기에, 그만큼 크루겐의 아쉬움은 컸다.

괜히 오래 있어봤자 좋은 꼴 보긴 힘들다며 크루겐은 출발을 재촉했지만 그 제안을 거절한 이는 전혀 의외의 인물인 펠릭스였다.

"내가 이 나라의 대공이라는 사실을 잊었나? 이 마을의 근본적인 문제를 해결할 때까지 기다려 봐라."

결국 펠릭스의 고집을 꺾지 못한 일행은 리카르도가 영주에게 부탁했던 병력이 오기까지 기다리기로 결정했다.

사흘 후 병사 10명 정도를 거느리고 뒤늦게 도착한 젊은 기사는 커다란 덩치의 펠릭스를 보고 입을 크게 벌렸고, 그가 내민 반지를 보고 눈을 크게 떴으며, 이름과 대공이라는 신분을 밝히자 놀란 나머지 엉덩방아를 찧었다.

급기야는 연락을 받은 영주가 직접 외진 이곳까지 급히 달려와 펠릭스에게 고개를 조아렸다. 대공이라는 신분 이전에 암흑가를 홀로 제패한 그의 이름값을 무시할 수 있는 이는 베릴란트 왕국 내에 아무도 없었기에.

펠릭스는 이 마을을 둘러싼 숲에 자생하는 각종 약초들의 가치를 높게 평가하면서, 베릴란트 성의 마탑, 그리고 마법 상점들과 직거래할 수 있는 루트를 알선해 줬다. 마침 그레인 일행이 숲의 몬스터들을 거의 전멸시켰기에 약초를 대량으로 채집할 여건이 마련되었고, 당연히 더 많이 걷힐 통행세를 기대하며 영주는 함박웃음을 지었다.

하지만 펠릭스는 이전까지 걷던 통행세를 무효화하라는 지시를 내렸다. 추가로 마을 주민들이 이후에도 몬스터 걱정 없이 살 수 있도록 일정 수 이상의 병력으로 보호하라는 명을 내렸고, 마지막으로……

"다음에 한번 이곳을 들러 제대로 보호되는지 확인해 보겠다."

펠릭스의 눈을 피해 혹시라도 병력을 철수할 수 없도록 만들었다.

*　　　　*　　　　*

카르디어스 신성력 1398년 3월 16일.

그레인 일행의 활약 덕분에 마을 사람들은 고향을 떠날 필요가 없어졌다.

대신 그동안 마을을 거의 홀로 이끌다시피한 리카르도는 고향과 작별을 택했다. 전생과 달리 많은 이가 배웅을 나왔고, 특히 아이들은 그의 바짓가랑이를 붙잡고 놔주질 않았다.

"다들 부모님 말씀 잘 듣고, 안전해졌다고 숲에 혼자 가서는 절대 안 된다. 알겠지?"

리카르도는 자신을 올려다보는 아이들이 남 같지 않았다.

아이들은 리카르도와 작별 인사를 나누면서 마을 입구에 홀로 서 있는 크루겐 쪽을 조심스럽게 바라봤다.

"저… 그러면 크루겐 형도 가는 건가요?"

"응? 그야 그 녀석은 교단의 명을 받아 이동 중에 들른 거니 당연히 떠나지."

"아무래도 형에게 사과해야겠어요."

"엄마한테 엄청 혼났어요. 은인에게 그러는 게 아니라면서."

"그러면 직접 이야기해라. 크루겐, 여기로 좀 와줘!"

리카르도의 외침에 크루겐은 아이들을 향해 천천히 걸어왔다.

반사적으로 아이들이 주춤거리자, 크루겐은 일부러 두르고 있던 머플러를 아래로 살짝 내려 '평상시의 얼굴'임을 확인시켜 줬다.

"너희들, 그때 내 얼굴이 흉측해서 무서웠지?"

"그, 그게 말이에요……."

지금의 크루겐은 평상시처럼 웃고 있었지만 속마음만은 여전히 상처 입은 채라는 걸 아이들은 알아챘다. 그 마음을 어떻게 사과해야 할지 아이들은 고심했지만, 머릿속에선 달리 표현할 방법이 떠오르지 않았다.

"억지로 괜찮은 척할 필요는 없어. 그때의 내 얼굴은 내가 봐도 끔찍하긴 하거든. 아무튼 어땠어?"

"무, 무서웠어요."

"그래, 솔직히 말해줘서 고마워."

크루겐은 손을 뻗어 아이들의 머리를 쓰다듬어 주려다가 이내 거두었다.

한 번 벌어진 거리를 다시 좁히기 위해선 이전보다 더 신중해야 한다. 제멋대로 자신의 감정이나 생각만 앞세우고 상대가 받아들이길 원한다면 그 거리는 더욱 멀어질 뿐이다.

"그리고… 흐음, 이건 내가 할 말은 아니겠구나. 리카르도, 네가 나설 차례야."

"나?"

"무슨 의미인지 알겠지?"

"아!"

크루겐의 말뜻을 이해한 리카르도가 아이들이 자신을 바라보게 손짓한 뒤에 이야기를 시작했다.

손짓발짓을 다 동원하면서, 여전히 쌀쌀한 날씨임에도 땀을 뻘뻘 흘리며 이야기하는 리카르도의 뒷모습을 크루겐은 말없이 바라만 봤다.

"…아무튼 우리와 다른 존재를 제대로 알기 위해선, 우선 다르다는 것 자체부터 직접 겪어야 해. 이해는 그다음 단계야. 나도 저 녀석이 저런 얼굴이라는 걸 처음 봤을 땐 얼마나 섬뜩했는지 몰라. 그래도 같이 지내고 나니까……."

"우웅, 어려워요."

"그, 그래? 그러니까 말이지, 더 쉽게 풀어서 이야기하자면……."

리카르도가 말했던, 인간과 하이브리드 사이를 이어줄 수 있는 중재자.

예상치 못한 타이밍에 그 중재자로서 첫 역할을 맡은 리카르도는 생각처럼 말이 이어지지 않아서 답답해하면서도 당황을 금치 못했다.

하지만 그가 자신들에게 무언가를 전달하기 위해 열의를 다하고 있음을 어린아이들도 느낄 수 있었다.

"그러니까 말이다, 앞으로 너희들이 타인을 이해하기 위해선……."

　　　　*　　　　*　　　　*

　외갈래 길을 따라 산을 내려오던 네 남자는 좌우 두 방향으로 나뉜 갈림길 앞에서 멈춰 섰다.

　"이제 저곳과도 작별이네. 꽤 정이 들었는데 쓸쓸해."

　리카르도는 마을이 있는 방향으로 고개를 돌리며 아쉬움을 감추지 못했다.

　전생에는 부모님을 잃었다는 슬픔 때문에 다시는 오고 싶지 않았고, 실제로 전쟁에는 다시 이곳을 들른 적은 없었다.

　그러나 지금은 바뀐 운명 속에서 마을 사람들과의 이별을 안타까워했다.

　"그런데 막상 떠나기로 결정을 하긴 했는데, 어디로 가야 할지 정하진 않았네."

　"어이, 너답지 않잖아."

　"떠난다는 결정을 내리는 데만 고심하다 보니 이렇게 된 거 같아. 어찌한다……."

　목적지를 정하지 못하고 망설이는 그의 머리 위로 펠릭스의 그림자가 드리워졌다.

　"그렇다면 베릴란트 성으로 가보도록 해라."

　"스코트… 폐하가 있는 곳 말인가요?"

　"동생에게 내 이름을 댄다면 적당한 자리 하나쯤은 마련해

줄 거다."

펠릭스는 리카르도에게 왕실 반지의 문양이 찍힌 두루마리를 내밀었다.

"저, 정말로 황송하긴 합니다만, 그게 뭐랄까……."

펠릭스는 그 나름대로 리카르도를 위해 꺼낸 말이었지만, '전생의 스코트'가 어땠는지 몸소 겪은 리카르도 입장에선 난감한 호의였다.

그러자 이번에는 그레인이 품에서 편지를 꺼내 내밀었다.

"폐하 아래에서 일하는 게 부담스럽다면 포르테가를 찾아가 보는 건 어때?"

"포르테? 그 옛날… 아니, 옛날이 아니라 지금 마법으로 유명한 가문이잖아!"

"내 이름을 댄다면 문제없을 거다. 무엇보다 너는 마법을 제대로 배워보고 싶다고 하지 않았어?"

"그, 그렇네. 이거 정말 좋은 기회잖아? 그런데 다시 생각해보니 베릴란트 왕실 아래 일하는 것 자체도 나쁘진 않고, 끄응."

자신을 향해 내밀어진 두 손 중 어느 것을 택할지 리카르도는 갈등했다.

"우선은 그레인, 네 말대로 포르테가에 가볼게."

리카르도는 그레인의 편지를 건네받아 갈무리했다.

"렌딜 님과 에르닌에게 내 안부도 전해줘라."

"그리고 만약을 대비해서 이것도."

이번에는 펠릭스의 소개장을 잽싸게 챙겼다.

교단을 상대로 싸워야만 했던 선택지 하나만을 걸어갔던 경험 때문인지, 선택지는 많으면 많을수록 좋다는 신념을 리카르도는 유감없이 행동으로 옮겼다.

"다음에 만나면 네가 담근 술, 또 맛보게 해주는 거다?"

"리카르도, 무사해야 한다."

"좀 더 같이 있고 싶었지만 어쩔 수 없지. 그래도 너희들을 만날 수 있어서 정말 다행이야."

리카르도는 양팔을 뻗어 그레인과 크루겐을 동시에 포옹했다.

"언젠가 다른 동료들도 다시 만날 수 있겠지?"

리카르도의 물음에 그레인과 크루겐은 대답 대신 손으로 그의 등을 다독거렸다.

"그러면… 살아서 다시 보자."

그들은 전생에서 마지막까지 살았기에 같은 기억을 공유한 채로 다시 만날 수 있었다.

그렇기에 어떻게 해서든 살아남아야 한다는 의미의 무게감을, 그들은 잊지 않았다.

제6장

각자 다른 의미의 재회

카르디어스 신성력 1398년 3월 31일.

리카르도의 고향을 떠난 그레인 일행이 다시 성지를 향해
이동한 지 어느덧 보름이 지났다.

펠릭스의 능력 덕분에 몬스터들이 출몰하는 지역을 상관하
지 않고 최단거리로 이동한 끝에 그들이 도착한 곳은 베릴란
트 왕국과 솔리앙트 왕국과의 국경선 부근이었다.

그레인 일행은 오늘 만나기로 예정된, 성지로 안내하기 위
해 교단 측에서 파견한 이들을 기다리며 나무 그늘 아래 서
있었다.

"이젠 완연한 봄 날씨네. 춥지 않아서 좋긴 한데, 앞으론 더 워서 고생할 일만 남았어."

크루겐은 머플러 안쪽에 손을 집어넣어 목에 차오른 땀을 손바닥으로 훑어냈다.

그러나 정작 다른 이들이 입을 열지 않아 대화는 이어지지 않았다.

크루겐은 멋쩍은 듯 뒤통수를 긁으며 평상시처럼 침묵 속에서 묵묵히 서 있는 펠릭스 옆으로 슬그머니 다가갔다.

"전하, 혹시나 해서 말씀드리겠는데요……."

"또 그 이야기인가? 알고 있으니 그만해라."

칭칭 감긴 붕대에 가려져 있는 펠릭스의 눈썹 사이가 꿈틀거렸다.

크루겐은 앞으로 일어날지 모르는 일을 대비해, 펠릭스에게 '황금색 팔찌'가 빛을 발할 때엔 어떻게 해서든 괴로워하는 척을 하라고 수차례 이야기했다.

펠릭스가 짜증을 낸 이유는 같은 말을 계속 들어서도 있지만, 제대로 된 설명 없이 앞으로 해야 할 행동만 이야기한 부분도 컸다.

분위기가 험악해지자 크루겐은 스리슬쩍 건너편 나무 아래로 걸어갔다.

같이 따라온 그레인을 보자마자 크루겐은 한숨을 길게 내쉬었다.

"휴우, 남 좋으라고 하는 이야기인데……."

"좋은 말이라도 반복해서 들으면 누구라도 저런 반응이 나올 법도 하지."

"역시 자초지종을 설명하는 편이 낫겠지만, 아직은 이르지?"

"적절한 때가 올 때까지 기다리는 수밖에 없어."

회귀한 자들이 아닌 이상, 반드시 교단과 맞서야 하는 강제적인 운명을 순순히 받아들일 자는 드물다.

하물며 펠릭스는 타인의 회귀로 인해 운명이 뒤바뀐 터라, 숨겨졌던 진실을 알게 될 경우 이성을 잃을지도 모른다.

그레인과 크루겐이 말 못 할 사정으로 고민하는 동안, 국경선 부근의 검문소를 지나 베릴란트 왕국 안으로 들어오는 이들의 모습이 크루겐의 시야에 들어왔다.

"어, 저기… 오는 거 같은데?"

카르디어스 교단의 문양이 새겨진 갑옷을 입은 성당 기사단원들이 사제 한 명을 앞세우고 펠릭스로 쪽으로 걸어왔다.

"그런데 이단 심문관하고 왔네?"

성당 기사단원들을 이끌고 온 사제의 복식에 그레인과 크루겐은 본능적으로 긴장했다.

40대 초반으로 보이는 사제는 가볍게 허리를 숙이며 펠릭스에게 인사를 건넸다.

"오래 기다리게 해서 죄송합니다. 저는 교단을 대표해서 대공 전하를 맞이하러 나온……."

"난 더 이상의 경호 병력 따위 필요 없다고 교단 측에 분명히 전했을 텐데?"

상대가 인사를 끝내기도 전에 펠릭스의 짜증이 이단 심문관을 향했다.

"하나 대공 전하, 전하의 위신과 안전을 생각해서 교단에서 파견한 병력이니 아무쪼록 너그럽게 받아들여 주시기 바랍니다."

"…알았다."

"인사가 늦었군요. 저는 카르디어스 교단 소속의 이단 심문관 제임스라고 합니다. 전하를 성지까지 무사히 안내하도록 최선을 다하겠습니다."

"너희들 뒤에 오는 추가 병력도 그러기 위함인가?"

펠릭스가 제임스 너머 검문소 쪽을 가리켰다.

제임스가 데리고 온 성당 기사단원들은 총 10명. 그리고 검문소를 거쳐 추가로 오는 이들은 12명이었다.

"아, 그건 아닙니다. 우연히 여기까지의 경로가 일치해 동행하는 것일 뿐, 다른 임무로 온 이들이니 오해하지 않으셨으면 합니다."

"여성직자도 함께 오는군."

"네? 아니, 저 애는 왜 늦장을 부리고… 어서 오도록!"

제임스의 외침에 펠릭스가 가리켰던 여성이 푸른 머리카락을 휘날리며 급히 달려왔다.

"어? 혹시……"

특유의 노출이 심한 복장이 단정한 법의로 바뀌었고, 머리모양이 바뀌긴 했지만 그레인과 크루겐 둘 다에게 낯익은 얼굴이었다.

"이야, 이게 누구야? 벤트 섬을 떠난 이후 처음 보는 거잖아. 이렇게 다시 만나게 되네."

"오래간만입니다, 베스티나."

"……"

둘의 인사에 베스티나는 제임스의 눈치를 보며 말없이 두 명을 쳐다볼 뿐이었다.

벤트 섬에 머무르던 당시 보여줬던 차가운 이미지는 여전했지만, 이전에 비해 약간 초췌해진 느낌을 받았다.

추가로 온 성당 기사단원들은 제임스가 이끄는 병력과 따로 떨어져 진열을 가다듬었고, 맨 뒤에서 안경을 쓴 사제가 펠릭스를 향해 정중히 인사했다.

그 역시 둘에게는 낯선 사람은 아니었다.

"쉐일 님, 맞으시죠? 저희들을 기억하시나요?"

"오래간만입니다, 쉐일 님."

"4년 만이로군."

코어를 이식받기 전 둘을 면담했던 사제, 쉐일은 무뚝뚝한 어조로 입을 열었다.

"안 본 사이 많이 변했군."

아직 그레인이 14살, 크루겐이 16살이었을 때를 기억하며 쉐일은 4년 동안 성장한 둘을 물끄러미 바라봤다. 예전에 둘을 면담할 때 보여줬던, 다소 동정하는 듯한 시선과는 거리가 멀었다.

"왠지 쌀쌀맞게 바라보시네요. 옛날에는 저희들을 불쌍하게 여기셨던 것 같은데, 오래간만이라 그런가요?"

"그건 아니다. 더 이상 너희들을 불쌍하게 여길 필요가 없으니까. 내 말이 틀리나?"

"아, 으음… 그렇긴 하죠."

넉살좋게 말을 걸었던 크루겐은 펠릭스 때처럼 뒤통수를 긁으며 난감해했다.

'이거, 우리들이 불쌍해도 그럴 가치가 없다는 의미야? 아니면 불쌍하지 않으니 그럴 필요 없다는 말이야?'

그레인과 달리 회귀 전의 쉐일을 얼핏이나마 기억하는 크루겐은 그의 말을 어느 방향으로 해석해야 할지 머리가 아파왔다.

전생의 쉐일이었다면 이런 식의 대답을 하이브리드에겐 건네지 않았을 게 분명했다.

전보다 달라진 점은 그것만이 아니었다.

지적인 분위기와 상반되게 오른손에는 해머를, 왼손에는 방패를 들고 있었다.

"신기하나?"

그레인의 시선을 느낀 쉐일이 해머의 자루 부분을 꽉 움켜쥐자, 해머 끝에서 녹색 액체가 뚝뚝 떨어졌다.

"한때는 이것과 함께 친구들과 전장을 누볐던 적도 있었지."

친구가 누구인지 물어보려던 크루겐은 아까의 교훈을 떠올리며 입을 다물었다.

"자자, 대공 전하를 계속 기다리게 할 수 없으니 이만 출발하도록 하지요."

제임스는 쉐일과 성당 기사단원들을 양분해 국경선과 수평 방향으로 이동하기 시작했다.

제임스가 이끄는 성당 기사단원들이 앞장섰고, 맨 뒤에 쉐일이 이끄는 병력이, 그리고 그 사이에 펠릭스 일행이 낀 구도였다.

이제까지 말을 타고 이동했던 그레인과 크루겐은 교단 소속의 다른 인물들 눈치를 봐서인지 말을 성당 기사단원에게 맡기고 펠릭스와 함께 걸어갔다.

그들의 뒤에서 계속 말없이 걸어가던 쉐일은 그레인과 크루겐의 등을 번갈아가며 쳐다보더니 묘한 표정을 지었다.

"둘이 같은 종류의 무기를 쓰는군."

쉐일이 먼저 말을 걸어오자, 크루겐은 평소의 표정으로 뒤

돌아봤다.

"그냥 뭐랄까, 친구잖아요?"

"친구라……."

쉐일이 읊은 친구라는 단어에 서글픈 느낌이 강하게 묻어 나왔다.

이스트라와 던컨이 보여줬던, 친구라는 단어를 언급할 때와 비슷한 느낌이었다.

"잠깐, 이건 고든의……."

그레인이 등 뒤에 차고 있는 무기를 알아본 쉐일의 눈빛이 심상치 않게 변했다.

"트윈 엣지?"

쉐일의 양손에 쥐어져 있던 방패와 해머가 땅바닥에 툭 떨어졌다.

"그레인, 이걸 어떻게 손에 넣었는지 설명해라!"

쉐일은 그레인의 앞으로 돌아가더니 돌연 그의 멱살을 움켜쥐었다.

아까 보여줬던 적의와는 다른 종류의, 그러나 훨씬 더 강한 분노가 그의 두 눈에 머물고 있었다.

"이건 절대로, 너희 하이브리드가 가져서는 안 되는 것이다! 말해라! 이걸 어떻게 얻게 되었는지를!"

*　　　*　　　*

스코트로부터 받은 병사들을 이끌고 맥스가 도착한 곳은 칼테스 왕국 외곽의 이름 없는 평원이었다.

평원 한가운데에 위치한 작은 마을은 겉보기에는 평화로웠다.

하지만 마을 지하의 비밀 연구소에선 하이브리드를 대상으로 끔찍한 실험이 자행 중이었다.

그러나 이곳의 비극을 기억하던 맥스에 의해 실험은 더 이상 이어지지 못했다.

전생보다 훨씬 이른 때에.

"……."

화르륵.

언덕 아래 자리 잡은 건물들 위로 불길이 거세게 솟아올랐다.

위로 길게 이어지는 연기를 바라보던 회색 머리칼의 청년은 불길을 피해 일렬로 피난 중인 이들을 물끄러미 내려다봤다.

스코트가 내준 병사들은 단 한 마디의 잡담도 하지 않고 묵묵히 사람들을 대피시켰다.

불길이 치솟기 전 있었던 전투의 결과를 갑옷 위에 잔뜩 묻힌 채로.

건물 밖으로 피신한 이들 중 한 여성이 청년 쪽을 향해 종종걸음으로 다가왔다.

근처의 병사들이 그녀를 제지하려고 했지만, 청년은 양손을 옆으로 내밀며 놔두라고 손짓했다.

"델리아……."

옛 연인의 이름을 부르는 청년의 목소리는 평소와 달리 미세하게 떨리고 있었다.

"정말로 나와… 닮았네."

청년의 옆에 있던 렌은 인상을 찌푸리더니 뒤돌아서면서 두 남녀로부터 멀어졌다.

"맥스, 정말로… 왔군요."

비밀 연구의 핵심 멤버였던 델리아.

한편으로는 전생에서 맥스의 연인이었지만 결사대가 조직되기 전, 하이브리드의 연구 과정에서 실험체로 희생되어 버린 안타까운 생명이었다.

비극으로 끝난 전생의 사랑.

이번 생의 맥스는 전생의 아픔을 가슴에 담은 채로 다시 그녀와 연인이 되었고, 이번에는 그녀를 구해냈다.

과거를 공유하지 못하는 사이임에도.

"당신이 한 말은… 사실이었어요."

델리아는 맥스와의 첫 만남을 회상하며 눈시울을 붉혔다.

하이브리드로서의 수련을 위해 수십여 명의 소년, 소녀들이 벤트 섬에 모였고, 그들 사이에 섞여 있던 맥스는 델리아를 말 없이 응시했다.

잠시 후 맥스의 두 눈에서 눈물이 흘러내리며 감정을 주체 못 한 소년은 소녀를 강하게 껴안았다.

교관들에 의해 맥스가 끌려갔고, 델리아는 당연히 영문을 알지 못한 채 그를 놀란 가슴으로 바라보기만 했다.

벤트 섬의 고된 수련이 이어지던 어느 날, 옥상 위에서 홀로 별을 바라보던 그녀 앞에 맥스가 나타났다.

반사적으로 델리아는 뒤로 물러섰지만, 맥스는 이전처럼 그녀에게 다가가지 않고 이야기를 시작했다.

자신은 미래에서 회귀한 자라는 것과 이전 생에 그녀가 어떻게 되었는지로 시작된 말은 결사대의 종말까지 이어졌다.

당연히 델리아 입장에서는 믿을 수 없는 말이었고, 그녀는 맥스를 미친 사람으로 취급하며 상대해 주지 않았다.

하지만 맥스가 했던 말을 교관들에게 보고하지는 않았다.

교관들이 그 말을 믿느냐 아니냐의 문제를 떠나서 맥스가 자신을 바라보는 눈빛이 너무나 애절했기에, 그가 하는 말을 믿을 수 없었지만 그가 보여준 감정이 거짓이 아니라고 느꼈기 때문이다.

그리고 수련으로 하루하루를 보내면서, 델리아는 맥스의

말을 절대 믿을 수 없다는 판단에 의구심이 들기 시작했다.

모두 맞지는 않았지만, 그가 미리 말했던 일들이 하나둘씩 들어맞기 시작했기에.

그렇게 시간이 흘러, 벤트 섬에 온 지 1년째 되던 날.

옥상에서 델리아와 단둘이 있게 된 맥스는 진지한 눈빛으로 그녀를 껴안으며 말했다.

"미래를 바꾸기 위해서는, 이전과는 다른 선택이 필요해."

그다음 날, 맥스는 소수의 수련생들을 이끌고 벤트 섬을 탈출했다.

벤트 섬에 남게 된 델리아는 1년 뒤 수련 과정을 마치고 하이브리드를 연구하는 일원이 되었다.

예전 생과 다르게.

또 시간이 흘러갔고, 의구심에 그쳤던 델리아의 판단은 점차 확신으로 바뀌어갔다.

맥스가 들려준 이야기의 대부분이 들어맞기 시작했다.

"당신이 시련에 대해 알려준 덕분에 무사할 수 있었답니다. 하지만 당신이 떠난 이후 저는 정말로… 힘들었어요."

시련을 받지 않는 육체를 지닌 하이브리드.

이레귤러의 시체를 해부할 때마다 몇 번이나 토했는지 모를 정도였다.

어쩌면 실험대 위에 놓여 있는 시체가 다름 아닌 자신의 육체였을지 모른다는 생각에 한동안은 악몽에 시달려 잠을 제대로 자본 적이 없었다.

그럼에도 제정신으로 버틸 수 있었던 이유는 단 하나.

반드시 자신을 구하러 오겠다는 맥스와의 약속이었다.

그리고 약속대로 맥스는 끔찍한 악몽에서 구하러 그녀 앞에 나타났다.

"파르티온, 정말로 고맙다."

소리도 없이 맥스 앞에 나타난 청년은 말없이 고개를 끄덕거렸다.

결사대의 43번째 대원, 파르티온.

맥스는 벤트 섬을 탈출하기 전, 타인의 눈에 띄지 않도록 델리아를 보호하라는 그에게 내렸다.

그는 그녀와 같은 연구소에 들어가면서까지 명을 수행했고, 결국 델리아를 맥스 앞에 데리고 오기에 이르렀다.

"이게 누구야? 왠지 낯이 익은데?"

병사들 사이를 비집고 나온, 경박해 보이는 인상의 청년이 맥스에게 슬그머니 가다왔다.

"너, 혹시… 탈주했던 맥스 아니야?"

"솔리킨이로군."

"오, 날 기억해? 너와 그렇게 친한 사이는 아니었잖아?"

"잊을 수 없기 때문이다. 그것보단, 용케도 그 육체로 교단에 남아 있었군."

"잉? 무슨 소리야? 아, 이레귤러인지 아닌지 물어보는 거야? 운이 좋았지."

시련을 받는 몸인지 아닌지 처음으로 확인받을 당시, 솔리킨은 다른 수료생들이 괴로워하는 걸 보고 눈치껏 같이 따라 한 덕분에 고비를 넘길 수 있었다.

"아무튼 이렇게 크게 일 벌였으니, 우리들도 책임져 주는 거 맞겠지? 사실 그동안 이레귤러라는 거 숨기고 다니느라 꽤 고생했거든."

솔리킨은 잔뜩 기대에 부푼 얼굴로 미소를 지었지만, 맥스는 단호한 표정으로 고개를 가로저었다.

'너로 인해 페트로는……'

회귀한 이후 시간이 흘렀음에도, 솔리킨이 전생에 저지른 일을 잊지 못하는 맥스의 눈은 분노로 일렁거렸다.

"넌 아니다."

"응?"

"넌 이 자리에서 죽어야 한다."

"뭐? 무슨 소리를……."

솔리킨의 말이 채 끝나기도 전에 파르티온의 검이 그의 등에 깊숙이 박혔다.

"어… 나, 지금… 찔린 거야?"

배를 뚫고 나온 검 끝을 내려다본 솔리킨의 안색이 새하얗

게 변했다.

맥스는 오른손을 내밀어 솔리킨의 얼굴에 가까이 가져갔
다.

"넌 배신자였다."

'였다'라는 표현에 끝이 보이지 않을 정도로 깊은 증오가 묻
어나왔다.

"배, 배신자… 라니. 나는 아무것도……."

"지금은 아니지. 하지만 넌 앞으로 그런 짓을 하게 될 거다,
100호."

"무, 무슨 소리를 하는……."

화르륵!

맥스의 오른손에 솟아오른 불길이 솔리킨의 얼굴을 덮쳤
다.

"으아악! 사, 살려줘!"

머리카락과 살점이 타오르는 냄새가 사방으로 퍼져 나가며
병사들의 시선이 솔리킨에게로 향했다.

"맥스? 도대체 이건……?"

델리아는 놀란 나머지 두 손으로 입을 가리고 시커멓게 타
들어가는 솔리킨을 바라봤다.

"제발… 나를……."

전신이 불길에 휩싸인 솔리킨이 비틀거리며 맥스를 향해 두
팔을 내밀었다.

그러나 그를 바라보는 맥스의 눈빛은 그 어느 때보다 차가웠다.

"이전 생에서 보고 왔기 때문이다. 네가 무슨 짓을 했는지를."

『30인의 회귀자』 4권에 계속…

초대형 24시 만화방

신간 100%, 샤워실, 흡연실, 수면실(침대석), 커플석, 세탁기 완비

▪ 광명 광명사거리역점 ▪

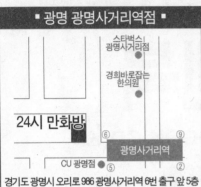

경기도 광명시 오리로 986 광명사거리역 6번 출구 앞 5층
02) 2625-9940 (솔목타워 5층)

▪ 강북 노원역점 ▪

서울 노원구 상계동 340-6 노원역 1번 출구 앞 3층
02) 951-8324 (화용빌딩 3층)

▪ 일산 정발산역점 ▪

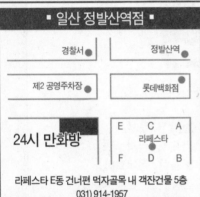

라페스타 E동 건너편 먹자골목 내 객잔건물 5층
031) 914-1957

▪ 일산 화정역점 ▪

경기도 고양시 덕양구 화정동 984번지 서일빌딩 7층
031) 979-4874 (서일사우나 건물 7층)

▪ 부천 역곡역점 ▪

역곡남부역 기업은행 건물 3층
032) 665-5525

▪ 부평역점 ▪

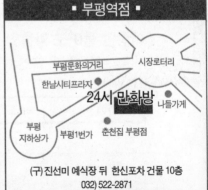

(구) 진선미 예식장 뒤 한신포차 건물 10층
032) 522-2871

FUSION FANTASTIC STORY

요람 장편소설

천 번의
환생 끝에

환생자(幻生自).
999번의 환생 후, 천 번째 환생.
그에게 생마다 찾아오는 시대의 명령!

「아이처럼 살아라」
「아이답지 않게, 살아라」

이번 생의 시대의 명령은 한 번으로
끝날 것 같진 않은데?

"최악의 명령이군."

종잡을 수 없는 시대의 명령 속에
세상이 그를 주목하기 시작한다!

Book Publishing CHUNGEORAM

FUSION FANTASTIC STORY

인기영 장편소설

호감받고 성공더!

안경 여드름 돼지. 줄여서 안여돼.
그것이 김두찬의 인생이었다.

제발 한 번만,
단 한 번이라도 당당한 삶을 살아보고 싶어!

띠링!
우주 최초 리얼 시뮬레이션 '인생 역전'의
플레이어로 선정되셨습니다!
접속하시겠습니까?

**YES를 선택한 순간, 모든 것이 달라졌다.
안여돼 김두찬의 인생 역전기!**

Book Publishing CHUNGEORAM